"史法论文"
章学诚文论研究

"Criticizing Literary Works with Historical Methods"
Research on Zhang Xuecheng's Literary Theory

林 锋 著

中国社会科学出版社

图书在版编目(CIP)数据

"史法论文"：章学诚文论研究 / 林锋著.
北京：中国社会科学出版社，2025. 2. -- ISBN 978-7
-5227-4735-4

Ⅰ. I206.2

中国国家版本馆 CIP 数据核字第 2025XP2250 号

出 版 人	赵剑英
责任编辑	王正英
责任校对	张爱华
责任印制	李寡寡

出　　版	中国社会科学出版社
社　　址	北京鼓楼西大街甲 158 号
邮　　编	100720
网　　址	http://www.csspw.cn
发 行 部	010-84083685
门 市 部	010-84029450
经　　销	新华书店及其他书店
印　　刷	北京君升印刷有限公司
装　　订	廊坊市广阳区广增装订厂
版　　次	2025 年 2 月第 1 版
印　　次	2025 年 2 月第 1 次印刷
开　　本	710×1000　1/16
印　　张	17.75
字　　数	251 千字
定　　价	98.00 元

凡购买中国社会科学出版社图书，如有质量问题请与本社营销中心联系调换
电话：010-84083683
版权所有　侵权必究

出 版 说 明

为进一步加大对哲学社会科学领域青年人才扶持力度，促进优秀青年学者更快更好成长，国家社科基金2019年起设立博士论文出版项目，重点资助学术基础扎实、具有创新意识和发展潜力的青年学者。每年评选一次。2021年经组织申报、专家评审、社会公示，评选出第三批博士论文项目。按照"统一标识、统一封面、统一版式、统一标准"的总体要求，现予出版，以飨读者。

全国哲学社会科学工作办公室

2022年

序

在中国学术史上，若论生前寂寞，身后哀荣，章学诚无疑是最有代表性的学者之一。他虽出生于书香门第，却自幼多病，资质鲁钝，每天诵读百余字，旋即忘却；直到十四岁，仍缺乏基本语感，"于文字承用转辞助语，犹未尝一得当也"（《章氏遗书·柯先生传》）。所作四书文，屡被同学甚至皂吏取笑，因此反感举业，而喜泛览群书，于史学尤多颖悟。二十岁后，心志弥坚，每以治史自命，坦言"吾于史学，盖有天授，自信发凡起例，多为后世开山"（《章氏遗书·家书二》），颇有落落不可一世之概。

尽管少年章学诚厌恶举业，但因亲老家贫，不得不研习八股，以图生计。乾隆二十五年（1760），二十三岁的章学诚首次参加乡试，直至乾隆四十三年（1778），七应科场，方中进士，备极蹭蹬蹉跎。令人惊诧的是，中第之后的章学诚，考虑到自己性格兀傲，不谐时俗，周旋官场，徒耗岁月，影响他所挚爱的文史校雠事业，遂放弃选官，以游幕南北、执教书院、纂修方志维持生计，而于车尘马足之间，不废读书著述，先后撰成《文史通义》《校雠通义》《史籍考》等论著，并主修《永清县志》《亳州志》《湖北通志》等十多部方志，创立了一套完整的修志义例。可以说，学术事业是章氏安身立命之所在，是其颠沛以之、造次以之的毕生追求。然而，章学诚的治学宗旨、理念和方法，与乾嘉时期的主流学术格格不入。对汉学、宋学以及桐城文派弊端的批判，成为章氏著书立说的重要切入点。诸多词锋犀利甚至咄咄逼人的论战文章，导致章学诚与当代学界的隔阂、疏离乃至对立。除了朱筠、邵晋涵等少数深交多年的师友外，当时的一般学人，大多不了解章氏学说，而目为狂怪者则在在有之。至于戴震等学界巨擘，甚至对章氏的论难从不回应。章学诚的独断之学，在乾嘉时期是孤独、寂寞的边缘学术。这对视学术为生命的学者来说，无疑是一种悲哀。

幸运的是，凝聚着章学诚毕生心血的思想学术，并未湮没于历史长河中，反而随着世变时移，绽放出越来越璀璨的光辉。尤其是晚清民国以来，谭献、章太炎、梁启超、刘师培、吕思勉、周作人、胡适、郭绍虞、钱穆、刘咸炘、侯外庐、钱锺书、程千帆、仓修良，以及内藤湖南、倪德卫、余英时、山口久和等海外学人，都对章氏学术表现出高度关注。直至今天，海内外的章学诚研究依然方兴未艾，各种论著层出不穷。这种具有世界影响的身后荣名，大概是落魄潦倒的章学诚生前从未料想到的。与生前享尽功名利禄，死后灰飞烟灭的衮衮诸公相比，究竟孰轻孰重，孰得孰失？个中况味，想必如鱼饮水，冷暖自知。

章学诚成为文史学界的热点，已有一百多年的历史，相关论著汗牛充栋，但并不意味着这一领域已题无剩义。事实上，章氏提出的许多重要命题，如"六经皆史""周孔之辨""集出于子""文体备于战国""古文必推叙事，叙事实出史学"等，至今仍充满争议，远未达成共识。这是由于章氏思想的复杂性、深刻性，以及论说方式的隐喻性，为后人从多层面作不同解读提供了自由、广阔的空间。尤其是晚清以来，中国文化处于古今嬗变、中西碰撞的转折点上。许多学人援引章学诚一些貌似悖离传统的论断，作为自己创立新说的思想资源。甚至许多互相对立的主张，都能在章氏著作中找到依据。至于这些援引、阐释是否符合章氏本意，则不甚究心。

以"六经皆史"为例。在儒学传统衰落、新旧文化转型的历史背景下，这一论断很容易导致贬经尊史、退经入史甚至"大胆地把中国封建社会所崇拜的六经教条，从神圣的宝座拉下来，依据历史观点，作为古代的典章制度的源流演进来处理"（侯外庐《中国思想通史》）等极具冲击力的解读。然而，如果通读章氏著作，不难发现，章学诚不但没有贬低六经的主观意图，反而再三强调"六经之道，如日中天"（《文史通义·经解中》）、"六经大义，昭如日星，三代损益，可推百世"（《文史通义·博约下》）。事实上，这一颇有叛逆色彩的命题，并非本于对经史关系的探讨，而是源于对日趋僵化的四部分类法的反思，体现了章学诚以辨章学术、考镜源流的校雠心法，在更为广阔的学术史背景下，对图书文献以及整个知识分类做出新建构的学术抱负。除"六经皆史"外，章学诚还先后提出"经之流变必入于史"（《章氏遗书·与汪龙庄书》）、战国诸子皆"为六典之遗"（《文史通义·诗教上》）、"子集诸家，其源皆出于史"（《章氏遗书·报孙渊如书》）、"史家命意，亦兼子风"（《章氏遗书·杂说》）、"子史衰而文集之体盛"（《文史通义·诗教上》）等思维方式相近的命题。可以看出，章学诚构建的知识图景，具有纵贯古今、横通四部的宏大气象，经、史、子、集之间，都能从对方身上找到与自己的绾结点，绝非楚河汉界，壁垒森严。后世推崇备至的"六经皆史"，只是这个知识图景中的片段，在章氏的思想体系中，并未占据核心或统率地位。章学诚倡言"六经皆史"，是考镜学术源流的必然结果，也是从经世致用的宗旨出发，既反对汉学斤斤于字义、名物、制度考证而自以为得六经之道的固陋，又反对宋学遗落世事、空谈性理的虚妄，具有强烈的现实针对性。就言说方式论，"六经皆史"类论断，并非形式逻辑层面的明确判断，不可机械地视主语和谓语同属一物，而是一种隐喻性的表述，旨在揭示经、史之间的同源性、相似性、关联性。这种隐喻性思维特征，使其论断带有神秘、微妙甚至飘忽的独断气质，庶几章氏所向往的"圆而神"境界，但未必经得起考证和形式逻辑审查。如果不了解章氏的立言宗旨、贯通追求和隐喻性表达，仅从只言片语的字面义理解和阐释其学说，那么，无论是经学、史学还是子学、文学层面的章学诚研究，都难免断章取义、郢书燕说而莫衷一是。从这个意义看，回归原始语境,对章氏学说正本清源,依然有较大的学术空间。林锋君的著作《"史法论文":章学诚文论研究》正是基于以上认知进行探索的成果。

此书是林锋君在博士学位论文的基础上扩展、修订而成的。全书紧密结合章学诚的史家身份及文史结合、会通四部的治学特点,考察章学诚的文论思想,发掘出诸多文学批评史没有关注的重要问题。如第一章"'六经皆史'与章学诚文章谱系的建构"提出,章学诚的文章谱系包含纵、横两个向度的内容,其建构与"六经皆史"说的逐步完善相始终,两者同以作为史法的"校雠之学"为工具,又同以对史学的推重为归宿。纵向上,章学诚以时间为序,将古来文章分为"六经之文——诸子之文——文集之文"三个阶段;横向上,将文章发展最后阶段的文集之文分为"叙事——议论——诗赋"三大类,而以叙事类难度最大,地位最高,充分体现了史家文论的"尊史"意识。第二章"'诸子家数行于文集':章学诚的文集论"认为,章学诚的文集观体现出典型的清代学人思维,即文集乃继六经、诸子之后,伴随着专家之学衰落而兴起的一种著述体式。因此,章学诚主张对文集的体例、内容进行改进,以革除现行文集的诸多弊端。相关思考最终凝结为"诸子家数行于文集"一说。这一看法在戴震、汪中、洪亮吉、孙星衍、段玉裁、阮元等人的文集编纂中得到热烈响应,从而推动了清代别集的著述化进程。又如第五章"'史家之文':章学诚的叙事之学"以章学诚对"史家之文"的尊崇和对文士之文的批判为线索,抉发其古文观念,而聚焦于叙事之文。章氏一方面大力宣扬史家义例之学,以之作为衡文论学的至高标准,另一方面又强调通常为史家所罕言的性灵与兴象的重要性,而前者始终是重中之重。史家之文以"因袭点窜"为基本写作方式,以"省繁称""远俗情""从时制"为具体要求。这显然是乾嘉时期实证史学高度发展以及文例之辨渐趋精微的产物。以上论题和观点,既新颖独到,又持之有据,契合研究对象的独特性,不但深化、完善了章学诚文学思想研究，也丰富、推进了清代文学批评研究，充分体现了一个初出茅庐的年轻学者的学术锐气和发展潜力。

林锋君是我指导的第一位博士生。他最初的个人兴趣是历史学，对古今中外的史学著作多有涉猎。从硕士阶段开始，其兴趣转向古代文学，并选我为指导老师，又通过硕博连读考核，继续跟随我攻读博士学位，而对史学的关注和思考始终没有中止。这种学习经历，成就了他文、史兼综的知识结构，酝酿博士论文选题时，很自然就想到章学诚的《文史通义》。而我在南京大学攻读博士学位时，经业师巩本栋教授推荐，拜读过太老师程千帆先生的《文论十笺》，其中《诗教上》《诗教下》《文德》《质性》《古文十弊》等一半篇目，都选自《文史通义》，引发了我对章学诚的关注；后又旁听过张宏生教授开设的《文史通义》课，对章氏学术有了进一步了解。这些机缘，使章学诚《文史通义》成为我和林锋日常交流中，讨论最为密集和深入的话题。林锋君性格内向，在不熟悉的人面前，常显局促，却能和我娓娓而谈。学习、生活中每有困惑，随时可以面谈。在中文堂623狭窄逼仄的办公室里，师生对坐，无拘无束，往往一聊就是两三个小时，浑然不觉日之移晷。而林锋君的敏锐、颖悟以及对文史学术的独特理解，也常带给我启发。他的博士学位论文选题和章节设置，就是在这样一次次交谈中逐渐确定下来的。经过三年的龟勉攻读，林锋君顺利获得博士学位，又师从北京大学廖可斌教授从事博士后研究，开拓了学术视野，学识和研究能力都有显著提升。在此期间，他的学位论文获得"国家社会科学基金后期资助暨优秀博士学位论文出版项目"立项，有了修订、出版和接受学界批评、指教的机会。

博士后出站后，林锋君通过"百人计划"被中山大学博雅学院引进，身份也由学生转变为教师。疫情三年，百事煎迫，多有不堪回首者，唯此可稍慰愁怀。不过，现在高校青年教师普遍压力较大，经济负担、教学任务、科研考核、职称竞争、家庭与事业的矛盾等，时时困扰着刚刚走上工作岗位的年轻学人。希望林锋君珍惜来之不易的平台，平和看待一时的进退得失，发大愿力，下笨功夫，不急不躁，日拱一卒，长此以往，必能成就殊胜之业。林锋君勉之哉！

是为序。

何诗海

癸卯正月于西子湖畔

摘　　要

"史法论文"是章学诚文论的最大特色，也是其在中国文论史上占据重要地位的主要原因。"史法论文"的内涵可从两个方面进行理解：（一）章学诚的"校雠之学"在文论中的应用；（二）章学诚以叙事文为中心的"文史之学"对其文论的影响。本书即以此为中心，对章学诚文论进行系统的考察。绪论对章学诚的生平及文论做简要介绍，同时梳理相关领域的研究现状，并对论文宗旨和章节安排进行说明。第一至第三章关注"校雠之学"在章学诚文论中的运用。"校雠之学"是章学诚特别仰仗的史学方法，它以"官师合一"时代的"专家之学"为历史依据，以"辨章学术，考镜源流"为论学宗旨，是在刘向等人的校雠实践基础上总结出具体法则。通过"校雠之学"，章学诚确定了"六经之文——诸子之文——文集之文"的文章史分期，同时将文集时代的文章按与"专家之学"关系的远近划分成"叙事""议论""诗赋"三大类。针对文集时代的诸多弊端，章学诚提出"诸子家数行于文集"说，以求改造现行文集的体例。他还通过对赋、墓志铭、时文等具体文体的评论，反复强调在文学创作中贯彻"专家之学"的重要性。第四至第五章涉及章学诚的"叙事之学"，重点关注章学诚关于叙事地位、叙事方法的论述。在章学诚的话语体系中，"事"这一概念处在枢纽地位，通过对其内涵的辩正，章学诚以"叙事之文"为媒介，最终实现了"文"与"史"的统一。更进一步，他又对"史家之文"和"文士之文"两大分支进行区分，并认定"史家之文"才是叙事文学的正统，"文士之文"则为别调。章学诚详细地阐释了"史家之文"的诸项义例，明确表达出欲以心目中的"史家之文"取代流行的"文士之文"的野心。第六至第七章尝试将章学诚置于清中期众声喧哗的文论语境中，考察章学诚的"史法论文"如何介入当日流行议题的讨论，发出独特的声音。《文史通义·传记》篇中，章学诚以私传为例，触及了创作者的叙事权利问题。通过追溯明清时期"私人作传"问题的起源、发展，分析论辩各方的立场、观点，他最终以《传记》终结了数百年间关于这一问题的争论，出色地完成了对在野之士的历史撰述权的辩护。韩愈"凡为文辞宜略识字"在清代成为具有广泛影响力的文学命题。汉学家对之进行了富有成效的再阐释，使其成为论证小学之于文学创作重要性的经典表述。章学诚在肯定"凡为文辞宜略识字"合理性的同时，通过对"略"字内涵的发挥，指出汉学家所要求的"识字"专业程度过高，并不符合韩愈原意，以此反对"考据"对于"辞章"的过度侵入。他的观点事实上预言了"凡为文辞宜略识字"在晚清民初的命运。

关键词：章学诚；"史法论文"；校雠学；叙事文类

Abstract

"Criticizing literary works with historical methods" is the greatest feature of Zhang Xuecheng's literary criticism theory and his main contribution to Chinese literary criticism theory. It can be demonstrated from two levels: (1) the application of Zhang's proofreading learning in his literary criticism theory; (2) the influence of Zhang's "Learning of Literature and History" centered on narrative writing on his literary criticism theory. This study focuses on this feature and systematically examines Zhang's literary criticism theory. The introduction makes a brief introduction to Zhang's life and his literary criticism theory, and a brief review of the literature, as well as introduces the purpose and content of this study. The first to third chapters focus on the use of "proofreading learning" in Zhang's literary criticism theory. "Proofreading learning" is one of the "historical methods" that Zhang valued particularly. It is based on the "special learning" in the ancient era, and the specific rules are summarized in the practice of Liu Xiang and others. Through "proofreading learning", Zhang has determined the history of the ancient prose according to the stage of "Six Classics-The articles of scholars before Qin Dynasty-The Collection of Articles", and at the same time, Zhang divides the ancient prose into three categories, according to the distance between its relationship with the "special learning": "narrative works", "discussion works" and "literature works". In response to the many drawbacks of the era of collected works, Zhang proposed the theory that "The ancient proses in the collected works are like philosophical books and historical books(诸子家数行于文集)" to reform the genre of the current collected works. He also repeatedly emphasized the importance of implementing "special learning" in literary writing through comments on specific literary genres such as Fu, epitaphs, and eight-part essays. The fourth to fifth chapters demonstrate Zhang's narrative theory, focusing on Zhang's discourse on the narrative status and narrative methods. In Zhang's discourse, the concept of "Event" is in a pivotal position. By explaining its meaning, Zhang used the "narrative works" as the medium to finally unite "literature writing" and "history writing". Furthermore, he distinguished between the two branches of "historian's writing" and "literati's writing", and determined that "historian's writing" was the orthodoxy of narrative literature, while "literati's writing" was a different tone. Zhang Xuecheng explained the various methods of "historian's writing" in detail, and clearly expressed his ambition to replace the popular "literati's writings" with "historian's writing". The sixth to seventh chapters attempt to place Zhang in the literary criticism context of the mid-Qing period and examine how Zhang's "Criticizing literary works with historical methods" intervened in the discussion of popular issues and became an important part of literary criticism. In the *Biography* of *Wenshitongyi*, Zhang used the "privately compiled biography" as an example to respond to the problem of the narrator's narrative rights. By tracing the origin and development of the "privately compiled biography" problem in the Ming and Qing Dynasties, and analyzing the positions and viewpoints of the debates and arguments, he finally ended the debate on this issue for hundreds of years with *Biography* and had excellently defended the right for common people to compile private biographies. Chapter 7 is about proposing "philology knowledge is the prerequisite for writing ancient prose" in the Qing Dynasty. This proposal was first presented by the Tang scholar-official Han Yu (768—824) and became a compelling proposition of literature in the Qing dynasty. Sinologists in the Qing Dynasty reinterpreted it effectively, making it a classic expression demonstrating the importance of philology to literary writing. Zhang pointed out that the professional level of "philology" required by sinologists is too high, which was not in line with Han's original intention, thereby opposing the excessive intrusion of "proofreading" into "rhetoric". His viewpoint in fact predicted the fate of "philology knowledge is the prerequisite for writing ancient prose" in the late Qing and early Republic of China.

Key words: Zhang Xuecheng; "Criticizing literary works with historical methods"; proofreading science; narrative

目 录

绪 论 …………………………………………………………（1）

第一章 "六经皆史"与章学诚文章谱系的建构 …………（39）
  第一节 "校雠之学"与"六经皆史"说的提出 …………（40）
  第二节 "六经皆史"与章学诚的文章史分期 …………（47）
  第三节 "文集之文"的分类及位次 ……………………（59）

第二章 "诸子家数行于文集":章学诚的文集论 ………（68）
  第一节 文集的产生及其衍变 ……………………………（69）
  第二节 专家之学与"诸子家数行于文集"的提出 ……（73）
  第三节 理想的文集:以《思复堂文集》批评为例 ……（79）
  第四节 "诸子家数行于文集"与清代学人文集 ………（86）

第三章 "文体万变而主裁惟一":章学诚的文体论 ……（93）
  第一节 源流论:以赋为例 ………………………………（94）
  第二节 正变论:以墓志铭为例 …………………………（101）
  第三节 创作论:以时文为例 ……………………………（107）

第四章 叙事之文:章学诚的文史统合 ……………………（116）
  第一节 章学诚语境中的"事" …………………………（117）
  第二节 章学诚"重事"思想的源流 ……………………（122）

第三节 "古文—叙事之文—史" …………………………（130）

第五章 "史家之文"：章学诚的叙事之学 …………………（140）
第一节 作为古文正统的"史家之文" …………………（141）
第二节 作为写作方式的"点窜涂改" …………………（152）
第三节 省繁称·远俗情·从时制 ………………………（160）

第六章 章学诚与明清时期的"私人作传"之争 …………（173）
第一节 《传记》写作时间及动机 ………………………（173）
第二节 "私人作传"作为问题及其历史 ………………（177）
第三节 从"不为人立传"到"不为国史人物立传" ……（184）
第四节 《传记》：为"私人作传"辩护 ………………（189）

第七章 章学诚与清代"凡为文辞宜略识字"风潮 ………（197）
第一节 清代之前的"凡为文辞宜略识字" ……………（198）
第二节 汉学家的再解读 …………………………………（202）
第三节 章学诚对汉学家的修正 …………………………（210）
第四节 乾嘉之后的"凡为文辞宜略识字" ……………（219）

附录 章学诚与阳明学派渊源关系考论 …………………（225）
第一节 《浙东学术》：一个阳明学派的谱系 …………（226）
第二节 刘宗周与道墟章氏 ………………………………（231）
第三节 邵廷采与道墟章氏 ………………………………（235）
第四节 《浙东学术》的源流 ……………………………（239）

参考文献 ……………………………………………………（244）

索　引 ………………………………………………………（256）

后　记 ………………………………………………………（259）

Contents

Introduction ·· (1)

Chapter 1 **"The Six Classics Are All Histories" and the Construction of Zhang Xuecheng's Ancient Prose Genealogy** ···················· (39)

   Section 1 "The Learning of Proofreading" and the Proposition of the Theory of "The Six Classics Are All Histories" ·························· (40)

   Section 2 "The Six Classics Are All Histories" and Zhang Xuecheng's Periodization of Ancient Prose History ························· (47)

   Section 3 Classification and Ranking of "Essays in Collected Works" ······················· (59)

Chapter 2 **"The Ancient Proses in the Collected Works are Like Philosophical Books and Historical Books": Zhang Xuecheng's Theory of Literary Collections** ·················· (68)

   Section 1 The Generation and Evolution of Collected Works ························· (69)

Section 2　Specialized Scholarship and the Proposition of "Ancient Prose in Collected Works Are Like Philosophical Books and Historical Books" ……… (73)

Section 3　The Ideal Collected Works: Taking the Criticism of *The Collected Works of Si Fu Tang* as an Example …………………………… (79)

Section 4　"Ancient Prose in Collected Works Are Like Philosophical Books and Historical Books" and the Collected Works of Scholars in the Qing Dynasty ………………………………… (86)

Chapter 3　"Ancient Prose Has Many Genres But the Clue Remains Still": Zhang Xuecheng's Criticism to Literary Genre ……………………………… (93)

Section 1　The Theory of Origin and Evolution: Taking *Fu* as an Example ……………………… (94)

Section 2　The Theory of Orthodoxy and Change: Taking the Epitaph as an Example ……………… (101)

Section 3　The Theory of Writing: Taking the Eight-part Essays as an Example ……………………… (107)

Chapter 4　Narrative Writings: Zhang Xuecheng's Integration of Literature and Historiography … (116)

Section 1　"Events" in the Context of Zhang Xuecheng …… (117)

Section 2　Textual Research on the Origin of Zhang Xuecheng's Thought of "Emphasizing Events" ……………… (122)

Section 3　"Ancient Prose-Narrative Writings-History Writings" ……………………………………… (130)

Chapter 5	**"The Writing Works of Historians":**	
	Zhang Xuecheng's Theory of	
	Narration ··	(140)
Section 1	"The Writing Works of Historians" as the	
	Orthodoxy of Ancient Prose Writing ················	(141)
Section 2	Writing Method: Modification and Deletion ········	(152)
Section 3	Omitting Complex Names, Keeping Away	
	from Common Customs, and Following	
	Current Systems ··	(160)

Chapter 6	**Zhang Xuecheng and the Dispute over**	
	"Privately Compiled Biography" in the	
	Ming and Qing Dynasties ····························	(173)
Section 1	The Writing Time and Motivation of	
	Biography ··	(173)
Section 2	The Issue of "Privately Compiled Biography"	
	and Its History ··	(177)
Section 3	From "Not Compiling Biographies for Anyone" to	
	"Not Compiling Biographies for People in Official	
	Historical Books" ·····································	(184)
Section 4	*Biography*: Defending the Proposal of "Privately	
	Compiled Biography" ································	(189)

Chapter 7	**Zhang Xuecheng and the Thought of "Philology**	
	Knowledge is the Prerequisite for Writing	
	Ancient Prose" in the Qing Dynasty ··············	(197)
Section 1	The History of "Philology Knowledge is the	
	Prerequisite for Writing Ancient Prose"	
	Before the Qing Dynasty ····························	(198)

Section 2	The Reinterpretation by Han Learning of Qing Dynasty	(202)
Section 3	Zhang Xuecheng's Rectification of Han Learning	(210)
Section 4	The History of "Philology Knowledge is the Prerequisite for Writing Ancient Prose" After the Qianjia Period	(219)

Appendixes A Textual Research on the Relationship between Zhang Xuecheng and the Yangming School ······ (225)

Section 1	*Zhedong Scholarship*: A Scholarship Genealogy of the Yangming School	(226)
Section 2	Liu Zongzhou and the Daoxu Zhangshi	(231)
Section 3	Shao Tingcai and the Daoxu Zhangshi	(235)
Section 4	The Origin of *Zhedong Scholarship*	(239)

References ······ (244)

Index ······ (256)

Acknowledgement ······ (259)

绪　　论

一　章学诚的生平

章学诚，字实斋（石斋）①，号少岩，原名文酕，清乾隆三年（1738）生于浙江省绍兴府会稽县。据《俟山章氏智九公分祠支谱》，章氏自南唐时起家福建浦城，后迁至会稽俟山南部的道墟。至乾隆年间，道墟章氏已有一万多人口，是名副其实的地方大族。在章学诚之前，章氏虽未出过具有全国性影响的人物，但像明末章颖、章正宸等人②，都与其时风行的阳明学有较深渊源；活跃于清代前期的章大来则为小有名气的地方文士③。章学诚祖父章如璋曾任地方幕僚，晚年闭户读书，尤嗜史学。父亲章镳延续了家族的读书传统，

---

①　梁继红《朱锡庚抄本〈章氏遗著〉及其利用价值》（《文献》2005年第2期）认为朱锡庚在《章氏遗著》抄本中称章学诚为"石斋"，此可与焦循《读书三十二赞》中"章石斋，名学诚"[（清）焦循著，刘建臻点校：《焦循诗文集》，广陵书社2009年版，第116页]相印证，说明章学诚确实又字"石斋"。但古代经常出现的"一名多字"现象，实际情况其实相当复杂。有的人确实有多个字，比如唐寅，字伯虎，又字子长。有的人则未必，比如章学诚的族人章大来，仅《章氏遗书》中，其字就有"太詹""太颙"两种说法，若翻检清代其他人的文集，还可找到"太占""泰占"等另外两种说法。这些不同的"字"有一个共同特点，即音同（或者发音高度相似），其来源明显是同一的。之所以产生"多字"的现象，乃出于传闻、传写的讹误，不能归入真正的"一名多字"之列。章学诚之所以被认为"又字'石斋'"，也是同样的道理。"石"与"实"，读音相同，其源同一，不应有"又字"之说。

②　其中章颖是阳明学巨子刘宗周的外公，刘氏集中有《南洲公传》；章正宸则是刘宗周弟子，邵廷采有《明侍郎格庵章公传》，章学诚则有《章格庵遗书目录序》。

③　章大来不仅与阳明学一脉的毛奇龄、邵廷采交厚，据方苞《与章泰占书》，他还与推崇朱子学的方苞有过学问往返。

并于乾隆七年（1742）高中进士。清中期，拥有仕进资格的人数远超政府所能提供的职位，不少士人即便成为进士也无法快速谋得一官半职。章镳不幸成为其中之一。此后十年间，他一直居家课馆，以教授生徒为业。因此章学诚的少年时代，基本是在会稽当地度过的。宗族相当程度上介入了他的生活，并深刻影响了他的伦理观念①。日后章学诚在批评汪中、袁枚时所表现出来的保守，或与他的这一成长背景相关。

乾隆十六年（1751），章镳谒选得湖北应城知县，章学诚随父远行。自此之后，辗转飘零便成为其生活的主调。到去世之前，章学诚虽曾多次返乡，但均行色匆匆，再未在家乡逗留一年以上。清代行游之风特盛，在巨大生存压力下，中下层士人不得不频繁外出课馆、游幕，以赚取生活所需的薪资。与此同时，南宋以降日渐强大的地域传统仍然在游士身上发挥作用。清代文派、学派多以地域命名，但夷考其中人物生平，不难发现他们多数有过漫长的远游经历。而这似乎并不妨碍他们对地域传统的认同，章学诚就是一例。地域传统对章学诚的思想倾向有显著的影响，它使章学诚得以接近和道墟章氏渊源甚深的阳明学，特别是其中刘宗周蕺山一脉。顺蕺山而下，章学诚晚年又对黄宗羲、万斯同、邵廷采等浙东史家怀有特殊感情，他在生命的最后时刻写出《浙东学术》，以构建一方学统的方式，表达自己对故乡先辈的敬意②。

作为县官之子，章学诚在应城的早期生活是相当放纵的。不乐

---

① 章学诚《仲贤公允吉公孟育公三代像记》："先世自道墟迁居府城，盖百年矣。"［（清）章学诚：《章氏遗书》卷28，嘉业堂刻本，第24页b］，可知章学诚少年时主要生活在离道墟不远的会稽县城，但和宗族仍保持着联系。仅光绪年间《偁山章氏智九公分祠支谱》所收章学诚成年后与宗族有关之作，就有《仲贤公允吉公孟育公三代像记》《载璜公传》《允文公像记》《克毅公像记》《元则公文师公二代合传》《荀孺人行实》《衡一共八十寿序》《效川公八十寿序》，部分文章记述了他与章氏宗族成员的往来。

② 倪德卫指出，章学诚到了晚年才"充分地认识到浙东史学是何等的重要"〔［美］倪德卫：《章学诚的生平及其思想》，杨立华译，江苏人民出版社　（转下页）

读书，好与宾从联骑出游，章镳为他延请塾师，也未能完全改变他的少年心性。如此到了乾隆二十一年（1756），章镳因事罢官。可能是因为为官时日尚短，可能是因为不善经营，章镳没有为自己的家庭积攒下足够的生活费用①。他陷入困顿之中，无法返乡，只能滞留湖北课馆授徒。章学诚于此初次体会到"人世艰难"②，于是留心世务，努力向学。也就是在这段时间里，他发现了自己的史学天赋："二十岁以前，性绝骏滞，读书日不过三二百言，犹不能久识；学为文字，虚字多不当理。廿一二岁，骎骎向长，纵览群书，于经训未见领会，而史部之书，乍接于目，便似夙所攻习然者，其中利病得失，随口能举，举而辄当。"③ 这封家书的论述颇具戏剧性，可与其《柯先生传》互相发明，在那篇文章中，章学诚说自己十六岁"好为诗赋，不得其似。又编纂《春秋》家言，戏为纪、表、志、传，

（接上页）2007年版，第221页〕。最坚强的证据是他写于1796年的《与胡雒君论校〈胡穉威集〉二简》："又有黄梨洲者，人虽知之，遗书尚多未刻，曾于其裔孙前嘉善训导黄璋家，见所辑《元儒学案》数十巨册，搜罗元代掌故，未有如是之富者也。""又有鄞人全谢山，通籍清华学士，亦闻其名矣，其文集专搜遗文逸献，为功于史学甚大，文笔虽逊于邵，而博大过之，以其清朴不务涂泽，故都人士不甚称道，此皆急宜表章之书。"〔（清）章学诚著，仓修良编注：《文史通义新编新注》，浙江古籍出版社2005年版，第704页〕把黄宗羲、全祖望的史学作为一种"发现"告知胡虔，足见此前他对这些浙东前辈其实不够了解。

① 瞿同祖《清代地方政府》第二章"州县官"对清代州县官的收入和支出有基本的分析，一般情况下，清代州县官的薪俸难以满足他们的公私开支，"陋规"成为其最重要的收入来源，而"陋规"有其非正式性，取多取少可由州县官本人掌控，因此可以认为"几乎所有地区的官缺都有适当盈余"（瞿同祖：《清代地方政府》，范忠信、何鹏、晏锋译，新星出版社2022年版，第42页）。但邱捷对晚清州县官杜凤治日记的研究显示，并不是所有的州县官都能在任期内有所盈余，相反，由于求官、居官期间各项可能的开支过高，对州县官个人的敛财、理财能力事实上有相当的要求，部分士人在居官期间反而欠下了巨款。参见邱捷《晚清官场镜像：杜凤治日记研究》第五章第三节"州县官的银两"，社会科学文献出版社2021年版，第354—380页。

② （清）章学诚：《章氏遗书》卷17《柯先生传》，嘉业堂刻本，第37页a。

③ （清）章学诚著，仓修良编注：《文史通义新编新注》，浙江古籍出版社2005年版，第823页。

自命史才，大言不逊。然于文字承用转辞助语，犹未尝一得当也"①。个人的成长经历深刻地影响了章学诚的教育观，日后，他一再劝说自己的朋友、后辈要从事符合自己天性的职业，不应为一时风气所转移。

乾隆二十五年（1760），章学诚辞别父亲，赴京应试，就此开始了自己"七应科场"的乡试征途。乾隆二十七年（1762）二应乡试失败之后，章学诚通过捐纳成为国子监生。明清时期，生员丛集京城是乡试中的一个突出现象。相比于考生众多但配额有限的地方州府，京城不仅竞争压力更小，且拥有令人艳羡的教育资源。而同样不应忽视的是，旅居京城还可获得与当世第一流学人交流、切磋的机会，对自身学问养成大有助益。

但正是在国子监学习期间，章学诚的不合群开始显露。这一方面缘于他的性格；另一方面，也缘于他的志趣。章学诚于举业不甚用功，却对古文、史学情有独钟。这使他在大多数同学眼中变成了怪物，也使他在以科举为目标的测试中屡遭挫折，他曾如此回忆那段经历："始余入监舍，年方二十有五，意气落落，不可一世，不知人世艰也。然试其艺于学官，辄置下等。每大比，决科集试，至三四百人，所斥落者，不过五七人而已，余每在五七人中。祭酒以下，不余人齿，同舍诸生视余若无物。每课榜出，余往觇甲乙，皂隶必旁睨笑曰：'是公亦来问甲乙邪。'而以余意，视祭酒而下，亦茫茫不知为何许人也。"② 来自同学乃至皂隶的鄙夷并未摧毁章学诚的自信。在知音难觅的困境中③，他坚持着自己的信念。乾隆二十八年（1763），章学诚请假出都，后随父纂修《天门县志》。这是他第一

---

① （清）章学诚：《章氏遗书》卷17《柯先生传》，第36页 b。
② （清）章学诚：《章氏遗书》卷19《庚辛之间诸亡友列传》，第20页 b。
③ 当然，此一时期的章学诚也并非完全孤独。他至少有曾慎、甄松年两位朋友。他们的友谊保持了相当长的时间。在甄松年六十岁时，章学诚为作有《甄青阃六十序》；而曾慎死后，章学诚在《庚辛之间诸亡友列传》中为其作传，此后又有《〈曾麓亭传〉书后》。

次参与地方志的编纂。由于仕途蹭蹬，章学诚几乎没有获得参与国家级学术工程的机会。因此，修纂地方志某种程度上成了章学诚校验自身所得的主要途径。他的校雠学理论，就是在多种方志"艺文志"的编纂中逐步发展起来的。而其对文章史分期、文体分类、文集体例的思考，也与方志"文征"的构想息息相关。

乾隆三十年（1765），章学诚投入朱筠门下，由此迎来其学术生涯的一大转机。朱筠为乾隆中期学界、诗坛主持风会的人物，对汉学风潮的形成有巨大的推动作用。他欣赏章学诚的才华，鼓励其不必刻意学习举业，而应该发挥自己的特长。这无疑让章学诚备受鼓舞。凭借在朱筠门下学习的机会，章学诚还接触了大量其时学人圈中的显赫人物，如钱大昕、邵晋涵等。乾隆三十六年（1771），朱筠为安徽学政。章学诚随其离开京城，开始长期游幕、课馆的生活。在安徽，他与黄景仁、洪亮吉、孙星衍等人论文唱和、过从甚密。次年，通过朱筠的引荐，章学诚独立承担了《和州志》的编纂工作，在这部方志的多篇《序例》当中，可见"六经皆史""言公""诸子家数行于文集"诸说的雏形。由于章镳已于乾隆三十三年（1768）去世，章学诚需要独立承担起大家庭的开销，这对还未取得高级功名的他来说并不容易。章学诚被迫来往于京城与外省之间，积极寻求帮助，到乾隆四十二年（1777），他得到定州定武书院的教职，并接受《永清县志》的修纂邀请。这年秋天，章学诚通过乡试，次年终成进士。他似乎很快陷入了出仕与游幕的两难之中。最终，或许是吸取了父亲的教训，也或许是出于对自身性格的顾忌，他没有出仕，而选择以学术为业，度过自己的余生。

得中进士后不久，章学诚完成了《校雠通义》，这是属于他的第一部专门著述。章学诚曾明确，"文史""校雠"乃其学术的两翼，如《上辛楣宫詹书》："学诚从事于文史校雠，盖将有所发明。"[①]《与孙渊如观察论学十规》："文史校雠二事，鄙人颇涉藩篱，以谓

[①] （清）章学诚著，仓修良编注：《文史通义新编新注》，第657页。

向、歆以后，校雠绝学失传，区区略有窥测。"① 相较于含义宽泛的"文史"，"校雠"无疑更接近他再三致意的专家之学。遗憾的是，由于乾隆四十六年（1881）章学诚远游河南遇盗，连同《校雠通义》在内的44岁之前的文稿都被抢掠一空，今人已无缘得见这部著作的最初面目。后来，章学诚从朋友处找到《校雠通义》的前三卷，并于乾隆五十三年（1788）进行修订，这才是今天所见《校雠通义》的底本②。

取得进士功名为章学诚求取职位提供了便利，此后十年左右时间，他的教师之路顺利了许多，相继任教于肥乡清漳书院、永平敬胜书院和保定莲池书院。清代的书院多为学习举业而设，因此，章学诚在书院的主要职责，就是讲授和教习八股文。他为此作有《清漳书院条训》《与武定书院诸及门书》《论课蒙学文法》等多篇文章，申说自己"以古文为时文"以及"义理、考据、辞章"殊途同归的基本理念。

乾隆五十二年（1787），章学诚至河南依附毕沅，提议编纂《史籍考》。这是他尝试实现学术抱负的关键一步。作为乾嘉时期重要的学术赞助人，毕沅慷慨地支持了章学诚。次年，《史籍考》的纂修即正式展开。除章学诚外，《史籍考》的团队还包括了孙星衍、洪亮吉、武亿等乾嘉知名学人。也就是在这段时间，章学诚《文史通义》的写作有了突破性的进展。多种章学诚作品的编年显示，《文史通义》绝大部分篇章的写作，就是在乾隆五十三年（1788）到嘉庆元年（1796）之间完成的③。章学诚还主持了《亳州志》

---

① （清）章学诚著，仓修良编注：《文史通义新编新注》，第393页。
② 需要补充的是，1779年的《校雠通义》原名《续通志校雠略》，是章学诚给清廷三通馆《续通志》拟定的稿子。参见（清）章学诚著，王重民通解，傅杰导读，田映曦补注《校雠通义通解》序言，上海古籍出版社2009年版，第1—13页。
③ 据钱穆《实斋文字编年目录》可知，从1789年开始，《文史通义》的核心篇章成批写就。钱穆断言："乙酉一年，亦实斋议论思想发展最精采之一年也。"［钱穆：《中国近三百年学术史》（一），九州出版社2011年版，第463页］

《湖北通志》的编纂，并作有《方志立三书议》，对其方志学理论进行了系统的总结。可以说，章学诚的一生是典型的职业学者的一生。中国传统士大夫多为"官僚—学者—文人"三位一体，但清代不一样。清代存在着大批的职业化学者，他们既未曾在官场上谋得一官半职，又不善于以辞章干谒权贵，学问成为他们谋生的工具。职是之故，这些学者的学术自主性是打折扣的。他们协助雇主从事何种学术工作，对其自身的学术发展有直接影响。当章学诚忙于书院八股文教学时，自然没有太多精力兼顾自己的"文史校雠之学"。只有当他主持《史籍考》这样规模宏大的校雠之作时，他才能接触大量的经、史、子、集之作，从而深入思考、阐发自己对史学、文学的看法。

可惜游幕毕竟是一种寄人篱下的生活方式，当幕主好恶发生变化，或者幕主仕途遭遇挫折时，幕客常常要再谋出路。乾隆五十九年（1794），随着毕沅被降补为山东巡抚，《史籍考》的编纂陷入停滞。三年后毕沅去世，《史籍考》失去了主要的赞助人。因此章学诚晚年生活的一大主题，就是为《史籍考》的完成寻求助力。不难理解，章学诚一生主要的学术活动是编纂方志，但编纂方志在大部分学人眼中不过是谋生之具，并非值得夸耀的名山事业。章学诚既无力从事当时主流所重视的"考据之文"，《文史通义》又迟迟得不到学界巨公的认可。因此，这部继朱彝尊《经义考》而起的《史籍考》就是他进入主流视野的希望，他决心全力以赴。最终，同时期另一著名的学术赞助人谢启昆支持了章学诚的事业。凭借胡虔、钱大昭等人的通力合作，《史籍考》最终于嘉庆三年（1798）取得相当进展，但并未出版①。

除了为《史籍考》而奔忙，晚年的章学诚还频繁往来于江

---

① 嘉庆三年（1798）的《史籍考》仍然只是粗稿，其后，潘锡恩聘人校理增订，并写成清本准备刊行。可惜随着太平天国的战火蔓延至江南地区，《史籍考》的各种稿本都被焚毁了。但令人困惑的是，整个嘉道年间也没有士人提及、征引过《史籍考》的相关论述。这不能不使我们对这部著作的可能成就持谨慎态度。

苏、浙江、安徽一带。值得注意的是，在这段时期里，他与洪亮吉、孙星衍等昔日友朋的关系迅速地恶化了，而他对原本无甚深交的汪中、袁枚等人的批判，也都发生于此时。在写于嘉庆二年（1797）的《与孙渊如观察论学十规》中，章学诚曾劝孙星衍"辨正文字，但明其理而不必过责其人"，且表示"鄙著亦染此病，特不如尊著之甚耳，今已知悔，多所删改"[①]。但事实上，晚年的章学诚在攻击时人方面似乎不是更收敛，而是变本加厉了[②]。他对汪中、袁枚的批判，已近乎人身攻击。没有直接证据可用以解释晚年章学诚的任气好斗。他一直强调自己对生前的学术声名已经不抱任何希望，而将所有期待放在了可能的"身后桓谭"[③]。但行年将暮而美志未遂，他显然感到焦虑。嘉庆四年（1799），随着乾隆去世、和珅伏法，乾隆中后期由专制、贪腐带来的政治阴霾有消散的迹象。亲政的嘉庆皇帝鼓励臣子进言，摆出革新的姿态，章学诚与其他长时间备受压抑的知识分子相似，一反此前不议政的姿态，连上《上执政论时务书》《上韩城相公书》，显示其对乾隆时期吏治、科考弊病的锐利观察[④]。而这一时期士人政治批判之激烈，与此前乾隆一朝从朝廷大员到地方文士普遍的歌功颂德之声形成了刺眼的对照，也给后人观察清前中期帝王与士人关系提供了绝佳的切口。在极致皇权之下，士人究竟还有多少

---

① （清）章学诚著，仓修良编注：《文史通义新编新注》，第398页。
② 当然，这也和章学诚留存下来的早年文字较少有关。同为朱筠门人的李威曾回忆："及门会稽章学诚，议论如涌泉，先生乐与之语。学诚姗笑无弟子礼，见者愕然，先生反为之破颜，不以为异。"（李威：《从游记》，载朱筠《笥河文集》卷首，《清代诗文集汇编》编纂委员会编：《清代诗文集汇编》，上海古籍出版社2010年版，第366册，第407页）可知早年的章学诚也是好辩而且有些傲慢的。
③ （清）章学诚：《章氏遗书》卷18《邵与桐别传》，第10页b。
④ 章学诚《上尹楚珍阁学》说自己："耻为无实空言，所述《通义》，虽以'文史'标题，而于世教民彝，人心风俗，未尝不三致意，往往推演古今，窃附诗人义焉。"[（清）章学诚：《章氏遗书》卷29，第51页a] 章学诚之论戴震、袁枚，确有收拾人心、矫正风俗之念，但其关怀毕竟仍在学术、文学的狭窄圈子，与此时之直言政治弊端不同。

言论、行动的空间？或许，我们也可以重新审视章学诚思想中备受争议的权威主义倾向。如果成长于较为宽松的环境，章学诚愿意给予"时王"如此高的地位吗？很遗憾，嘉庆四年（1799）的广开言路最终以洪亮吉的银铛入狱告终，且此时的章学诚也已近风烛残年，再无时间对其论说进行系统的调整了。

嘉庆五年（1800），章学诚双目失明。他通过口授，由长子章贻选书写完成了《邵与桐别传》与《浙东学术》。这两篇文章的共同主题是为浙东地区的学术传统寻求历史定位。而他自己，显然希望作为浙东史学的继承人，为后世所铭记。

嘉庆六年（1801），章学诚去世，享年64岁。他生前曾自刻《文史通义》的部分篇章，但并未完成全书的整理。临终前数月，章学诚将手稿交给王宗炎，嘱其代为编次。遗憾的是，王宗炎也未及蒇事便去世了。他为章氏著述编写的《目录》，连同章氏的书稿几经辗转，最后流入民国藏书家刘承幹之手。经校订，《章氏遗书》于1922年出版，《文史通义》则为其中一种，此即"遗书本"《文史通义》。而早在道光十二年（1832），章学诚二子华绂因不满王宗炎的编辑思路，于开封刊印了由自己整理的《文史通义》（附《校雠通义》），是为"大梁本"《文史通义》。后来被伍崇曜收入《粤雅堂丛书》中，在清末影响甚广[①]。

二 章学诚的文论

章学诚主要的身份认同是史家。其一生志趣在史学："丈夫生不为史臣，亦当从名公巨卿，执笔当书记，而因得论列当世，以文章见用于时，如纂修志乘，亦其中之一事也。"[②] 自信亦在史学："吾于史学，盖有天授，自信发凡起例，多为后世开山。"[③] "拙撰

[①] 关于章学诚著作版本的差异，可参见张述祖《〈文史通义〉版本考》，《史学年报》1939年第3卷第1期。

[②] （清）章学诚著，仓修良编注：《文史通义新编新注》，第842页。

[③] （清）章学诚著，仓修良编注：《文史通义新编新注》，第817页。

《文史通义》，中间议论开辟，实有不得已而发挥，为千古史学辟其蓁芜。"① 不过，自认史家并不妨碍章学诚与文学有极密切的联系。抛去他数十年学习、讲授时文的经历不提。章学诚自乾隆三十年拜朱筠为师，所习却是古文②。《邵与桐别传》曾追述其时经历："辛卯之冬，余与（邵晋涵）同客于朱先生安徽使院时，余方学古文辞于朱先生，苦无藉手，君辄据前朝遗事，俾先生与余各试为传记，以质文心。"③ 年岁渐长后，谈文论道也仍是章学诚友朋聚会时的主要话题。《章氏遗书》至今仍留有不少相关的记录。《凌书巢哀辞》说到他与乔钟吴、刘嵩岳、蔡薰等人"皆以文章性命，诗酒气谊，与夫山川登眺，数相过从。"④《记游阳山九莲寺》则有："故人乔岷自迁安来，谈文穷日力。"⑤ 因此他才会在给邵晋涵的信中说："我辈平日既以文学为业。"⑥ 这表明在章学诚的自我体认中，文学亦为其一生之重要事业。

而在章学诚的思想体系里，文学同样占有非常重要的地位。章学诚曾多次强调，文学本身并不是"道"，而是用以载"道"之"器"。《言公中》："文，虚器也，道，实指也。"⑦ 他反对将文辞视为根本，而只承认其作为工具的意义。《说林》中曾对此连下六个比喻："文辞，犹三军也；志识，其将帅也。""文辞，犹舟车也；志识，其乘者也。""文辞，犹品物也；志识，其工师也。""文辞，犹

---

① （清）章学诚著，仓修良编注：《文史通义新编新注》，第693页。
② 在更早的时候，章学诚即已在父亲的指导下研习古文。据《朱崇沐校刊韩文考异书后》的回忆，章学诚于乾隆十九年（1754）前后购得朱崇沐所刻《韩文考异》，章镳随后即对之进行圈点评批，作为指示为文门径的材料："惟是童子塾中初购此书，即已宝如拱璧，其后先君丹墨评点，指示初学为文义法，小子自幼习焉，手泽所存，珍而袭之。"［（清）章学诚：《章氏遗书》卷13，第19页a］
③ （清）章学诚：《章氏遗书》卷18《邵与桐别传》，第6页b—7页a。
④ （清）章学诚：《章氏遗书》卷23，第29页b。
⑤ （清）章学诚：《章氏遗书》卷22，第23页a。
⑥ （清）章学诚著，仓修良编注：《文史通义新编新注》，第664页。
⑦ （清）章学诚著，仓修良编注：《文史通义新编新注》，第209页。

金石也；志识，其炉锤也。""文辞，犹则货也；志识，其良贾也。""文辞，犹毒药也；志识，其医工也。"① 文辞不能赋予自身意义，只有在志识的指导下，它才能发挥载道的功能。因此，章学诚又有"文非古人所重"②"凡为古文辞者，必先识古人大体，而文辞工拙，又其次焉"③ 等宣扬道本文末的言论。但是，强调文辞仅是载道之器，并不意味着完全否认文的作用。《史德》篇谓："史所贵者义也，而所具者事也，所凭者文也。"④ 没有一手好文章，再深刻的思想也会难以表达。"文，虚器也，道，实指也"说到底只是对中国文学传统中"文以载道"思想的一种阐释。它一方面肯定了道的根本地位，一方面也为文留下了的空间。在此基础上，章学诚指出文虽只是载道之具，但亦有其独立性：

> 盖文固所以载理，文不备则理不明也。且文亦自有其理，妍媸好丑，人见之者，不约而有同然之情，又不关于所载之理者，即文之理也。故文之至者，文辞非其所重尔，非无文辞也。而陋儒不学，猥曰"工文则害道"。故君子恶夫似之而非者也。⑤

在宋明以降的儒学话语中，"理"和"道"是可以相通的两个概念。因此，"文以载理"就是"文以载道"，"文自有其理"也就是"文自有其道"。章学诚旨在强调文学创作的特殊性。一篇文章写得好不好，能否引起后世的普遍同情，和它是否载道没有必然联系。载道之文可以使人读之昏昏欲睡，与之相对，乱道之文也可能激扬起读者的情感。《说林》谓："不文则不辞，辞不足以存，而将并所以辞

---

① （清）章学诚著，仓修良编注：《文史通义新编新注》，第223—224页。
② （清）章学诚著，仓修良编注：《文史通义新编新注》，第352页。
③ （清）章学诚著，仓修良编注：《文史通义新编新注》，第149页。
④ （清）章学诚著，仓修良编注：《文史通义新编新注》，第265页。
⑤ （清）章学诚著，仓修良编注：《文史通义新编新注》，第158—159页。

者亦亡也。诸子百家悖于理而传者有之矣，未有鄙于辞而传者也。"① 这一段议论把作为工具的文辞的重要性阐述得淋漓尽致。章学诚并不认同宋代以来某些理学家"工文害道"的主张，而认为"工文"恰恰是载道的必要前提。他虽未像同时代的袁枚那样把文学拔高到极其尊崇的地位，但也充分认识到文学的重要性。

只是，"以文学为业"的章学诚长期以来并未获得文学创作层面的肯定②。文学研究者对他的关注，主要是因为他文论中提出的诸多富有创造性的思想。本节多处引文已涉及章学诚的部分论文之语。在《古文十弊》中，他曾对自己嘉庆元年（1796）以前的专门论文之作略作统计："余论古文辞义例，自与知好诸君书凡数十通，笔为论著，又有《文德》《文理》《质性》《黠陋》《俗嫌》《俗忌》诸篇，亦详哉其言之矣。"③ 在此之后，他还完成《诗话》《传记》《古文公式》等论文名篇，并继续与朋友、后辈通过邮筒往还的方式商榷文辞义例。除此之外，就是那些未被章学诚定义为专门讨论文学的篇目，如《博约》《说林》诸篇，也不乏关于文学的真知灼见。因此章学诚的《章氏遗书》，不啻为一座中国文论的宝库。自朱东润、郭绍虞之后，现代治中国文学批评史者都将章学诚视为清代文论的重要人物，这就是原因所在。总结起来，章学诚的文论呈现出以下三个主要特点。

---

① （清）章学诚著，仓修良编注：《文史通义新编新注》，第 225 页。
② 章学诚多次承认自己不能诗："学诚天性，不工韵言，既不能学古人诗，而又不敢知纷纭者之诗集，故于斯道，谢不敏焉。"而在其颇为自负的古文辞方面，他对议论文尤其满意："弟文于纪传体，自不如议论见长。"［（清）章学诚著，仓修良编注：《文史通义新编新注》，第 545 页］只是作者之意如此，读者之意却未必然。段玉裁已指出章学诚的文章有八股习气，这是颇中要害的评价。章学诚的文字的确具备八股多照应、缠绕的特点，有时不免有呆板之嫌。因此，哪怕是在章学诚著作逐渐流传开来的晚清民初，对他的赞誉也更多着眼于观点，而非文辞。翁同龢肯定了《庚辛之间诸亡友列传》的文体创新，这是应该注意的。章学诚的确尝试在叙事之文中实践自己的理念，如《邵与桐别传》《庚辛之间诸亡友列传》等，均值得从文学角度进行剖析。
③ （清）章学诚著，仓修良编注：《文史通义新编新注》，第 149 页。

（一）"史法论文"①

作为史家，章学诚注重文学的史学价值。《韩柳二先生年谱书后》谓："文集者，一人之史也。家史、国史与一代之史，亦将取以证焉。不可不致慎也。"② 文集是个体一生经历的忠实记录，对家族史、当代史，甚至朝代史的写作都有巨大的参考价值。因此，章学诚特别指出，文章写作应该详注年月甚至创作心境、契机，以为后人考证其人、其世提供足够的便利："是固论世知人之学实亦可见诗文之集，固为一人之史，学者不可不知此意。为诗文者，篇题苟皆自注岁月，则后人一隅三反，藉以考正时事，当不止于小补而已。"③ 他还致力于发掘文章总集的"辅史"功能："萧统《文选》以还，为之者众。今之犹表表者，姚氏之《唐文粹》，吕氏之《宋文鉴》，苏氏之《元文类》，并欲包括全代，与史相辅，此则转有似乎言事分书，其实诸选乃是春华，正史其秋实尔。"④ 把断代文章总集视为"春华"，而以断代史为"秋实"，章学诚的观点可谓中国文论中"以诗证史""以诗补史"主张的极端推演。正是在这种理念的指导下，他在《方志立三书议》中明确提出，作为地方诗文汇编的《文征》"大旨在于证史"，至于"名笔佳章，人所同好"，则只是"未尝不可兼收"⑤。章学诚对文学"辅史"功能的过分强调无疑有失偏颇，但这是其"史法论文"的基础所在。

---

① （清）章学诚著，仓修良编注：《文史通义新编新注》，第757页。
② （清）章学诚著，仓修良编注：《文史通义新编新注》，第557页。
③ （清）章学诚著，仓修良编注：《文史通义新编新注》，第583页。而在《东雅堂校刻韩文书后》他甚至提出了大胆的建议："盖文集者，一人之史也。其事其文，苟与其人相涉，未有不为一例通编，固不必尽出其人手笔，亦不可遽以我意区分，乃为善考古人之业也。"[（清）章学诚：《章氏遗书》卷13，第20a—20页b] 在个人文集中附入有关的传记、序跋材料，这种做法古代早已有之，只是比较简略罢了。而章学诚出于文学历史化的考虑，主张将"苟与其人相涉"的文献"一例通编"，从而为"知人论世"打下坚实的基础，这已经与当代流行的作家资料汇编著作，以及某些古代别集整理本的编纂宗旨相近了。
④ （清）章学诚著，仓修良编注：《文史通义新编新注》，第28页。
⑤ （清）章学诚著，仓修良编注：《文史通义新编新注》，第830页。

章学诚既然处处关注文学的史学价值。那么，其整个文论的重心明显偏向于史学关系紧密的叙事文，即属当然之事，所谓"古文必推叙事，叙事实出史学。"① 章学诚还自觉以史法为准，提出自具义例的"史家之文"，以与当时流行的"文士之文"相抗衡，本书的第四章、第五章将对此进行详细的分析，此不赘述。另需说明的是，章学诚的以"史法论文"，还应包括"校雠之学"在文论中的使用。

章学诚一生为学，有由"校雠"向"文史"偏移的趋势。起初，郑樵"学之不专者，为书之不明也；书之不明者，为类例之不分也"② 的思想对他造成很大影响，他在编纂《和州志》等方志时，就对"艺文"部分抱有特殊的兴趣，之后撰写《校雠通义》，也显露其欲以校雠著作名家的志向。但随着闻见日广、识见日进，章学诚的重心转向更为广泛"文史"。所谓"文史"，在章学诚那里是专有名词。"盈天地间，凡涉著作之林，皆是史学"③，一切著述皆史；"夫言所以明理，而文辞则所以载之之器也"④，一切著述也均可称文。"文史"，即"所有的著述"之意。由《校雠通义》到《文史通义》内篇的写作，就是由专门校雠到泛论文史的过程。但这种偏移专指研究对象而言，在方法上，校雠之学始终是章学诚解决问题的凭借。"校雠之学"的宗旨是"辨章学术，考镜源流"，它起源于刘向、刘歆父子的事业，并在班固、郑樵等人的著作得到充分发展，是不折不扣的史家之法。《信摭》又云："即曾子固史学，亦只是刘向、扬雄校雠之才，而非迁固著述之才。"⑤ 这是章学诚认定"校雠之学"归属史学的直接证据。而文论对这一方法的挪用，亦受到史

---

① （清）章学诚著，仓修良编注：《文史通义新编新注》，第158页。
② （宋）郑樵撰，王树民点校：《通志二十略·校雠略》，中华书局1995年版，第1084页。
③ （清）章学诚著，仓修良编注：《文史通义新编新注》，第721页。
④ （清）章学诚著，仓修良编注：《文史通义新编新注》，第158页。
⑤ （清）章学诚：《章氏遗书》外编卷1，第22页b。

家的启发："《文心》体大而虑周，《诗品》思深而虑远，盖《文心》笼罩群言，而《诗品》深从六艺，溯流别也（如云某人之诗，其源出于某家之类，最为有本之学，其法出于刘向父子）。"①《诗品》的成功显示，源出史学的校雠之法也可运用于衡文论诗。只是，在历史的发展过程中，这一方法并未得到很好的发扬："自刘氏父子渊源流别，最为推见古人大体，而校订文字，则其小焉者也。绝学不传，千载而后，郑樵始有窥见，特著校雠之略，而未尽其奥，人亦无由知之。世之论校雠者，惟争辩于行墨字句之间，不复知有渊源流别矣。"② 有鉴于此，章学诚慨然以刘向、刘歆、郑樵的继承者自居，他相信，通过对古今诗文的"辨章学术，考镜源流"，可以加深对宇宙之"道"的了解："宇宙有传人而后有传文，文有流别，人有题品，就其流别题品之所至而参伍异同，辨别归趣，而达于大道，此古今之通义也。"③ 因此谈论"史法论文"，绝不能忽略章学诚对"校雠之学"的运用。事实上，正是通过一次次的"辨章学术，考镜源流"，章学诚才得以在文章史分期、文集发展、文体正变等文学批评的重要问题上提出令人耳目一新的看法，这是本书关注的重点。

（二）论战性

章学诚习惯于通过对某种风气、某个具体人物的辩驳来申说自己的主张。其论学文字普遍带有较浓厚的论战色彩。章学诚为数众多的文论，都有它明确的现实背景。具体到篇章上，比如《诗话》《妇学》主要针对袁枚《随园诗话》及其引领的风气而发；《传记》的直接写作动机则是批驳陈熷关于文章总集不收私传的议论，进而触及在明清引发大规模讨论的"私人作传"问题；《地志统部》通过对洪亮吉《与章进士书》的反击，旨在检讨古文中官名、地名的使用规范；《立

---

① （清）章学诚著，仓修良编注：《文史通义新编新注》，第290页。
② （清）章学诚：《章氏遗书》外编卷1，第8b—9页a。
③ （清）章学诚：《章氏遗书》卷21，第19页a。

言有本》《述学驳文》批判了汪中《述学》,并指出这部文集的编排是"诸子家数行于文集"的错误实现方式;《与孙渊如观察论学》质疑《问字堂集》的"芜累"及"未知尊旨所在"①,涉及的是对汉学家文风的批判;《文理》则是对其时尚未成派的桐城方苞、姚鼐一脉的学文方法的质疑;《文集》主要检讨了自《文选》以降文章总集的编纂体例;《文德》开篇即明:"古人论文,惟论'文辞'而已矣。刘勰氏出,本陆机氏说而昌论'文心';苏辙氏出,本韩愈氏说而昌论'文气';可谓愈推而愈精矣。未见有论'文德'者,学者所宜深省也。"② 至于那些在章学诚文学批评中反复出现的观点,比如对小学重要性的强调,其实是受当时汉学家"文章家不可不通小学"主张的影响;而对曾子"出辞气,斯远鄙倍"一语的反复征引,则与清中期文坛上下对"雅洁"的呼吁相适应,是对明代中后期以及清代初期语录、小说语言大量阑入古文的反拨。

　　章学诚的好辩,很大程度上和他的学术和性格有关。章学诚的学术与当时的主流并不相合,他自己很清楚这一点:"吾之所为,则举世所不为者也。如古文辞,近虽为之者鲜,前人尚有为者。至于史学义例,校雠心法,则皆前人从未言及,亦未有可以标著之名。爱我如刘端临,见翁学士询吾学业究何门路,刘则答以不知。盖端临深知此中甘苦,难为他人言也。"③ 大兴翁学士,指乾嘉著名的文人、学者翁方纲。翁方纲为学出入汉宋,又兼工诗古文,与许多知名学者均有来往。但即便如此,章学诚也不认为他能了解自己的学术。乾嘉并不乏史家,如钱大昕、王鸣盛,以及章学诚的好朋友邵晋涵,都以史学知名。但他们的史学是考证、辑佚的史学,而在章学诚看来:"整辑排比,谓之史纂,参互搜讨,谓之史考,

---

① (清)章学诚著,仓修良编注:《文史通义新编新注》,第398页。
② (清)章学诚著,仓修良编注:《文史通义新编新注》,第136页。
③ (清)章学诚著,仓修良编注:《文史通义新编新注》,第817页。

皆非史学。"① 同样地，乾嘉也不乏古文家，方苞、李绂主持风会于前，姚鼐正式创立桐城派于后，其他如袁枚、王昶、恽敬诸人，也是各胜擅场。但章学诚也不认可方苞、姚鼐等人的古文是古文正宗。这也无怪他有近人罕言"古文辞"和"史学"之感。加上所谓"校雠心法"本就以纠弹著述的缺陷为务，更加深其与当时主流的对立。

而在性格上，章学诚又是敏感而自负的。他似乎很轻易地感知他人对自己的不认同，但与此同时，这些不认同并没有最终导向自我怀疑："仆之所学，自一二知己外，一时通人，未有齿仆于人数者，仆未尝不低徊自喜，深信物贵之知希也。"② 章学诚内心深处是否真的对自己的特立独行如此自得，今天的我们当然不得而知。但在与友朋的书信中，他确实毫不讳言"通人"对自己的不屑，也尽情表露着对自身学问的信心③。面对普遍的忽视，他主动出击，通过对戴震、袁枚等显赫人物的批评，宣扬自己的理论。而当质疑到来时，他更是不吝笔墨，果断反击。今存他与洪亮吉、孙星衍、邵晋

---

① （清）章学诚著，仓修良编注：《文史通义新编新注》，第122页。《上朱大司马论文》有："世士以博稽言史，则史考也；以文笔言史，则史选也；以故实言史，则史纂也；以议论言史，则史评也；以史裁言史，则史例也。唐宋至今，积学之士，不过史纂、史考、史例；能文之士，不过史选、史评，古人所为史学，则未之闻也。"［（清）章学诚著，仓修良编注：《文史通义新编新注》，第767页］

② （清）章学诚著，仓修良编注：《文史通义新编新注》，第684页。

③ 比如章学诚与邵晋涵论戴震，便谓："戴君虽于足下相得甚深，而知戴之深，足下似不如仆之早。"［（清）章学诚著，仓修良编注：《文史通义新编新注》，第683页］戴震与邵晋涵同为汉学家，又同为四库馆编修，而章学诚很自信地宣称他对戴震的了解比邵晋涵更早更深。又如《与史余村》："仆著书无他长，辨论学术精微，实有离朱辨色、师旷审音之妙，近则能于学问文章别择心术邪正。"［（清）章学诚著，仓修良编注：《文史通义新编新注》，第687页］《与胡雒君论校〈胡穉威集〉二简》："鄙于读书无他长，子史诸家，颇能一览而得其指归。"［（清）章学诚著，仓修良编注：《文史通义新编新注》，第703页］再如《丙辰札记》自评："《文史通义》多警策动人，清言隽辨，间涉诙谐嘲笑，江湖游客藉为谈锋，科举之士用资策料，斯亦已尔。"［（清）章学诚著，冯惠民点校：《乙卯札记 丙辰札记 知非日札》，中华书局1986年版，第75页］大体上，章学诚在面对同辈、弟子时，已多直接表达对自身学问的自信，至于在给家人的《家书》中，则尤其不加掩饰。

涵等人的论辩书信，无一不是词锋犀利乃至咄咄逼人的①。可以说，学术上的与世不合使得章学诚有了论争的需要，而性格上的敏感与自负，则让这些论争染上了格外浓重的战斗色彩。

带有论战性质的言说加强了章学诚文论的在场感。它不仅使今人得以一窥乾嘉时期众多文人、学者之间的复杂关系，更重要的是，它以一种情境化的、充满细节的方式告诉我们，在两百多年前，围绕着文学创作、批评诸问题，彼时的人们有过怎样的讨论？哪些在今天看来已经不成其为问题的问题曾经强烈地困扰着他们？而哪些在今天看来非常重要的问题其实并未引起他们的广泛关注？他们理解古人、理解自己的方式，与当代的研究者存在怎样的差距？章学诚众多带有论战色彩的批评文字，都可以为此提供有益的视点。

（三）体系性

长期以来，中国文论的体系性就是一个饱受争议的话题②。传统的批评家并不习惯结构《文心雕龙》那样"体大思周"的专门著作；他们的文学观点，散布于书信、书序、诗话、笔记、评点等多种体裁之中③。而不同的体裁又有不同的限制，书信、书序由于具体写作对象的复杂性，很容易受到世俗人情的干扰；诗话、笔记、评

---

① 姚鼐《与谢蕴山》曾云："胡生雏君在楚中，甚为章实斋所苦，余人多去之，雏君勉留以终其事。"［（清）姚鼐撰，卢坡点校：《惜抱轩尺牍》，安徽大学出版社2014年版，第10页］"雏君"即胡虔，曾协助章学诚在毕沅幕府中编纂《史籍考》，又与姚鼐关系亲密。姚鼐此处向谢启昆透露的消息，应即来源于他。这显示起码在部分同事眼中，生活里的章学诚同样是个不好相处的人。

② 参见蒋寅《在中国发现批评史——清代诗学研究与中国文学理论、批评传统的再认识》，《文艺研究》2017年第10期，第35—49页；张伯伟《中国古代文学研究的理论和方法问题》，《文学遗产》2016年第3期，第51—62页。

③ 胡适《五十年来中国之文学》曾言："其实我们可以说这两千年中只有七八部精心结构，可以称作'著作'的书，如《文心雕龙》《史通》《文史通义》等，其余的只是结集，只是语录，只是稿本，但不是著作。"（胡适：《胡适文存二集》卷2，载欧阳哲生编《胡适文集》3，北京大学出版社2013年版，第206页）关于体裁，可参见［美］宇文所安《中国文论：英译与评论》，王柏华、陶庆梅译，上海社会科学院出版社2003年版，第1—17页。

点的写作则常常流于零散、随意。体裁的多样化还使批评家难以保持写作的整体性和连续性。当然，种种限制的存在并不意味着中国文论真的与体系性无缘。清代金圣叹通过评点的方式建立了个人严密的小说、诗歌理论。叶燮的《原诗》以全面系统著称。章学诚的文论，亦具有相同的特性。

首先，章学诚诸多论文名篇都是以"专篇论文"的形式写出的，这些论文通过对时文文法的挪用，基本实现了篇章内部论述的条理化、体系化。如《诗话》篇，先是考察了诗话这一体裁的演变过程：诗话始源于钟嵘的《诗品》，其后历唐、宋、元三代之变，最终转为与小说性质无异的稗官一流。然后，章学诚切入对当下问题的讨论：袁枚的《随园诗话》过于关注男女之情，已沦为导淫泄欲的工具，是诗话史上前所未见的"无忌惮"[1]之作，理应为名教所不容。全篇由古及今，由宏观转向微观，层层递进，逻辑清晰，既全面梳理了诗话的历史，又能聚焦于作者关心的问题，这样的效果，是受具体情境制约的序、书、题跋、诗话等其他文学批评文体难以达到的。《文史通义》的《文集》《传记》《妇学》诸篇，也都采用了相似的结构方式。

除了篇章内部结构的系统化，章学诚文论的体系性还体现在不同观点之间的层级关联。在《文史通义》核心篇章中，章学诚建构了一幅独特的上古史图景："道"随着人类社会的复杂化逐渐显现[2]，普通人"不知其然而然"地践行自然之道，以周公为集大成者的圣人则

---

[1]（清）章学诚著，仓修良编注：《文史通义新编新注》，第292页。

[2] 如《原道上》言："人之生也，自有其道，人不自知，故未有形。三人居室，则必朝暮启闭其门户，饔飧取给于樵汲，既非一身，则必有分任者矣。或各司其事，或番易其班，所谓不得不然之势也，而均平秩序之义出矣。又恐交委而互争焉，则必推年之长者持其平，亦不得不然之势也，而长幼尊卑之别形矣。至于什伍千百，部别班分，亦必各长其什伍而积至于千百，则人众而赖于干济，必推才之杰者理其繁，势纷而须于率俾，必推德之懋者司其化，是亦不得不然之势也；而作君、作师、画野、分州、井田、封建、学校之意着矣。故道者，非圣人智力之所能为，皆其事势自然，渐形渐著，不得已而出之，故曰'天'也。"［（清）章学诚著，仓修良编注：《文史通义新编新注》，第94页］

"学于众人"①，并立制垂法，设官分守，将体道所得施行于国家治理和教育。众人、师吏、圣人之间于是形成良性循环，有效地保障社会运行跟随道的显现而变动。如此到了春秋时期，统治者的所为离道日远，"道术将为天下裂"②，继周公后的又一圣人孔子有心救世而不得其位，只能述而不作，通过整理周官典守以"存周公之旧典"③，这一事业的结晶就是六经。六经因属先王周公等人的政治典章，又经先师孔子的笔削，乃后人达道的凭借。研究者此前已注意到章学诚这一基础性假说带有"文明史"或曰"文化史"的特性④，其中对"治教未分、官师合一"⑤的论述，来源则是《周礼》，以及刘歆、班固等人对周秦学术的概说。不过，章学诚并没有像此前《周礼》的尊崇者王莽、王安石等人一样，将此种上古史的建构转化为现实政治变革的资源⑥。而是由"文化史"进入"学术史"，追求述学论文的宏通视野。钱穆《中国史学名著》曾言：

> 章实斋的贡献特别在他讲"学术史"方面。……章实斋讲历史有一更大不可及之处，他不站在史学立场来讲史学，而是站在整个的学术史立场来讲史学，这是我们应该特别注意的。也等于章实斋讲文学，他也并不是站在文学立场来讲文学，而是站在一个更大的学术立场来讲文学。这是章实斋之眼光卓特处。⑦

---

① （清）章学诚著，仓修良编注：《文史通义新编新注》，第95页。
② （清）郭庆藩撰，王孝鱼点校：《庄子集释》，中华书局2016年版，第1073页。
③ （清）章学诚著，仓修良编注：《文史通义新编新注》，第100页。
④ 参见 [美] 倪德卫《章学诚的生平及其思想》，杨立华译，江苏人民出版社2007年版，第51—73页。
⑤ （清）章学诚著，仓修良编注：《文史通义新编新注》，第111页。
⑥ 章学诚对于《周礼》的推重，对于"时王"的尊崇，确实包含了孕育出某种政治变革方案的可能性。但在章学诚那里，它仅仅停留在可能。章学诚的政治史论述是服务于学术史论述的，似不宜过高估计其对晚清今文经学的影响。
⑦ 钱穆：《中国史学名著》，九州出版社2011年版，第347页。

这是对章学诚学术富于洞见的考察。章学诚的"文化史"论述事实上是他"著述先明大道"理念的产物。因此，《原道》之后有《原学》，章学诚关于上古社会的想象，最终要落实到"六经皆史""官师合一""言公"等学术史的判断上。以这些判断为标准，他才可能对后世经、史、子、集的具体问题进行评价。就其对"先明大道"的执着而言，他确有宋学家的兴趣；就其研究对象为"著述"而言，章学诚则具备典型的清代学人倾向。总结起来，章学诚论文具备"文化史—学术史—文学（史学）"的层次递进，显示出相当的体系性。他总是先提出一个"元命题"，然后再从这一命题出发，推衍出其他结论。比如在《和州志》里，章学诚提出上古因为"官师合一"，一切制度、著作皆起于治民敷教的实际需要，没有人会"矜其文辞而私据为己有"①。这一观念导致了章学诚认为理想的古文应该"因袭成文"②"点窜涂改"③，以及他对回归专家之学传统的呼吁。后者又直接影响到章学诚对专家著述的推崇和对文集的贬抑，甚至他对赋、墓志铭、时文等文体创作的见解，也与此相关。总之，章学诚文论是有"主心骨"的，少数命题构成其理论的根基，由这些命题扩展开去，章学诚最终推衍出自己富有创造性的具体观点。

三 学术史回顾

目前，对章学诚的研究除了涉及人物生平与整体思想的论著外，主要集中在哲学、史学、校雠学和文学等四个领域。前三个领域与本书的关系较浅，故此处只对文论的研究另辟专节进行讨论。其他领域对本书有较大启发的成果，则归入章学诚的生平研究一并进行评述。

---

① （清）章学诚著，仓修良编注：《文史通义新编新注》，第200页。
② （清）章学诚著，仓修良编注：《文史通义新编新注》，第215页。
③ （清）章学诚著，仓修良编注：《文史通义新编新注》，第405页。

(一) 章学诚生平研究及相关文献整理

学界普遍认为，1920 年日本学者内藤湖南编定的《章实斋年谱》（以下称《内藤谱》）开启了章学诚研究的现代历程。一些研究者宣称，章学诚的著作在此前的很长一段时间里遭到中国士人的漠视①。而事实上，章学诚生活在乾隆朝学界的中心，与并世第一流的学者往来。在他去世不久，焦循、龚自珍、李元度和包世臣等人就以或显或隐的方式发扬了章氏的史学主张。谭献、李慈铭、翁同龢等人也回应过他的观点。而章学诚的方志、谱牒学理论，更对晚清的方志、谱牒编纂产生重大而持续的影响。清末民初，缪荃孙主持的《国史·章学诚传》撰成，这可视为章学诚取得士林认可的标志性事件②。此后，作为中国学术转型关键人物的章太炎、刘师培对章学诚的关注亦达到了前所未有的地步③。在他们的著述中，可见章氏"六经皆史""官师合一"诸说的影响。对章学诚研究"前史"的回溯并非为了否定《内藤谱》的奠基意义，的确是在《内藤谱》出现后，章学诚的专门研究才形成潮流，并至今不衰。但值得注意的是，无论是在《内藤谱》还是在《中国史学史》等论著中，内藤湖南都是在"宋学"的脉络上理解章学诚的，这实际是部分

---

① 如胡适就说："他的生平事迹埋没了一百二十年无人知道。"（胡适：《章实斋先生年谱》，载欧阳哲生编《胡适文集》7，第 23 页）而直到 2014 年，张富林还认为："章学诚生前身份低微，思想与世人格格不入，其学术多不被世人所关注。二十世纪二十年代，胡适为其做了年谱之后，世人才逐渐认可了章学诚，其学术思想才逐步为世人所关注。"（张富林：《章学诚文学研究》，博士学位论文，扬州大学，2014 年，第 1 页）

② 参见戚学民《清廷国史〈章学诚传〉的编纂：章氏学说实际境遇之补证》，《社会科学研究》2016 年第 2 期，第 143—147 页；陈立军《〈章实斋遗书〉在晚清民初的流传及作用——以缪荃孙致柯逢时二封书札为中心》，《文献》2017 年第 3 期，第 86—95 页。

③ 但值得注意的是，在二人的清学史相关文章中，对章学诚反而着墨不多。章太炎只在《说林下》中侧面提到过章学诚，刘师培则是在《清儒得失论》中将章学诚作为朱筠、朱珪兄弟的附庸。

乾嘉学者偏见的延续。

紧随着《内藤谱》的发表，1922年，发生了两件对章学诚研究具有重大影响的事件。一为胡适《章实斋先生年谱》（以下简称《胡谱》）的出版，一为嘉业堂本《章氏遗书》的刊行。前者不仅在材料上较《内藤谱》更进一步，且正式开启现代章学诚研究的中国历程，影响极大。梁启超作于1920年的《清代学术概论》还只认为章学诚"为晚清学者开拓心胸，非直史家之杰而已"[1]，倾向于强调其对晚清学人的影响。但到1926年的《中国历史研究法》，对章学诚的评价已变成："彼于学术大原，实自有一种融会贯通之特别见地。故所论与近代西方之史家言多有冥契。"[2] 重点转移到了章学诚与近代史学的相通之处。梁启超对章学诚态度的转变凸显了胡适"发现"章学诚所引发的震动。但不应忽视的是，胡适主要是从史学近代化的角度推重章学诚。他表彰章学诚的"六经皆史"，是想借此攻击传统中的尊经思想，同时扩展中国史研究的材料来源，进而为随后声势浩大的"整理国故"运动服务。由于与章学诚在"诸子出于王官"等基本问题上存在分歧，胡适无法真正认可章学诚对古代中国的解读[3]。至于后者，则大大丰富了章学诚研究的基础文献。在此之前，社会上通行的章学诚著述是"大梁本"《文史通义》及《校雠通义》，抄本只在有限的圈子内流传。随着《遗书》出版，更多章学诚所撰传、序、书信、札记，以及部分方志的遗稿得以进入研究者的视野。

继胡适之后，推动章学诚研究进展的有钱穆。在1937年出版

---

[1] 梁启超著，朱维铮校订：《清代学术概论》，中华书局2011年版，第104页。
[2] 梁启超撰，汤志钧导读：《中国历史研究法》，上海古籍出版社1998年版，第25页。
[3] 比如在《告拟作伪书考长序书》中，胡适就说道："我想做一篇长序，略驳章实斋《言公篇》的流弊。旁人如此说，尚可恕。实斋是讲史学的人，故不可不辨。"（顾颉刚编：《古史辨·一》，上海古籍出版社1982年版，第15页）"言公"是章学诚学说中的核心观念，胡适连这点尚不认同，遑论其他。

的《中国近三百年学术史》中，钱穆于乾嘉诸公独取戴震、章学诚，各立专章，以明一时学术之趋向。戴震自是汉学风潮的中心人物；而章学诚，则作为此一风潮最强有力的批判者，与戴震对举。钱穆这一做法虽受到汪荣祖"难见学术思想之全貌"①的质疑，但确是在胡适的既定路径之外，为审视章学诚思想提供了新的视点②。钱穆还非常重视章学诚基础资料的整理。其初载于《北平图书季刊》三卷四期的《记抄本章氏遗书》一文讲述了自己偶遇钞本《章氏遗书》，并将内容公之于世的经历。在《近三百年学术史》中，更专门制有"实斋文字编年要目"。随着学力的不断精进以及思考的逐渐深入，章学诚经常对自己此前提出的观点进行完善、修正乃至颠覆。而记录了这些不同观点的文章如今不加区隔地混杂在《章氏遗书》当中。因此，对章学诚的作品进行编年，是进行章学诚研究之前的必须工作。

不同于胡适与钱穆的全面，更多学者选择把论题聚焦于章学诚的某一面向，进行深入而细致的探索。余嘉锡《书章实斋遗书后》讨论《章氏遗书》几处比较典型的知识错误，论断精审，基本坐实章学诚对自己"于训诂考质，多所忽略"③的判断。且余嘉锡之文又并非专为纠谬而发，它的另一层目的，是揭示章学诚写作《文史通义》与其他作品时的不同态度。这对今人处理《章氏遗书》中不同性质的文献同样具有启发意义。张述祖《文史通义版本考》对当日可见的章学诚著述版本进行考辨，厘清了章氏编纂思想的先后变化。除现代学术规范下的专著、论文，民国时期，尚有两部用传统札记体写成的章学诚研究著作值得关注。一为刘咸炘《文史通

---

① [美]汪荣祖：《史学九章》，生活·读书·新知三联书店2006年版，第165页。
② 胡适在清代学者中，已尤其重视戴震、章学诚，为戴震作《戴东原的哲学》，为章学诚作《章实斋先生年谱》，可能对钱穆有所启发。
③ （清）章学诚著，仓修良编注：《文史通义新编新注》，第819页。

义识语》①，一为吕思勉《文史通义评》。两书或解释，或引申，同时有补充和订正②，是研读《文史通义》的必备参考。不过，两书所重在大意的发明，于具体词句的解释则不甚措意，同期尝试完成这个工作的是 1935 年出版的叶长青注《文史通义注》③。过去有人认为此书的"胜义"已被叶瑛的《文史通义校注》采用④。但从 2012 年出版的张京华整理本《文史通义注》看，情况并非如此⑤。

1949 年以后，中国内地就章学诚是否"遵循唯物主义"、是否"反封建"等问题进行了多次讨论⑥。1964 年出版的王重民《校雠通义通解》是一部有分量的著作，该书不仅对章学诚校雠学理论进行阐释攻驳，更重视其与章学诚思想的其他侧面的关系。本书第一章至第三章的写作，就受到这一思路的启发。除此之外，其时对今天有较大影响的著作并不多，这种沉寂的局面要等到改革开放之后才被逐渐打破，且首先集中在文献的整理方面。

1985 年，文物出版社出版《章学诚遗书》。此编由嘉业堂本《章氏遗书》及之后发现的章氏佚文构成，是通行最为完整的章学诚文集。同年，中华书局出版了以"大梁本"为底本的叶瑛《文史通义校注》（以下简称《校注》）。由于注释引证多方，对各家解说也间有采纳，还兼具简单的题解、段解功能，截至目前，它

---

① 收入刘咸炘《推十书》（增补全本）甲辑第 3 册，上海科学技术文献出版社 2009 年版。

② 参见吕思勉《史学四种》，上海人民出版社 1981 年版，第 192 页。同性质的尚有张舜徽《〈文史通义〉平议》。其书初版于 1983 年，序言却写于 50 年代，而从自序内容看，主体部分的写作还要更早。具体时间既难确定，姑且附记于此。

③ 除此之外，尚有 1942 年程千帆所作《文学发凡》（后改名《文论十笺》），其中选笺了《文史通义》的五篇文章，注解亦有较高价值。

④ 参见（清）章学诚著，叶瑛校注《文史通义校注》导言，中华书局 1985 年版，第 5 页。

⑤ 此书卷首有张京华的长篇序言，指出了不少叶瑛注中全抄叶长青注而不注明来源，还有擅改叶长青注而导致错误的例子，可参看。

⑥ 典型如侯外庐主编《中国思想通史》（第五卷），人民出版社 1956 年版，第 485—540 页。

依然是最受欢迎的《文史通义》注本。在它之后，1997年贵州人民出版社出版了严杰、武秀成译注的《文史通义全译》，2012年中华书局出版了罗炳良译注的《文史通义》。二者都是在《校注》基础上的进一步劳作，有注释翻译、有解题，也校对版本文字的异同。相较而言，严杰、武秀成《文史通义全译》是一部没有受到足够重视的注本，其解题和校记都对章学诚的研究具有重要的参考价值。在以上三种以大梁本为基础的注本之外，代表另外一个整理本系统的是仓修良编注的《文史通义新编新注》[①]。该书内篇基本以嘉业堂本为准，外篇则广收序跋书信，是目前整理本中收录文章最多的一种。由于它的文字是以嘉业堂本《章氏遗书》为底本，出于版本同一性的考虑，本书对今人整理成果的利用，概以此本为准，其他整理本只做参考。除了文献整理，仓修良在新时期章学诚思想研究方面亦有筚路蓝缕之功。其1984年所撰之《章学诚和文史通义》是新时期内地第一部研究章学诚生平思想的著作。只是仓修良关注的主要还是章学诚的哲学和史学思想，对章学诚生平考述不多。真正在这方面有所推进的是鲍永军《章学诚传》。大约在同一时期，日本、北美，以及中国香港、台湾等地虽未在章学诚的文献整理上取得突出成绩，却诞生了一批对章学诚思想研究有较大推动的学术专著，值得细细评说。

倪德卫的《章学诚的生平及其思想》以章学诚一生经历为纲，展示其生活与思想之间的互动。截至目前，这可能是对章学诚思想分析最为细致、发现问题最多的一部专著。倪德卫重视文学因素对章学诚哲学、史学的影响。他明确指出："章学诚对写作的纯文学方面的着迷常常没有得到足够的强调，不考虑这一点，甚至他所说的有关历史编纂学的展开以及他对新的历史形式的建议也

[①] 早于1994年，仓修良就出版过《文史通义新编》，2005年才修订为《文史通义新编新注》。由于两编在选文上基本相同，此处仅举目前通行的《文史通义新编新注》。

几乎无法理解。"[1] 章学诚的历史编纂学受其个人"文学本能"[2]的引导，其"文学理论具有真正的哲学趣味"[3]，这提醒我们将章学诚有关历史写作的讨论作为其文论的重要组成部分。倪德卫还花费大量篇幅讨论"家"的概念，认为："在章学诚的《校雠通义》中的一个基本概念是'家'（学派）。这一概念贯穿着整个章学诚思想的发展。"[4] 这对本书第二章的写作具有启发作用。不过，倪德卫在书中使用了不少宋明理学的概念、方法，试图厘清那些章学诚偏爱的名词的暧昧、模糊之处。这有利于暴露章学诚自身的矛盾，但也会导致理解的偏差。书中过分强调章学诚与桐城派的关系，就是显例。1976年出版的余英时《论戴震与章学诚：清代中期学术思想史研究》可以看出胡适、钱穆的巨大影响。余英时认为，清代儒学具有显著的智识主义倾向，而章学诚和戴震，则是"清代中叶儒学的理论代言人，一方面，他们的学术基地在考证；另一方面，他们的义理则又为整个考证运动指出了一个清楚的方向"[5]。这一结论有力地指出了章学诚与清代考证学错综复杂的关系，也能帮助我们理解章学诚对大量宋学话语的使用。当然，"道问学—尊德性"的框架存在化约论倾向，且余英时对章学诚与戴震关系的考论虽是精彩的心理分析，但未免过分拔高戴震在章学诚心中的位置，某种程度上遮蔽了乾嘉时期其他学者如朱筠、邵晋涵等人对章学诚的重大影响。

---

[1] ［美］倪德卫：《章学诚的生平及其思想》，杨立华译，江苏人民出版社2007年版，第141页。

[2] ［美］倪德卫：《章学诚的生平及其思想》，杨立华译，第144页。

[3] ［美］倪德卫：《章学诚的生平及其思想》，杨立华译，第253页。

[4] ［美］倪德卫：《章学诚的生平及其思想》，杨立华译，第125页。

[5] ［美］余英时：《论戴震与章学诚：清代中期学术思想史研究》，生活·读书·新知三联书店2012年版，第4—5页。余英时对章学诚的解读，与他对清代学术思想史的整体判断关系密切。可参见《从宋明儒学的发展论清代思想史——宋明儒学中智识主义的传统》《清代思想史的一个新解释》《清代思想史重要观念通释》诸文，载氏著《中国思想传统的现代诠释》，江苏人民出版社2006年版。

到 20 世纪末，山口久和《章学诚的知识论——以考证学批判为中心》则对过往章学诚思想研究过于重视"六经皆史"与汉宋之争提出异议，主张应以"恢复学术认识中的主观契机"作为章学诚思想的核心，并因此重视章氏的文本论。这一论断有力地揭示了章学诚的文学立场对其史学理论的深刻影响。不过，在章学诚本人已频繁使用"性情""性灵"等词语表达类似看法的情况下，是否有必要另创"学术认识中的主观契机"这样的新词，是个可以商榷的问题。毕竟任何的转义都会使原概念的内涵发生歧变，如能不触动研究对象自身的话语体系进行讨论，或许是更优的选择。另外，山口久和从"考证学批判"的角度看待章学诚的学说，乃至处处将章学诚与考证学对立，也有偏颇之处。章学诚与以考证学为代表的乾嘉学风的关系是颇为复杂的，在某些层面上，章学诚是考证学风最有力的批判者；但在某些层面上，章学诚的理论植根于考证学的现实。

进入 21 世纪，中国内地有关章学诚的研究著作开始显著增多，且呈现出专业细化的趋势，如罗炳良《传统史学理论的终结与嬗变——章学诚史学的理论价值》（2005）、刘延苗《章学诚史学哲学研究》（2015）、刘雄伟《章学诚"六经皆史"研究》（2017）、周余姣《郑樵与章学诚的校雠学研究》（2015）、邓国宏《戴震、章学诚与荀子思想关系研究——透视乾嘉新义理学的一个新视角》（2021）。章益国《道公学私：章学诚思想研究》（2020）运用大量近现代哲学、史学、文学理论，对章学诚思想中有关"史学之美"的部分进行发覆，思辨性强，具有启发性。如以"隐喻"概括章学诚的思维风格，由此揭橥"六经皆史""风气论""浙东学派"等学说在思考模式上的共通性。又如以"史意"为"史学的意味"，"主要表现为史著的风格"[①]，具有"默会知识"的特点。第三部分"道

[①] 章益国：《道公学私：章学诚思想研究》，北京大学出版社 2020 年版，第 104 页。

公学私"对史家主体性的探讨,可与山口久和的论述参看。值得商榷的是,本书"格义"之处甚多,部分讨论有脱离章学诚所处的语境而自为组织之嫌①。除以上专著,国内外对本论题写作有较大影响的论文还有:

岛田虔次的《历史的理性批判——"六经皆史"说》旨在讲明"六经皆史"说中"史"的多重内涵;《章学诚的历史地位》则将章学诚放到明清思想史的谱系中,着重检查了他的个性主义和性情说。以性情说贯通章学诚的学问,钱穆已有此倾向,但岛田氏的解说无疑更为明晰集中。罗炳绵《章实斋对清代学者的讥评》较为详细地梳理了章学诚对清代诸学者的批评。在学界主要将章学诚视为清中期流行各学说之反动的大背景下,罗文的工作不仅展示了章学诚的多面性,也为后人的研究提供了便利。汪荣祖《章实斋六经皆史说再议》、许冠三《刘知几的实录史学》一书中第八章"刘、章史学之异同"则显示了不同的取径,它们都主于对章学诚思想中的"原创性"作重新评估。其结论虽有可商榷之处,但对章学诚研究中可能出现的过度阐释和过分尊信倾向来说,仍不失为有效的"异见"。龚鹏程《文学的历史学与历史的文学:〈文史通义〉》②指出章学诚的史学讨论的其实是"历史如何记载"的问题,而在中国史学传统的影响之下,它最终演变为一套文史交合的叙事理论。这就使章学诚的史学理论事实上变成了文学理论。而它对章学诚权威主义倾向的批判③、对章学诚有关"政教合一"到"政教分离"论述的质疑、

---

① 本书多次将章学诚与桐城派对比。但有关桐城派的表述,却颇有可商榷之处,比如以魏禧为桐城派"先驱人物"(章益国:《道公学私:章学诚思想研究》,第86页),又如认为"章学诚的时代,桐城派的声容正盛"(章益国:《道公学私:章学诚思想研究》,第93页),都是有问题的。

② 龚鹏程在多部书中有多篇论文论及章学诚的"文史学",总的来说观点大同小异,仅有篇幅多寡之别,此处以其论述最充分的一篇为准。

③ 杨念群《"经世"观念的变异与清朝"大一统"历史观的构造》亦对章学诚的权威主义思想有深入的讨论。参见杨念群《何处是"江南":清朝正统观的确立与士林精神世界的变异》,生活·读书·新知三联书店2010年版,第304—348页。

对章学诚重视流别的分析,都与倪德卫的专著有异曲同工之处。

(二) 章学诚文论研究

章学诚文论研究的展开几乎与内藤湖南、胡适等人"发现"章学诚同时,且很快达到了较高的水平。1922年,甘蛰仙在《晨报副刊》发表了第一篇研究章学诚文学理论的文章。此后1944年出版的朱东润《中国文学批评史大纲》将章学诚列为专章,并指出:"《文史通义》为文学批评中有数之作,于当时诗文家多所评骘,而论史诸作,尤称精诣。"[①] 1947年出版的郭绍虞《中国文学批评史》(下册)则用了一大"目"的篇幅,相当详细地讨论了章学诚的文学主张。值得注意的是,全"目"共分八"款",却有四"款"专注于章学诚整体的学术主张。如此处理在一般文学批评史中或许有违常规,但更贴近章学诚个人的学术特性。与之同时,钱锺书亦在《谈艺录》第八六则中言及章学诚和袁枚文学理论的"貌异心同",并对"六经皆史""言公"等几个基础命题进行解说。其立论新颖,但似不及《谈艺录·诗乐离合 文体递变》论八股、《管锥编·全上古三代秦汉三国六朝文·全北齐文·卷二》论"史德"、《管锥编·左传正义·杜预序》论"史笔文心"等不专论章学诚而又与之相关的部分精彩。钱氏对我国传统史学的看法与章学诚颇多相似,某些地方的申说更加精微。因此,在进行章学诚相关研究时,其著作能够提供整体性的帮助。李长之长文《章学诚的文学批评》分上、下部分,上部概括章学诚关于文学的基本态度,下部则讨论章学诚文论中所触及的一些重要话题。

1949年后,章学诚文论的研究同样经历了由沉寂到喧哗的明显变化。20世纪80年代,研究者多将精力集中在章学诚哲学、史学、校雠学的相关研究上。到1995年,邬国平、王镇远《清代文学批评

---

① 朱东润撰,陈尚君整理:《中国文学批评史大纲》(校补本),上海古籍出版社2016年版,第404页。

史》为章学诚留下一节的篇幅①。该书一方面延续了郭绍虞《中国文学批评史》的思路,将章学诚的文学批评视为乾嘉间史家文论的代表;但另一方面,它淡化了郭著对章学诚整体思想的关注,直接展开对"贯通之说与以史为宗""文德论""文理论"等具体问题的讨论。其中"文德论"对章学诚关于创作者、批评者心性问题的论述有非常充分的梳理。"贯通之说与以史为宗"亦指出了叙事问题在章学诚史学和文论中的中心位置②。同年,王义良著有《章实斋以史统文的文论研究》,这是章学诚文论研究中创获最多的著作③。王著主旨明确,行文雅致精简,既照顾章学诚的学术特性,又有一定系统性。第三章第二节"文之流别变化"首次讨论了章学诚的文章史分期,对本书第一章有指导作用。第三章第三节第二小节"史文与文士之文不同科"则对本书第五章的写作有所启发。比较遗憾的是,王著并未得到它应有的重视。而其内容纲目亦过细,也导致对一些问题的论述无法集中、深入。

2013年出版的唐爱明《章学诚文论思想及文学批评研究》并非对章学诚文论评的全面研究。全书重点,一在第三章第二节"章学诚的古文理论",一在第四章"章学诚对袁枚的批评"。前者可见王义良著作的启发。但王著主于从"以史统文"角度,对章学诚文学思想作全面阐释,此书则是将重心放到"史意""史德""文德""文理"等重要概念的深入发掘上。其中,"文德""著述之文与文人之文"二小节的讨论比较成功,其余略泛泛。后者花了大量笔墨,详细梳理袁枚的文学和章学诚对袁枚的攻击,但似乎未在结论上较

---

① 该书第八章"清代中期的文论"下设"刘大櫆、姚鼐""汉学家的文论""章学诚""阳湖派的文论""阮元与清代骈文理论"五个小节,章学诚独占一节,足见其所受的重视。
② 邬国平、王镇远:《清代文学批评史》,上海古籍出版社1995年版,第597—598页。
③ 此前中国台湾地区出版的章学诚文学批评研究论著尚有:罗思美《章学诚文学理论研究》,学生书局1976年版;乔衍琯《文史通义——史笔与文心》,时报文化出版公司1981年版。

之前郭绍虞、钱锺书的研究有实质的推进。章学诚针对袁枚的文章之多，辞气之异，确实足以对研究者构成某种"诱惑"，以致到近年，有关两人关系的成果仍在不断发表[①]。但剔除明显的意气成分，不难发现章学诚对袁枚的批评，与他对汪中、孙星衍、洪亮吉等人的批评具有同质性。一味就两人进行比较很难有所发明。2021年的石明庆《史意文心：章学诚与史家文论研究》认为"章学诚的学问总体上是一种文化史学的研究，核心是以史学为本的学术史研究"[②]，因此特重从这两点出发，把握章学诚的文论要义，并且引入历史诗学和文化诗学理论作为研究的视角，取径与本书有共通之处。主体部分共五章，每章二到五个小节不等，每节之中，又设置小目，因此，所考察的范围相当广泛，除了严格意义上的文论，也包含章学诚的诸多学术议题。

进入21世纪，有多篇学位论文讨论了章学诚的文论。2003年中国社会科学院研究生院陈志扬硕士学位论文《传统传记理论的终结：章学诚传记理论纲要》具体研究了章学诚的传记思想。论文第一章主要依据《亳州志》和《传记》，对章学诚关于传记的概念和流变的看法做梳理。本书第六章将依据相关材料，尝试提出新的看法。2009年江西师范大学彭志琴硕士学位论文《章学诚文体批评研究》是对章学诚文体批评的综合性研究。该论文以文体为次，排列了章学诚的相关意见。2014年湖南师范大学潘志勇硕士学位论文《章学

---

① 如张春田、孔健：《关于章学诚的古文创作理念——兼论章学诚对袁枚的批评》，《南京师范大学文学院学报》2011年第1期；杨遇青：《章学诚的袁枚批评考述——以乾隆六十年至嘉庆三年为中心》，《西北大学学报》（哲学社会科学版）2011年第6期；黄晓丹：《章学诚与袁枚的"妇学"论争及其经学背景》，《山东大学学报》（哲学社会科学版）2013年第6期；唐爱明：《论章学诚以〈随园诗话〉为中心的袁枚批评》，《西华师范大学学报》（哲学社会科学版）2014年第2期；庞雯予：《再论章学诚对袁枚的批判——以女性观为中心》，《贵州大学学报》（社会科学版）2014年第6期；张泓：《袁枚与章学诚六经皆史观之比较》，《华夏文化》2022年第1期。

② 石明庆：《史意文心：章学诚与史家文论研究》，上海古籍出版社2021年版，第18页。

诚写作思想研究》和 2006 年山东大学杜冉冉硕士学位论文《章学诚的文学思想》在前两章的思路上有相近之处，都是先讲时代学术背景，然后切入文学思想的议论。而对章学诚文学思想的梳理也按相近的逻辑顺序展开。潘志勇论文第三章"写作教学实践论"，对章学诚特殊的教育思想作了一般化处理。杜冉冉论文第三章"章学诚文学观与史观之关系"存在将章学诚的"史法论文"标签化的倾向，只是笼统地承认"文史不分家"[①]，而没有做彻底深入的考察。但在具体的讨论中，如第三节"'史意'与'文理'"，则仍有令人信服的结论。2014 年扬州大学张富林博士学位论文《章学诚文学研究》几乎囊括上举硕士学位论文的范围，可谓面面俱到；该论文附录部分还汲取了学界最新的考证成果，制成《章学诚著作年表》，为今后的章学诚研究提供了便利。

除学位论文，一些重要的单篇论文也在 21 世纪之后发表。陈文新《论乾嘉年间的文章正宗之争》将乾嘉年间的文坛视为一个各流派争夺文章正宗地位的战场，而章学诚则被推为史学派的代表。这对本书第一章、第四章的写作有重要的参考意义。但必须注意的是，章学诚对同时代钱大昕、王鸣盛等人的考据史学实际上是有保留的，在关注其共性的同时也应留意他们之间的区别。钱志熙《论章学诚在文学史学上的贡献》讨论了章学诚的文章史分期，且明确地点明其作为一种新视角的文学史意义。伏煦《章学诚"子史衰而文集之体盛"说发微》亦涉及相关问题。何诗海《章学诚的八股观》《章学诚碑志文体刍议》深入解析了章学诚对两种有代表性文体的看法及其意义，是章学诚文体论研究的精到之作；《"六经皆史"与章学诚的文体观》则从四个方面论证"六经皆史"对章学诚文体论的影响；《章学诚"文体备于战国说"平议》揭示了章学诚"文体备于战国"这一观点的深刻性和正确性，并指出其不足。

[①] 杜冉冉：《章学诚的文学思想》，硕士学位论文，山东大学，2006 年，第 28 页。

胡适很早就认为："此语含有一种文学史的见解，但章氏说的不明白。"[①] 何文则不仅在论证过程和结论上较前人有较大推进，且对以章学诚文论中的"观念"为中心进行研究做了有益的示范。近年来，张春田和孔健、章益国、石明庆、章富林、唐爱明等人亦针对章学诚的文学观念和创作发表了一系列文章，推动了章学诚文论研究的发展。

综上所述，章学诚文论的研究滥觞于20世纪20年代，基本围绕"史法论文"这一中心议题而渐次展开。近年来，随着现代学术分科的发展和综合性研究成果的不断积累，相关研究呈现出明显的专题化趋势。一些研究者善于结合章学诚的史家身份，探讨其文论中与当下学术热点相关的议题，比如章学诚的文体观、章学诚的文学史观，以及章学诚的文学交游等，并取得了相当可观的成绩，这为本书的研究打下了较好基础，同时也指示了有效路径。

四　研究旨趣与主要内容

本书论题的提出，建立在对章学诚文论特性的认识，以及对相关学术史的梳理之上。考虑到章学诚文论的研究已相当成熟，面面俱到的概论式著作数量已相当可观。本书拟以专题的形式展开，希望对章学诚文论中某些具有典型意义的问题做深入发掘，避免浮光掠影式的泛泛之论。当然，放弃建构一个严密的体系并不意味着本书的各章节之间缺乏联系。它们围绕共同的主题："史法论文"。这是章学诚文论的最大特色，也是章学诚历来为中国文学批评研究者所重视的最主要缘由。在这一主题之下，本书又可细分为三大板块。第一板块包括第一章至第三章，主要涉及"辨章学术，考镜源流"方法在文论中的运用。这是章学诚"史法论文"到近年引起较多关注的一个层面。但章学诚的"校雠之学"并不完全等同于当代研究

---

① 胡适：《章实斋先生年谱》，载欧阳哲生编《胡适文集》7，第59页。

所说"推源溯流"之法①。它明确以"官师合一"等对上古时期学术制度的想象为依托，因此，当它被运用于重大文学问题的讨论时，经常能产生使人耳目一新的观点。第二板块包括第四章和第五章，主要涉及章学诚对叙事文类的讨论。前辈学者已注意到章学诚对叙事问题的偏好②，但未对此进行进一步的分析。本书重点关注章学诚对叙事地位和叙事方法的相关论述，以期对章学诚的叙事理论有较完整的把握。两大板块的内容一方面互有区别，但也互相渗透。对叙事文类的讨论同样倚赖对校雠方法的使用；而在"辨章学术，考镜源流"思想指导下完成的文章史考察，也往往得出有利于叙事文类的结论。第三板块包括第六章和第七章，从两个个案入手，将章学诚的文论置于乾嘉乃至于清代文论的众声喧哗的语境中进行考察。章学诚的文论因其显著的独特性而广受关注，但本书试图通过个案的分析证明，它与当时的文风、学风，实有千丝万缕的复杂关联。在不同的议题中，章学诚都能发挥史家的优势，以"史法论文"得出富有总结性和启发性的结论。考虑到他尴尬的现实处境，这些结论未必能在文学现场产生多大影响，但在今天则是我们观察清代文论动向的绝佳窗口，不同于袁枚、姚鼐等人的引领风潮，章学诚更像一个杰出的"观风者"。以下简要地说明各章节的内容与研究目标。

第一章为"'六经皆史'与章学诚文章谱系的建构"。章学诚文章谱系的建构与"六经皆史"说的逐步完善相始终，两者同以作为史法的"校雠之学"为工具，又同以对史学的推重为最终目的。"六经皆史"是文体谱系得以建立的基础，文体谱系则是"六经皆史"说的现实运用。章学诚的文章谱系包含横、纵两个向度的内容。纵向上，章学诚以时间为序，将古来文章断为"六经之文—诸子之

---

① 参见张伯伟《中国古代文学批评方法研究》内篇第二章，中华书局 2002 年版，第 104—193 页。

② 参见邬国平、王镇远《清代文学批评史》，第 598 页。

文—文集之文"三期。横向上，他又依照文类的不同，将作为文章发展最后阶段的文集之文分为"叙事—议论—诗赋"三类。而且在划分过程中，章学诚同时对不同文类的地位做了排序，认为"叙事"是三大文类中难度最大，地位最尊的一种。因此他的文章谱系不仅是一个简洁的分类体系，亦是一个被注入了"尊史"精神的价值序列。

第二章为"'诸子家数行于文集'：章学诚的文集论"。章学诚的文集论体现出典型的清代学人思维。在章学诚看来，文集乃继六经、诸子之后，伴随着专家之学的衰落而兴起的一种著述体式。他主张对文集的体例、内容进行改进，以革除现行文集的诸多弊端。相关的思考，最终凝结为"诸子家数行于文集"一说。此说主张保持文集细分体裁的外在特征，但在具体文章的取舍、编排上，必须体现专家之学。这一看法在清代学人戴震、汪中、武亿、洪亮吉、孙星衍、段玉裁、阮元等人的文集编纂中得到有力的呼应。他们共同推动了文集的著述化进程。

第三章为"'文体万变而主裁惟一'：章学诚的文体论"。文体批评在章学诚的文论中占有举足轻重的地位。章学诚运用"辨章学术，考镜源流"的方法，对各文体的历史演进做细致的梳理，并就此提出兴利除弊的诸种意见。本章以源流论、正变论、创作论为纲，分别选取章学诚文体批评中具有典型意义的案例进行专门的考察。在文体批评中，章学诚存在重视思想内容等内在形式而相对忽略体制、格律等外在形式的倾向。而他对现行诸文体的批评或者赞扬，最终都指向了其心心念念的"专家之学"的回归，这与其文集论形成了某种互文性。

第四章为"叙事之文：章学诚的文史统合"。作为"事件"的"事"，在章学诚的话语体系里占有重要位置。通过把史书视为对过往事件的叙述，同时将叙事文推为古文正宗，章学诚最终使古文与史在"叙事之文"的层面得到某种程度的同一，从而统合文史。在这个过程中，浙东学派合史学与古文为一的经世之学对章学诚造成了直接影响，而中国史学"史以纪事"的基本取向及唐宋古文运动以降叙事文地位不断上扬的趋势，则是他顺利构建这一模式的背景支撑。

第五章为"'史家之文'：章学诚的叙事之学"。章学诚对古文的具体评论大体聚焦于叙事文。他一方面大力宣扬史家的义例之学，以之作为衡文论学的至高标准；一方面又强调通常为史家所不道的性灵与兴象的重要性。在这两大面向中，前者无疑居于主导地位。它是章学诚作为一位富有创造力的文论家的特色所在，也是当下文学研究者关注的重点。本章以章学诚对"史家之文"的尊崇和对文士之文的批判为线索，对相关内容进行梳理、阐发。史家之文以"因袭点窜"为基本的写作方式，以"省繁称""远俗情""从时制"为"点窜涂改"的具体要求。它是乾嘉时期实证史学高度发展以及文例之辨渐趋精微背景下的产物。

第六章为"章学诚与明清时期的'私人作传'之争"。自顾炎武《日知录》明确提出"古人不为人立传"之后，"私人作传"便成有清一代备受瞩目的文学议题。其时文章大家如方苞、刘大櫆、全祖望、袁枚、朱筠、姚鼐诸人均曾就这一问题表明自己的立场。在反复论难中，传统私传的发展历程得到了初步厘清，"不为达官名人作传""不为生人立传"等衍生议题亦随之产生。而章学诚的《文史通义·传记》作为这场论争中产生的最后一篇重要文章，以对"传记"之名的考镜源流，对"辨职"之说与权力关系的指认，对古人写作私传史实的举证三个方面入手，全面地论证了私传写作的合理性，从而有效地终结了自顾炎武以来对"私人作传"问题的探讨。

第七章为"章学诚与清代'凡为文辞宜略识字'风潮"。韩愈"凡为文辞宜略识字"在清代成为具有广泛影响力的文学命题。以乾嘉汉学家为中心，清人在继承前人遗产的基础上对"凡为文辞宜略识字"进行了富有成效的再阐释，使之成为论证小学之于文章创作重要性的经典表述。章学诚在肯定"凡为文辞宜略识字"合理性的同时，通过对其中"略"字内涵的发挥，指出汉学家所要求的"识字"专业程度过高，并不符合韩愈的原意，以此反对"考据"对于"辞章"的过度侵入。他的观点事实上预言了"凡为文辞宜略识字"在晚清民初的命运。其时各派文士均乐于将"凡为文辞宜略识字"视为文章写作的常识，但其指向，更侧重于要求文章家需具备一定的小学基础，而非强调文章家的小学家化。

第一章

"六经皆史"与章学诚文章谱系的建构

作为《文史通义》开篇《易教》的核心论断,"六经皆史"以其颇具冲击力的表述和颠覆性的思想,成为章学诚学说中最受关注却也争议最大的命题。百年来章学诚的研究者们为此各抒己见,聚讼纷纭①。推究其中缘由,研究者的理论兴趣和惯性无疑有推波助澜之效,但起决定性作用的,还是"六经皆史"在章学诚思想中的地位。作为章氏晚年定论,"六经皆史"具有"集大成"的特性。它是章学诚为学旨趣和研究方法的必然产物,一经提出,又反过来笼罩了他之前的大部分观点。"六经皆史"是章学诚历史哲学的高度概括,是其学术史观的枢纽,也是他文论的起点。通过"六经皆史",章学诚完成了对上古著述环境的建构,由此出发,他发展出"六经之文—诸子之文—文集之文"的文章史叙述,并对"文集之文"时代"叙事""议论""诗赋"三大文类进行了价值重估。而此前较少为研究者注意的是,"六经皆史"的酝酿和成熟,和章学诚"校雠之学"的实践,尤其是他对地方志"艺文"定位和体例的思考息息相关。本章将从这点切入,考察"辨章学术、考镜源流"如何促成"六经皆史"的提出,进而追踪"六经皆史"如何

---

① 参见[日]山口久和《章学诚的知识论:以考证学批判为中心》第三章"围绕'六经皆史'的诸问题",王标译,上海古籍出版社2006年版,第80—140页。

反过来成为"辨章学术、考镜源流"的起点,指导章学诚文章谱系的建构。

第一节 "校雠之学"① 与 "六经皆史"说的提出

乾隆二十八年（1763），章学诚的同窗兼好友甄松年受到修纂文安县志的邀请。得知这一消息后，青年章学诚显得异常兴奋，认为是实现他们史学抱负的大好机会②。而出于对章学诚史才的推崇，甄松年也不时就修纂过程中遇到的诸多问题，和他进行讨论。《章氏遗书》中，至今还存有《答甄秀才论修志第一书》《答甄秀才论修志第二书》《与甄秀才论〈文选〉义例书》《驳〈文选〉义例书再答》等他们当日交流的实录。这四封书信涉及方志的诸多层面，其中有关"文征"的义例问题，诱发了章学诚对六经性质的初步思考。

明清方志一般都有"艺文志"，但其内容大多为"长吏及邑绅

---

① 刘巍《章学诚"六经皆史"说的本源与意蕴》思路与本节均有相似之处。而材料取舍，阐释重点具有不同，可参见刘巍《中国学术之近代命运》，北京师范大学出版社2013年版，第1—43页。至于本节取"校雠之学"而不取"文史校雠"，《与孙渊如观察论学十规》有："惟文史校雠二事，鄙人颇涉藩篱，以谓向、歆以后，校雠绝学失传，区区略有窥测，似于大集校刊诸家书序，所见不无异同。"[（清）章学诚著，仓修良编注：《文史通义新编新注》，第393页] 明白将"文史"与"校雠"区分了开来。不仅如此，在章学诚文章中，还有贬抑单纯的"校雠之学"的说法，如："即曾子固史学，亦只是刘向、扬雄校雠之才，而非迁固著述之才。"[（清）章学诚：《章氏遗书》外编卷1，第22页b]"南丰曾氏史学本于向歆父子，乃校雠之学，非撰述之才也。"[（清）章学诚著，冯惠民点校：《乙卯札记　丙辰札记　知非日札》，第109页]"校雠之学"固然属于史学的范畴，但不是其中最高境界。以"校雠之学"为凭依，实斋最终追求的，是宣明文史大道。所以对"六经皆史"这一"文史之学"的主要命题的提出具有基础意义的，只是"校雠之学"。

② 章学诚甚至说："丈夫生不为史臣，亦当从名公巨卿，执笔充书记，而因得论列当世，以文章见用于时，如纂修志乘，亦其中之一事也。"[（清）章学诚著，仓修良编注：《文史通义新编新注》，第840页]足见在平时，二人多以史学互相砥砺。

所为诗赋、记序杂文"的汇集①，与正史中以著录图书典籍为主的"艺文志"并不相同。针对这一现象，章学诚指出："此亦选文之例，非复志乘之体矣。"② 方志的"艺文志"，还是要"一仿班《志》刘《略》，标分部汇，删芜撷秀，跋其端委，自勒一考，可为他日馆阁雠校取材"③。至于地方诗文，则可仿效《诗经》中"国风"的先例，另为一编，和方志主体并行④。这一观点得到了甄松年的支持，两人讨论的重点随即从整个方志的编纂聚焦到"文选"的义例上。而对于"文选"的选文标准，两人有相当的分歧。章学诚认为，方志既为史书，与之并行的文选自然也应"以史例观之"⑤，注重其辅史的性质。而甄松年则坚持"文章一道，所该甚广，史特其中一类耳"⑥，主张以文章为本位进行选文⑦。就在此僵持不下之时，章学诚回到六经，希望通过诉诸六经的古老权威，以证明自身观点的有效性。在《驳〈文选〉义例书再答》中，他先是以"试论六艺之初，则经目本无有也"的论断，否认六经之为"经"的自然属性，就此获得了重定六经性质的基础：

　　大《易》非以圣人之书而尊之，一子书耳；《书》与《春

---

① （清）章学诚著，仓修良编注：《文史通义新编新注》，第840页。
② （清）章学诚著，仓修良编注：《文史通义新编新注》，第840页。
③ （清）章学诚著，仓修良编注：《文史通义新编新注》，第857页。
④ （清）章学诚著，仓修良编注：《文史通义新编新注》，第1035页。因为《七略》不存，且章学诚似乎并未对当时《七略》佚文的收集多加留意，所以从始至终，他的《七略》很多时候即指《汉志》。
⑤ （清）章学诚著，仓修良编注：《文史通义新编新注》，第852页。
⑥ （清）章学诚著，仓修良编注：《文史通义新编新注》，第854页。
⑦ 章学诚强调《文选》《文苑英华》《宋文鉴》等文章总集的辅史功能："夫一代文献，史不尽详，全恃大部总选，得载诸部文字，于律令之外，参互考校，可补二十一史之不逮，其事綦重，原与揣摩家评选文字不同。工拙繁简，不可屑屑校量。"[（清）章学诚著，仓修良编注：《文史通义新编新注》，第852页] 甄松年则釜底抽薪，直言文章总集无补于史："兄复思配以文选，连床架屋，岂为风云月露之辞，可以补柱下之藏耶？选事仿于六朝，而史体亦坏于是，选之无裨于史明矣。"[甄松年原书，载（清）章学诚著，仓修良编注《文史通义新编新注》，第854页]

秋》，两史籍耳；《诗》三百篇，文集耳；《仪礼》《周官》，律令会典耳。自《易》藏太卜而外，其余四者，均隶柱下之籍，而后人取以考证古今得失之林，未闻沾沾取其若纲目纪传者，而专为史类，其他体近繁博，遽不得与于是选也。①

关于"柱下"，最有名的莫过于孔子问礼的故事。相传柱下为周代史官的工作地点，孔子在学习周代典章制度、礼仪规范期间，曾特意赶到那里，向一位博学的前辈请教各项知识。结合语境，章学诚言及"柱下"时所指涉的，无疑就是儒门中这一古老的传说。除《周易》之外的四种经典②"隶柱下之藏"，即四经均由史官执掌。既由史官掌管，它们当然可以用来"考证古今得失之林"。章学诚通过建立起除《周易》外其他经典与"柱下"的联系，确认经典本身的辅史功能。而一旦经典的辅史功能被确认，由其所孕育的其他各体文章需要"以史例观之"的观点也就有了坚实依托。章学诚的论证是否足以说服甄松年，今天已不得而知。但他在这里所表露的对于六经性质的看法，事实上已经与"六经皆史"的内涵有着相通之处。因为无论是"均隶柱下之籍"，还是"后人取以考证古今得失之林"，都在强调六经与史学的关系。

但其中又有相距甚远的地方。作为对于甄松年挑战的反应，四经"隶柱下之籍"之说的粗糙处是显而易见的。其一，章学诚只是说《周易》之外的经典"均隶柱下之籍"，却没有为此提供任何证据。在章学诚的早期文章中，这种有论点而无论据的情况其实并不罕见，他自己也坦陈："往仆以读书当得大意，又年少气锐，专务涉猎，四部九注泛览不见涯涘，好立议论，高而不切。"③ 而从他自《上钱晓徵学士书》才开始尝试通过各种方式论证"六经皆史"的

---

① （清）章学诚著，仓修良编注：《文史通义新编新注》，第854—855页。
② 这里章学诚仅把《仪礼》《周礼》当成经，而把《礼记》当成传。
③ （清）章学诚：《与族孙汝楠论学书》，载（清）章学诚著，仓修良编注《文史通义新编新注》，第800页。

行为看，他在《驳〈文选〉义例书再答》中所言，很可能只是凭借直觉的"大胆假设"，与言必有据的要求相距甚远。其二，虽然四经"隶柱下之籍"可视为"六经皆史"的雏形，但两者在理论射程上还存在较大差距。此时章学诚关注的只是为自己将文选另行的想法寻求有力依据，还没有用"史"笼罩天地间一切著述的野心。因此他大方承认《诗经》属文集，《仪礼》《周礼》属律令、会典。章学诚对"隶柱下之籍"这一论断的发挥，止于强调经典在理解历史时的作用。至于《易》，他不仅提出《易》是子书，且认为《易》不属"柱下"，与其他经典有异。这是他未曾有意识地建构"六经皆史"说的明证。事实上，当他真正开始尝试以史统摄六经之后，《易》便成为一个棘手的问题。如何坐实《易》亦史？这个问题困扰章学诚多年，直到《易教》才最终得到解决。

乾隆三十九年（1774），章学诚经朱筠介绍修编《和州志》，次年书成。因为是生平第一次独立主持学术项目，章学诚似乎有些迫不及待地想在《和州志》中展现自己的志趣和心得。志中很多议论，也因此远远超出了地方志的范畴①。其中最明显的，又属和"校雠之学"直接相关的《和州志·艺文书序例》（以下称《艺文书序例》）。该序分为"原道""明时""复古""家法""例志"五部分，俨然是一篇精简版的《校雠通义》②。而章氏"六经皆史"说的新发展，也在此有所体现：

  三代之盛，法具于书，书守之官。天下之术业，皆出于官

---

① 由于《和州志》最终未能刊刻，有幸见于《章氏遗书》的篇章又经过两次删减，我们现在看到的，有可能已和原貌有所差距。但在材料不足的情况下，辨别哪些部分有所实属困难。故本书仍循旧例，将其视为章氏修《和州志》时思想的体现。

② 王重民谓："这一篇论文可看做《校雠通义》'原道''宗刘''互著''别裁'四章的初稿。"［（清）章学诚著，王重民通解，傅杰导读，田映曦补注：《校雠通义通解》，第134页］倪德卫也认为：《艺文书序例》是"对《和州志》最重要部分的一种展开"。（［美］倪德卫：《章学诚的生平及其思想》，杨立华译，第42页）

师之掌故，道艺于此焉齐，德行于此焉通，天下所以以同文为治。而《周官》六篇，皆古人所以即守官而存师法者也。不为官司职业所存，是为非法，虽孔子问礼，必访柱下之藏是也。三代而后，文字不隶于职司，于是官府章程，师儒习业，分而为二，以致人自为书，家自为说，盖泛滥而出于百司掌故之外这，遂纷然矣。(六经皆属掌故，如《易》藏太卜，《诗》在太师之类)。①

在自注中，章学诚提出了六经性质的新见解"六经皆属掌故"，而前文"虽孔子问礼，必访柱下之藏"一句则表明，这一新见解的提出，实与四经"隶柱下之籍"存在承接关系。只是经过十年问学交游，章学诚无论在见闻还是识力上，都较之前有了巨大的进步，"六经皆属掌故"除沿袭《驳〈文选〉义例书再答》的思路，还有两点重要的改变。

其一，"六经皆属掌故"视六经为一体，未像"自《易》藏太卜而外，其余四者，均隶柱下之籍"那样，将《易》特殊化。通过明晰其他经典的执掌，章学诚在"掌故"层面实现了六经的统一。《和州志·艺文书辑略》对此有更为充分的论述："《易》藏太卜，《书》《春秋》掌于外史，《诗》在太师，《礼》归宗伯，《乐》属司成，孔子删定，存先王之旧典。"②《易》掌于太卜是章学诚一贯的

---

① (清)章学诚著，仓修良编注：《文史通义新编新注》，第912页。
② (清)章学诚著，王重民通解，傅杰导读，田映曦补注：《校雠通义通解》，第144页。《和州志·艺文书辑略》与《和州志·艺文书序例》同出于《和州志隅》，原为"艺文"的不同部分。章学诚对《汉书·艺文志》方法的挪用，显示其对自身学问路数的自觉和自信。在他看来，刘、班所致力的推源溯流，乃校雠学的精髓所在："自有著录以来，学者视为纪纲簿籍，求能推究同文为治，而存六典识职之遗者，惟刘向、刘歆所为《七略》《别录》之书而已。故其分别九流，论次诸子，必云出于古者某官之掌，其流而为某家之学，失而为某事之敝，条宣究极，隐括无遗。学者苟能循流而溯源，虽曲艺小数，诐辞邪说，皆可返而通乎大道；而治其说者，亦得以自辨其力之至与不至焉。"[(清)章学诚著，仓修良编注：《文史通义新编新注》，第912页]

观点，但接下来《书》《春秋》《诗》《礼》《乐》的归属则大不同于笼统的、模糊的"柱下之藏"。每一到两部经典，都与特定的职官对应。这一观点可以看到《汉书·艺文志》的显著影响。章氏直接转用了《诸子略》的溯源方法，以此确定六经与上古王官之间的联系。作为典章法度的记录，六经没有本质区别。

其二，"六经皆属掌故"并不是孤立的命题。它与"官师合一"等章学诚关于上古政教制度的认识密切相关。"官师合一"首发于章学诚乾隆三十七年（1772）写给史学前辈钱大昕的《上钱晓徵学士书》。在那封信里，章学诚认为："尝谓古人之学，各有师法，法具于官，官守其书，因以世传其业。"① 所谓"古人"，指儒者理想所寄的上古圣王，在章学诚的论述中，上古文化的重要特色是官吏与师儒不分，施政者同时也是教化者："虞廷之教，则有专官矣，司徒之所敬敷，典乐之所咨命，以至学校之设通于四代，司成师保之职详于《周官》。然既列于有司，则肄业存于掌故，其所习者修齐治平之道，而所师者守官典法之人。治教无二，官师合一，岂有空言以存其私说哉！"② 这保证"古人之学"的内容无一不出自官府，无一不切于世用，无一不经过实践的检验，无一不得到有效的传承。它构成了"六经皆属掌故"的历史背景，从而大大扩展其内涵。在某种程度上，"六经皆属掌故"已具备后来"六经皆史"所言"古人不著书""古人未尝离事而言理"③ 的意蕴，只是还未得到系统的理论提升和阐发。

乾隆五十三年（1788），章学诚在毕沅的资助下编纂《史籍考》。参与工作的还有凌廷堪、洪亮吉、孙星衍等一批饱学之士。因所居地点不同，众人间商榷往返的协调主要以书信的形式完成。就在本年给孙星衍的一封信里，章学诚提出了一个自认为"惊世

---

① （清）章学诚著，仓修良编注：《文史通义新编新注》，第648页。
② （清）章学诚著，仓修良编注：《文史通义新编新注》，第100页。
③ （清）章学诚著，仓修良编注：《文史通义新编新注》，第1页。

骇俗"的观点：

> 愚之所见，以为盈天地间，凡涉著作之林，皆是史学，六经特圣人取此六种之史以垂训者耳。①

钱穆曾对此下按语云："章实斋初发'六经皆史'之论。"② 这一观点无疑有合理性，但也存在待发覆处。章氏所言，其实只是为了解释他在《论修史籍考要略》一文中所主张的"经部宜通""子部宜择""集部宜裁"等意见，试看信中接下来"子集诸家，其源皆出于史，末流忘其所自出，自生分别，故于天地之家，别为一种不可收拾、不可部次之物，不得不分为四种门户矣"③ 等议论，应更能明了二者之间的对应关系。也即是说，这句话为经、子、集与史学的关系而发，强调的是其他各门学问与史学之间的联系。忽略这一语境，把它直接等同于"六经皆史"，就难免得出"《六经》都是对古来前言往行的记录"④ "一切著作，都是史料""经部中有许多史料"⑤ 等结论，对于理解"六经皆史"所包含的多重意蕴，至为不利。事实上，"六经特圣人取此六种之史以垂训者耳"在指向上反而接近于最早的"自《易》藏太卜而外，其余四者，均隶柱下之籍，而后人取以考证古今得失之林"，并未在"六经皆属掌故"的方向上取得进展⑥。这句话真正重要的地方在于，它表明章学诚已不打算隐藏自己以"史"包举其他著述的倾向。与文章家凭借"文本于经"为自己的取得重文合法性的策略相似，

---

① （清）章学诚著，仓修良编注：《文史通义新编新注》，第721页。
② 钱穆：《中国近三百年学术史》（一），九州出版社2011年版，第462页。
③ （清）章学诚著，仓修良编注：《文史通义新编新注》，第721页。
④ ［日］内藤湖南：《中国史学史》，马彪译，上海古籍出版社2008年版，第375页。
⑤ 胡适：《章实斋先生年谱》，载欧阳哲生编《胡适文集》7，第102页。
⑥ 这部分是因为，信的接收人孙星衍本就对章学诚成体系的上古文化史观缺乏同情，因此章学诚单单如此理论，都已怕"此种议论，知骇足下耳目，故不敢多言"。

章学诚的"六经皆史"将六经汇入于史，进而以史涵盖天地间所有文章，最终为狭义的史学争得在学问中至高无上的地位。山口久和以"泛史学化"概括章学诚的主张①，或许失之皮相。在章学诚看来，一切著述可以被当作史学的流别，但汉学家、宋学家、文人却不可以被视为史家，他们的著作，也无法与纯正的史学著作相提并论。

也许是在编纂《史籍考》后不久，章学诚作《易教》三篇。吕思勉对此评论道："六经之中，《诗》、《书》、《礼》、《乐》为政典，说均易通；惟《易》为讲哲学之书，以为政典，较难取信，故章氏做《易教上》《中》两篇以发挥之。"② 在先后以"《易》以天道而切人事"和"《易》为王者改制之巨典"对应"六经皆先王政典"和"古人未尝离事而言理"之后，章学诚终于了完成对《易》亦史的论证，于是在《易教上》的起始，他言简意赅地点出："六经皆史也。"③ 至此，初萌于《驳〈文选〉义例书再答》的"六经皆史"在《艺文书序例》中获得了方法论的自觉，又在修纂《史籍考》时被明确注入"尊史"的内核。通过多年的校雠经验，成熟的"六经皆史"最终在《易教上》中被提出，成了章学诚学术的总纲领。而章学诚关于文章演变及文体分类的看法，也笼罩在此纲领之下。

第二节 "六经皆史"与章学诚的文章史分期

章学诚的文章谱系包含两个向度：一为纵向的文章史分期；二

---

① [日]山口久和：《章学诚的知识论：以考证学批判为中心》，王标译，第241页。
② 吕思勉：《史学四种》，上海人民出版社1981年版，第194页。
③ （清）章学诚著，仓修良编注：《文史通义新编新注》，第1页。

为横向的文体分类，两者经由"文集之文"概念完成汇通，最终组成一个包罗至广、秩序分明的文章谱系。在这一谱系中，排列次序表面上遵循着某种历史的"真实"，实际却是章学诚"六经皆史"命题所揭橥之尊史观念的产物，这在文体分类上，有尤为明显的体现。值得注意的是，同"六经皆史"的提出相似，章学诚文章谱系的构建，亦经从设想酝酿到修补完善的漫长过程。两者之间还存在非常密切的联系。如前节所述，修《天门县志》时，章学诚是为了给自己立"文征"的设想寻求依据，才提出四经"隶柱下之籍"。到了《和州志》，与前相反，"六经皆属掌故"的认定启发了章学诚关于文的看法。在《艺文书序例》中，他把刘歆运用于诸子的溯源方法推及集部，对"奏议""征述""论著""诗赋"四类文章流变作了简单阐述。这成为他以校雠学为工具，深层次把握六经之文与当代文章关系的开始。而随着《史籍考》的修纂，章学诚在确认"六经皆史"的同时也确认了叙事之文在后世文学中的独尊地位，其文章谱系的建构也宣告完结。

在章学诚的文章谱系中，古往今来的文章首先依据发展阶段的不同，被纵向划分为几个阶段。《艺文书序例》谓："六典亡而为《七略》，是官失其守也；《七略》亡而为四部，是师失其传也。"[①]这是从校雠学的角度，探讨著录之法经历的两次重大变革。由此推而及文，就有《和州志·文征》中的："古人著述，各自名家，未有采辑诸人，裒合为集者也。自专门之学散，而别集之风日繁，其文既非一律，而其言时有所长，则选辑之事兴焉。"[②] 章氏此处并没有点明"别集之风日繁"的时间，但据"专门之学散"与"师失其传"，可知文集的发展与四部法的出现在时间上有对应关系，都是魏晋南北朝时期[③]。综合来看，此时章学诚的文章谱系尚处草创阶段，

---

① （清）章学诚著，仓修良编注：《文史通义新编新注》，第913页。
② （清）章学诚著，仓修良编注：《文史通义新编新注》，第941页。
③ 章学诚对文集出现时间的讨论，可参见本书第二章。

即使后来的《永清县志·文征》对之有所补充，也仍颇粗略。不过，循着这一思路持续探求，以《诗教》篇为标志，章学诚的文章史论述开始出现明确的"三期说"①。在这当中，又以《文集》的表述最为清晰系统：

> 集之兴也，其当文章升降之交乎？古者朝有典谟，官存法令，风诗采之间里，敷奏登之庙堂，未有人自为书，家存一说者也。
>
> 自治学分途，百家风起，周、秦诸子之学，不胜纷纷；识者已病道术之裂矣。然专门传家之业，未尝欲以文名，苟足显其业，而可以传授于其徒，则其说亦遂止于是，而未尝有参差庞杂之文也。两汉文章渐富，为著作之始衰。然贾生奏议，编入《新书》；相如词赋，但记篇目。皆成一家之言，与诸子未甚相远，初未尝有汇次诸体，裒焉而为文集者也。
>
> 自东京以降，讫乎建安、黄初之间，文章繁矣。然范、陈二史，所次文士诸传，识其文笔，皆云所著诗、赋、碑、箴、颂、诔若干篇，而不云文集若干卷，则文集之实已具，而文集之名犹未立也。自挚虞创为《文章流别》，学者便之，于是别聚古人之作，标为别集；则文集之名，实仿于晋代。②

章学诚追溯了中国文学的发展历史。在他看来，自上古时代以降，中国学术经历了两次重大的学术嬗变，每一次嬗变都是一个文章史

---

① 钱志熙认为章学诚"以'诗教'为核心建立了纯文学的概念，通过辨析'六艺之文''战国之文''后世之文'三种不同形态的文学之间的源流演变来建构其文学史体系"（钱志熙：《论章学诚在文学史学上的贡献》，《文学遗产》2011年第1期，第112页）。王义良《章实斋以史统文的文论研究》第三章第二节"文之流别变化"则将章学诚的文章流变理论概括为"六艺之文""诸子之文""文集之文"的更替（王义良：《章实斋以史统文的文论研究》，高雄：复文图书出版社1995年版，第157—174页）。他们都已注意到章学诚的文章史"三阶段"之说，只是在命名上有所不同。

② （清）章学诚著，仓修良编注：《文史通义新编新注》，第318—319页。

分期的标志。由此，历代文章被分成了前后接续的三个阶段，并被分别命名为"六经之文""诸子之文"以及"文集之文"。

第一个阶段是六经之文。关于六经的名称由来，《经解上》云：

> 六经不言经，三传不言传，犹人各有我而不容我其我也。依经而有传，对人而有我，是经传人我之名，起于势之不得已，而非其质本尔也。……逮夫子既殁，微言绝而大义将乖，于是弟子门人各以所见、所闻、所传闻者，或取简毕，或授口耳，录其文而起义。左氏《春秋》、子夏《丧服》诸篇皆名为传，而前代逸文，不出于六艺者，称述皆谓之传，如孟子所对汤武及文王之囿是也。则因传而有经之名，犹之因子而立父之号矣。至于官师既分，处士横议，诸子纷纷著书立说，而文字始有私家之言，不尽出于典章政教也。儒家者流，乃尊六艺而奉以为经，则又不独对传为名也。①

六经原为"六艺"，之所以得"经"之名，起于后世儒者的追认。为应对战国时代百家横议的乱局，儒生们独据六艺，以之作为自家学说的理论依据；而为了将六艺与其他各家的撰述分开，他们又赋予六经以"六经"之名。在此之前，六经是上古"未尝矜于文辞而私据为己有"② 环境下的产物。因为不是刻意经营的私家著述，所以六经之文的显著特色，在于文无定体。《书教上》说《尚书》是"因事命篇，本无成法"③，《易教下》又指出："《易》之象也，《诗》之兴也，变化而不可方物也"，比较讲法则的是《礼》和《春秋》："《礼》之类也，《春秋》之例也，谨严而不可假借矣。"④ 但《春秋》编年，《礼》分类，这里所谓的"法"，近于章学诚

---

① （清）章学诚著，仓修良编注：《文史通义新编新注》，第76页。
② （清）章学诚著，仓修良编注：《文史通义新编新注》，第200页。
③ （清）章学诚著，仓修良编注：《文史通义新编新注》，第20页。
④ （清）章学诚著，仓修良编注：《文史通义新编新注》，第16页。

《书教上》"记注有成法"①的法，乃"官师合一"时代特有的记录法则。和本节所讨论的文类并不一致。在章学诚的价值判断中，六经之文是文章的最上乘，《清漳书院留别条训》教育学生："文章之大，岂有过于经传者。"②《言公上》也有："六艺为文字之权舆。"③章学诚在此毫无保留地把对文章的最高评价给予了六经之文。

一方面是对文以载道的极端重视，一方面是修辞的自然高妙。章学诚对六经之文的赞誉不脱此二端。但有时他也会说："经、传文辞，原有不可法者。"④与古代其他学者的状况相似，与其说是六经的文章之美打动了章学诚，使他将六经确定为文的最高标准。毋宁说是尊经观念的根深蒂固促使他去寻找六经作为文章极则的理由。章学诚是高度尊经的。过去如胡适、张舜徽、仓修良等人以"六经皆史"为据，推断章氏有贬经之意，这是不尽准确的。在章学诚的主观意识中，并没有贬低六经地位的想法：

> 六经之道，如日中天。⑤
> 六经大义，昭如日星。⑥
> 未闻光天化日之下，敢于进退六经，非圣无法，而恣为倾邪淫宕之说，至于如是之极者也！⑦

如果说这些口号式的赞美多少流于浮泛，有文士故作狡狯之嫌的话，章学诚对《周礼》的有意继承，则是他尊经观念的一个具体表现。章

---

① （清）章学诚著，仓修良编注：《文史通义新编新注》，第21页。
② （清）章学诚著，仓修良编注：《文史通义新编新注》，第608页。值得注意的是，这里章学诚所说的经传，乃指十三经。
③ （清）章学诚著，仓修良编注：《文史通义新编新注》，第201页。
④ （清）章学诚著，冯惠民点校：《乙卯札记 丙辰札记 知非日札》，第95页。
⑤ （清）章学诚著，仓修良编注：《文史通义新编新注》，第81页。
⑥ （清）章学诚著，仓修良编注：《文史通义新编新注》，第119页。
⑦ （清）章学诚著，仓修良编注：《文史通义新编新注》，第298页。

学诚尝自述之学云："思敛精神为校雠之学，上探班、刘，溯源官礼，下该《雕龙》《史通》，甄别名实，品藻流别，为《文史通义》一书。"① 这是他最早把自己的学问与《周礼》挂钩的文字。道光年间章华绂编辑其父遗著，也说道："其中倡言立议，多前人所未发，大抵推原《官礼》，而有得于向、歆父子之传。"② 俨然视《周礼》为章学诚学术的出发点。但本章第一节的讨论已经表明，章学诚最初对《周礼》在内的六经并没有产生与众不同的意见。在乾隆三十七年（1772）之前的文字里，他甚至从未提到过《周礼》。《和州志》的各篇《序例》对《周礼》的追源以及之后以《周礼》为纲领，澄清著述流别的做法，一方面可视为《汉志》"诸子出于王官"假说的自然发展；但从另一方面看，也未尝不是章氏为自身学说寻找依傍的刻意为之。章学诚虽对乾嘉学者执着于训诂明经的做法不以为然，但这份保留到底只限于学术方法层面。在对六经地位的认识上，他并没有独立于学术风气之外。他同样认为，不出于六经的学说都应归入异端之列③。所以，章学诚以《汉志》为中介，使自己的学问与《周礼》发生了关联。为了论证自身学术渊源的合法性，他甚至有意抬高《周礼》在"三礼"中的地位，《礼教》有云："《汉》艺文志，官仪二礼与礼家诸记合为一种，后世《三礼》所由名也。其实诸记多为《仪礼》，而传《周官》者，非专门之学即无成书，名为'三礼'，实二礼也。二礼通传，而儒者拘于威仪之说，遂异经礼三百而归之《仪礼》，反若《官》典为礼家之赘疣，而先

---

① （清）章学诚著，仓修良编注：《文史通义新编新注》，第706页。
② 章华绂：《文史通义序》，载（清）章学诚著，仓修良编注《文史通义新编新注》，第1080页。
③ 一个明显的例证是，章学诚反对拟经，在其《文史通义》中，有大量驳斥拟经的言论。如《易教上》："后儒拟《易》，则亦妄而不思之甚矣。"《书教上》："世儒不达，以谓史家之初祖实在《尚书》，因取后代一成之史法纷纷拟《书》者，皆妄也。"《经解下》："异学称经以抗六艺，愚也；儒者僭经以拟六艺，妄也。"[（清）章学诚著，仓修良编注：《文史通义新编新注》，第2、20、87页]

王制作之原，与道出于天之义微矣。"① 此处所论与"三礼"学发展的实际并不吻合。自顾炎武起而倡言实学之后，清代的"三礼"研究就特别兴盛，但其中多以对《仪礼》《礼记》二书的典章考证为主，《周礼》则相对被忽视。章学诚这段议论乃针对清代"三礼"研究的现状而发，但也有自高所出的意味。如果《周礼》在"三礼"乃至六经中占据枢纽地位，那么，学问出于《周礼》的章学诚当然也能压过"以礼代理"的汉学家一头②。总之，从他执着地要在六经中寻找自身学问依据的行为看，章学诚无疑属于传统中国最为常见的尊经学人。

那么在章学诚有关"六经皆史"的论述里，是否也存在否认六经地位的可能性？持肯定论者多引《原道下》中"夫道备于六经，义蕴之匿于前者，章句、训诂足以发明之；事变之出于后者，六经不能言，固贵约《六经》之旨而随时撰述以究大道也"③一段为据。联系全文，有研究者对此的解读是："首谓'六经皆器'，非载道之书；次言六经亦不能超越时间之限制，事变之出于后者，六经中亦无其道；末云六经中虽有可见之道，而后世经学考证家多以一隅自限，且又彼此不合，故所得更少。"④的确，章学诚通过将六经历史化，将经典文献化，使六经所载变成一时的不完全之道，从而消解了宋代以来"六经载道"的永恒性。

但讨论至此并不充分。章学诚一方面固然肯定"事变之出于后者"需由后人撰述阐明；但另一方面，他又无一例外地对后世文章的载道成绩表示了失望。章学诚对六经之后文章的最大肯定，似仅

---

① （清）章学诚著，仓修良编注：《文史通义新编新注》，第69—70页。
② 章学诚曾点名批评："大礼与天地同节，惟建官立典，经纬天人，庶足称礼之实，容仪度数，不过一官之长，何足当之！古人所谓仪也，非礼也。"[（清）章学诚著，仓修良编注：《文史通义新编新注》，第69页] 这是他个人独特的"以礼代理"方式。
③ （清）章学诚著，仓修良编注：《文史通义新编新注》，第104页。
④ [美] 余英时：《论戴震与章学诚：清代中期学术思想史研究》，第56页。

限于:"戴氏深通训诂,长于制数,又得古人之所以然,故因考索而成学问,其言是也……马、班之史,韩、柳之文,其与于道,犹马、郑之训诂,贾、孔之疏义也。"① 也就是说,史家之学、古文之学、训诂义疏之学都可能有所成就而达于大道。但他们所达到的道又是怎样的呢?"经师即伏、孔、贾、郑,只是得半之道"②,作为参照的训诂义疏之学尚且如此,其他学问自难例外。如何解决"只得道之半"的问题?章学诚的选择,是再次求助于六经:"固贵约六经之旨,而随时撰述以究大道也",这句话紧跟"事变之出于后者,六经不能言"之后,看似不经意,实则是把握"六经皆史"内涵的关键。正是它的补充,反过来消解了之前撼动六经地位的可能性。章学诚借此说明,即便之后的社会能够诞生用以明道的理想著述,也只能是遵照六经指示的结果。至于什么是六经指示的路径,章学诚没有说清楚。他在文章多次提到的"经世""言公"或许是其中的一些面向,众多"史学义例""古文义法""校雠心法"则是一些具体的法则,但具有高度概括性的六经大道,在章学诚那里始终是付之阙如的。"古人未尝离事而言理","道不离器"根本上就拒绝对一个抽象的、形而上的道做过多阐释。"六经皆史"将六经置于历史发展脉络的一个点上,但又通过另外一种方式,赋予其永恒。而且,因为在章学诚的评判下,六经之后理想的载道之文其实从未存在。周公在特定时间的"集千古之大成"③ 更仿佛成了一个历史的偶然,一个一去不返的美好回忆。而六经之文,也因为这一时代的不可复得而成为孤悬于一切文章之上的最高典范。后世文章也许能在修辞上有所开拓,但在作为核心的"载道"问题上,它们很难有超越甚至接近六经的可能。所谓"道备于六经",章学诚只是通过对六经的颠覆性阐释暗度陈仓,以实现他的尊史意图,六经的地位无论哪一

---

① (清)章学诚著,仓修良编注:《文史通义新编新注》,第807—808页。
② (清)章学诚著,仓修良编注:《文史通义新编新注》,第760页。
③ (清)章学诚著,仓修良编注:《文史通义新编新注》,第95页。

个层面都未受到有力的挑战。

紧接着六经之文发展起来的，是诸子之文。诸子之文盛于战国，而导源于六艺，《诗教》云：

> 战国之文，其源皆出于六艺。何谓也？曰：道体无所不该，六艺足以尽之。诸子之为书，其持之有故而言之成理者，必有得于道体之一端，而后乃能恣肆其说，以成一家之言也。所谓一端者，无非六艺之所该，故推之而皆得其所本，非谓诸子果能服六艺之教而出辞必衷于是也。《老子》说本阴阳，《庄》《列》寓言假象，《易》教也。邹衍侈言天地，关尹推衍五行，《书》教也。管、商法制，义存政典，《礼》教也。申、韩刑名，旨归赏罚，《春秋》教也。其他杨、墨、尹文之言，苏、张、孙、吴之术，辨其源委，挹其旨趣，九流之所分部，《七录》之所叙论，皆于物曲人官，得其一致，而不自知为六典之遗也。①

章学诚将诸子之文视为"典章散而诸子以术鸣"② 在文章层面的体现。而诸子"皆于物曲人官，得其一致"的说法，自然是对《汉书·艺文志》中"道家者流，盖出于史官""阴阳家者流，盖出于羲和之官"③ 等推论的概括。只是由于章学诚此前已经在"六经皆属掌故"的命题中完成了六经与上古职官的对应。因此，此处无须再对诸子与"物曲人官"的联系做详细的阐发。他以六经为媒介，肯定诸子所作均出于六经，并从"说本阴阳""寓言假象""推衍五行""旨归赏罚"等多个角度进行论述。随着春秋战国的到来，天下大乱，学问由官府流向民间，诸子风起。诸子之文于是取代六经之文，成为这一时段著述的主要形式。在思想上，诸子之文各就六经之文之一端，敷衍恣肆，最终成就一家之言。而在修辞上，章学

---

① （清）章学诚著，仓修良编注：《文史通义新编新注》，第45页。
② （清）章学诚著，仓修良编注：《文史通义新编新注》，第59页。
③ （汉）班固：《汉书》卷30，中华书局1962年版，第1732、1734页。

诚于六经中独取《诗》,由"纵横之世"与"诸子腾说"的关系切入,论述其与诸子之文的关系:

> 战国者,纵横之世也。纵横之学,本于古者行人之官。观春秋之辞命,列国大夫,聘问诸侯,出使专对,盖欲文其言以达旨而已。至战国而抵掌揣摩,腾说以取富贵,其辞敷张而扬厉,变其本而加恢奇焉,不可谓非行人辞命之极也。①

战国是混乱的年代,各派学者彼此竞争,为了游说国君,招徕门徒,他们不得不使自己的言辞变得"委折而入情,微婉而善讽"②,以此增加自己学说的说服力和感染力。章学诚区分了春秋和战国两个不同时期的文章,前者还秉持古代行人之官的遗风,讲求"文其言以达旨",后者则在此基础之上将修辞的作用发挥到了极致,创造了一种全新的文章风格。因此,章学诚才在文章开头说:"盖至战国而文章之变尽,至战国而著述之事专,至战国而后世之文体备。""文体备于战国",这一章氏关于文体发展的重要论断还需结合其他两处论述,方能准确显示其意蕴。其一是《与朱少白书》中的"《文选》体备"③,其二则是《答大儿贻选问》的"六代辞章,全出《骚》《策》"④。第一处说法表面看来与"文体备于战国"有异,但联系《诗教上》有关《文选》各体裁与战国之文承接关系的论述以及《答大儿贻选问》中论佛典"亦战国之一流"的补充,则章学诚以辞章文体萌芽于战国,至萧统《文选》始粲然大备之意,至为显豁。"至战国而后世之文体备"与"《文选》体备"之说,同一"备"字,实有准备与完备之别。诸子的声色大开为之后文集之文的出现奠定了坚实的基础。

---

① (清)章学诚著,仓修良编注:《文史通义新编新注》,第45页。
② (清)章学诚著,仓修良编注:《文史通义新编新注》,第46页。
③ (清)章学诚著,仓修良编注:《文史通义新编新注》,第786页。
④ (清)章学诚著,仓修良编注:《文史通义新编新注》,第813页。

诸子之文相比于六经之文虽然显得铺张扬厉，但究竟没有明显的文体、文类之别。① 彼时诸家所追求的，仍在于"道"。各派别的著述，也都是继承六经基础之上的专家之业。于是在六经之文已不可复见的前提下，战国诸子之文事实上成了章学诚的追求目标。他对《文史通义》的期待正是："分内外杂篇，成一家言。"② 不仅如此，在评论近代文人的文章成就时，他也自觉以战国诸子之文为衡量标准。如批评汪中的《述学》："古人著书，各有立言之宗，内外分篇，盖有经纬，非如艺文著录，必甲经传而乙、丙子史也。汪氏之书，不过说部杂考之流，亦田氏之中驷，何以为内篇哉！观其外篇，则序记杂文，泛应辞章，斯乃与'述学'标题如风牛马，列为外篇以拟诸子，可为貌同而心异矣。"③ 汪中以"述学"作为自己文集的名称，显有上拟诸子的意图，但章学诚认为他的文章或属"说部杂考"，或属"泛应辞章"，根本无法与诸子之文相比。而他对邵廷采《思复堂文集》的评价则是："文以集名，而按其旨趣义理，乃在子史之间，五百年来，谁能辨此？"④ 邵廷采是章学诚最推崇的清代作者，而章氏推崇他的缘由，在于其文章意趣"在子史之间"。所谓"子""史"，各自内涵其实接近，指能成一家言的专门著述⑤。章学诚主要是从文章思想内容、整体风格出发把握其性质，因而他的"子"，并不仰赖外在的形式作为判断依据，而以其能否展现作者的专家之学为准。因此诸子之文虽只用以指代战国时期的著述，但子书作为一种传统，却是延绵不绝、历久不衰的。在《章氏遗书》中，被明确认为可与子书相比拟的后世作品计有《史记》《史通》

---

① 章学诚《又答吴胥石书》："古人文无定体，与人答问，而即传其人，周秦诸子往往有之。"[（清）章学诚著，仓修良编注：《文史通义新编新注》，第647页]

② （清）章学诚著，仓修良编注：《文史通义新编新注》，第648页。

③ （清）章学诚著，仓修良编注：《文史通义新编新注》，第359页。

④ （清）章学诚：《章氏遗书》卷18《邵与桐别传》，第10页a—10页b。

⑤ 章学诚《杂说》有："子史不分，诸子立言，往往述事；史家命意，亦兼子风。"[（清）章学诚著，仓修良编注：《文史通义新编新注》，第355页] 所以，章学诚这里的子史，只是与一般文集之文相对的，能成一家之言的专门著作。

《文心雕龙》《诗品》，以及韩愈、柳宗元等唐宋八大家的文集。它们在《四库全书》中或属史籍、史评，或属总集、别集，诗文评，可谓种类繁多。但在章氏眼中，却因为能体现一家之言而被统归于"子"。正是这几部被章学诚认可的作品，在文集之文趋于泛滥的时代里延续了诸子之文的传统，展现了专家的风采，并最终成为文集之文时代的著述标杆。

尽管在具体评价中极力推崇，但在章学诚眼中，诸子之文仍非尽善尽美。首先，处由"言公于世"① 转为"家存一说"② 的转捩点，诸子之文开启了后世的私人著述之风，从而远离了六经时代无意于著述，而各人不矜所得的传统。从诸子之文开始，文章不再为"公"，而有了满足个体、学派"私"意的目的。其所载之"道"，也只是"道体之一端"，不再如六经之文般圆满周备。其次，诸子腾说在使文章日益获得重视，修辞日益变得繁复多变的同时，也难免隐含了堕落的因子："战国为文章之盛，而衰端亦已兆于战国也。"所谓"衰端"，是指随着战国之文的发展，著述中开始出现不以学问为根本，将文辞本身视为目的的趋势，这预示了文章史的第三阶段，即文集之文阶段的到来：

> 文集一体至今，如淮、泗入河，浩无统摄，是以无实之文章，率应酬恶滥不堪，皆藉集部以为龙蛇之沮。③

这是章学诚对文集发展到清代的总体情况的评价。虽然大怀不满，但他似乎又理解古今文章的演变有其一定的趋势，非人力所能理解。《诗教上》云："著述不能不衍为文辞，而文辞不能不生其好尚。后人无前人之不得已，而惟以好尚逐于文辞焉。"④ 因为逐于文辞，文

---

① （清）章学诚著，仓修良编注：《文史通义新编新注》，第 207 页。
② （清）章学诚著，仓修良编注：《文史通义新编新注》，第 318 页。
③ （清）章学诚著，仓修良编注：《文史通义新编新注》，第 785 页。
④ （清）章学诚著，仓修良编注：《文史通义新编新注》，第 47 页。

集之文渐渐"无实"以致"恶滥",充斥载籍,愈演愈繁。感到过于庞大的文章数量所带来的困扰,章学诚在对文集之文的探讨中引入了文类批评的范畴和方法。

第三节 "文集之文"的分类及位次

章学诚对文集之文的文类划分有过多种意见。这些意见的共同特点,在于偏重大类的划分。《艺文书序例》谓:"人之性情,必有所近,得其性情本趣,则诗赋之所寄托,论辨之所引喻,纪叙之所宗尚,掇其大旨,略其枝叶,古人所为一家之言,如儒、墨、名、法之中,必有得其流别矣。"[1] 把文章分成了"诗赋""论辩""纪叙"三类。而在同时的《和州志·文征》中,章学诚则将选文分成"奏议""征述""论著""诗赋"四类。等到了《永清县志·文征》,他将"征述"变为"征实","论著"转为"论说",并且增加了"金石"部分。但是"金石"只是明清方志中常见的一类特殊文献,不能算一种文体;而"征述"与"征实"、"论著"与"论说",名虽相异,实则相同,它们分别对应了《艺文书序例》中的"纪叙"和"论辨"。所以,两部《文征》大体上可算作一说,即"奏议""征述""论著""诗赋"四分法。而在《诗教上》中,文类划分又变成:"经学不专家,而文集有经义;史学不专家,而文学有传记;立言不专家,而文集有论辨;后世之文集,舍经义与传记论辨之三体,其余莫非辞章之属也。"[2] 这是将文章分为"经义""传记""论辨""辞章"四类。虽与两部方志《文征》一样采用四分法,但以"经义"取代"奏议",则为二者的显著差别。

试比较以上三说,可以发现,《艺文书序例》中的"诗赋""论

---

[1] (清)章学诚著,仓修良编注:《文史通义新编新注》,第915页。
[2] (清)章学诚著,仓修良编注:《文史通义新编新注》,第46页。

辨""纪叙"三分法最为简要基础。其他四分法无论在第四种文类的选取上有怎样不同,对"诗赋""论辨""纪叙"的坚持却是一以贯之的。而两部方志的《文征》之所以特意从"论辨"中析出"奏议"一类,乃出于章学诚强烈的现实关怀及其权威主义思想。《诗教上》中的"经义"也是类似情况,无论指广义的经解著作还是狭义的经义文,"经义"都可算是"论辨"的一种特殊类型。且在《章氏遗书》中,我们还可找到更多表明章学诚支持"诗赋""论辨""纪叙"三分法的证据。如《徐尚之古文跋》:"余观叙述之文质以雅,辞命之文婉而折,议论之文清且坚,力求未至,古人不远人也。"①《立言有本》:"史学本于《春秋》;专家著述本于官礼;辞章泛应本于风诗,天下之文尽于是矣。"②《上朱大司马论文》有:"盖六艺之教,通于后世有三:《春秋》流为史学,官礼诸记流为诸子议论,《诗》教流为辞章辞命;其他《乐》亡而入于《诗》《礼》,《书》亡而入于《春秋》,《易》学亦入官礼,而诸子家言,源委自可考也。"③此段不论文体,但若将"史学""诸子议论""辞章辞命"转化为文体,其分类实与《艺文书序例》无异④。因此以下对文集之文分类的讨论,概以《艺文书序例》的划分为准。另需说明的是,《章氏遗书》中各文类的命名极不稳定,为了讨论方便,以下仅取最为常见的"叙事""议论""诗赋"之名进行讨论⑤。

　　章学诚不仅对文集时代的文章做了类别划分,还利用校雠学方

---

① (清)章学诚著,仓修良编注:《文史通义新编新注》,第595页。
② (清)章学诚著,仓修良编注:《文史通义新编新注》,第358页。
③ (清)章学诚著,仓修良编注:《文史通义新编新注》,第768页。
④ 类似的还有《立言有本》:"史学本于《春秋》;专家著述本于官礼;辞章泛应本于风诗,天下之文,尽于是矣。"[(清)章学诚著,仓修良编注:《文史通义新编新注》,第358页]
⑤ 可以看出,章学诚对文类的划分大体取自南宋真德秀《文章正宗》"辞命""议论""叙事""诗赋"四分法。这种简要的分类方式在辨体趋于细密、琐碎的明代文章总集中没有得到很好的继承发扬,却在方志编纂中独得青睐(因为府县方志所收诗文有限,实无细分体类的条件),并影响了章学诚的文类观。

法对其源流进行彻底的追溯。正如战国诸子之文出于六经,"叙事""议论""诗赋"亦各有其渊源。只不过,与诸子均直承六经不同,在章学诚看来,"叙事""议论""诗赋"的发展并不同步,它们与作为文章之祖的六经的关系,实存在远近之别。这一方面影响了它们载道的效果,也决定了它们的位次。而在章学诚清理这三类文章流变的过程中,"六经皆史"是其一切他论证的前提,《汉志》则起到关键的媒介作用。它不仅提供了方法论的示范,也提供了史实的凭依。《汉志》原分为六略,其中"六艺略""诸子略""诗赋略"属于"学",而"兵书略""数术略""方技略"属于"术"。属于"学"的三"略"和章学诚的三大文类有着直接的对应关系。

与叙事文相对的是"六艺略"中的"春秋类"。"叙事"来源于史:"《征述》者,记传序述志状碑铭诸体也。其文与列传、图书互为详略,盖史学散而书不专家,文人别集之中,应酬存录之作,亦往往有记传诸体,可裨史事者;萧统选文之时,尚未有此也。"[1] 虽然史书还包含大量其他非叙事性体裁,但叙事文无疑是史的大宗,所谓"史所载者,事也"[2]。而"经流入史",章学诚赞赏《汉志》的一大原因,就在于其将史部典籍统归于"春秋类"下。这证明直到刘歆、班固等人的年代,史学、经学不分家仍然为学者所公认。叙事文学的发展并没有显著背离六经的传统。另需说明的是,章学诚并不同意古代史学家将纪传追溯至《尚书》而将编年追溯至《春秋》的做法[3]。在他看来,后世的一切史学均源于《春秋》:"知史学之本于《春秋》,知《春秋》之将以经世,则知性命无可空言,而讲学者必有事事。"[4] "古无史学,其以史见

---

[1] (清)章学诚著,仓修良编注:《文史通义新编新注》,第942页。
[2] (清)章学诚著,仓修良编注:《文史通义新编新注》,第266页。
[3] (清)章学诚著,仓修良编注:《文史通义新编新注》,第20—22页。
[4] (清)章学诚著,仓修良编注:《文史通义新编新注》,第122页。

长者，大抵深于《春秋》者也。"①《尚书》与《春秋》关系则如《书教上》所言，"《周官》之法废而《书》亡，《书》亡而后《春秋》作"②，章学诚是将《尚书》视为《春秋》的早期形态的。两者存在时间的先后关系。因此，《汉志》将后世史籍归于"春秋类"下，不但保证了叙事文的源头之"正"，也显示了刘歆、班固等人对六经之间关系的深刻体认。通由《汉志》所显示的经史关系，叙事文与六经之间的直接联系得以确立；与此同时，借由《尚书》古老原则的重申，章学诚也表达了对当时日渐僵化，流于模式的当代叙事文学的不满。

议论文对应的则是"诸子略"："论说之文，其原出于《论语》。……周、秦诸子，各守专家，虽学有醇驳，语有平陂，然推其本意，则皆取其所欲行而不得行者，笔之于书，而非必有意于为文章华美之观，是论说之本体也。自学不专门，而文求绮丽，于是文人撰集，说议繁多。其中一得之见，与夫偶合之言，往往亦有合于古人；而根本不深，旨趣未卓，或诸体杂出，自致参差；或先后汇观，竟成复沓，此文集中之论说，所以异于诸子一家之言也。"③议论源于诸子，诸子又源自《周礼》，源于各专官所执掌的一家之学。《汉志》的分类显示早在刘歆、班固的时代，诸子文已经独立成为独立的一部，不再隶属于六经。"诸子风衰，而文士集中，乃有论说辨诸体"④"诸子一变而为文集之议论"⑤，文集中的议论文既是从诸子中发展而来，那么，与叙事文相比，议论文与六经的关联就多了诸子之文这一中间环节。

诗赋对应的则是"诗赋略"。《与胡雒君论校〈胡犀威集〉二

---

① （清）章学诚著，仓修良编注：《文史通义新编新注》，第439页。
② （清）章学诚著，仓修良编注：《文史通义新编新注》，第21页。
③ （清）章学诚著，仓修良编注：《文史通义新编新注》，第990页。
④ （清）章学诚著，仓修良编注：《文史通义新编新注》，第943页。
⑤ （清）章学诚著，仓修良编注：《文史通义新编新注》，第991页。

简》有言:"《汉志》诗赋,即后世集部辞章之祖也。"① 而《汉志》当中的诗赋,又渊源自六经中的《诗》,《校雠通义·汉志诗赋略第十五》有:"诗赋本《诗经》支流。"② 源流本是清晰的。若依诸子各成"一家之言"的理路,诗赋就可以如议论文般,通过"屈原赋""陆贾赋""孙卿赋""杂赋""歌诗"等五家之学,确认自身与六经之间的联系。但遗憾的是,《汉志》在处理"诗赋略"时出现了一个纰漏:班固(也或许是刘歆)在将诗赋区分为五的同时并没有说明分类的标准,以致后世学者对此聚讼纷纭。而章学诚抓住了这一点。他敏锐地意识到,这一问题的存在能为自己文章谱系的建构提供极大方便,于是《陈东浦方伯诗序》有言:"六义风衰,而骚赋变体,刘向条别其流又五,则诗赋亦非一家已也……诗赋五家之说已逸,而后世遂混合诗赋为一流,不知其中流别,古人甚于诸子之分家学,此则班、刘以后,千七百年未有议焉者也。故文集之于六经,仅一失传,而诗赋之于六义,已再失传。诗家猥滥,甚于文也。"③ 相似的言论还出现在《韩诗编年笺注书后》《与胡雒君论校〈胡稺威集〉二简》之中。议论文虽经诸子一变,但毕竟在溯源六经的过程中有轨迹可循。而诗赋则因为作为媒介的《汉志》的疏失,陷入某种程度的淆乱。

总而言之,章学诚所划分的文集时代的三个主要文类,依照与六经的渊源而言,叙事文直接继承《春秋》,关系最近;议论文经诸子一变,关系次之;诗赋在经历战国辞章大发展的转折过后,又在《汉志》中失其统绪,关系最远。按"六经皆史"所包含的尊经之意,三大文类中,与六经关系更近的文体地位更高,应是合理的推论。而事实上,在章学诚的具体评述中,这样的轩轾也有所体现。

---

① (清)章学诚著,仓修良编注:《文史通义新编新注》,第702页。
② (清)章学诚著,王重民通解,傅杰导读,田映曦补注:《校雠通义通解》,第117页。
③ (清)章学诚著,仓修良编注:《文史通义新编新注》,第544页。此处文集与文集之文的文集不一致,殆是一个与诗赋相对的概念。

先看诗赋。章学诚对诗赋的态度颇值得玩味。很多时候，他会承认自己不懂诗赋，如《吴澄野太史〈历代诗钞〉商语》所谓："鄙人欲诗，无能为役。"① 《与孙渊如书》："鄙人不能诗，而生平有感触，一寓于文。"② 《刘纯斋观察借园修禊集序》则有："余愧不能韵言。"③ 在这些地方，章学诚似乎只是把诗赋当成了与自己擅长的古文相对的陌生文类，所谓"无能""不能""愧"，甚至还隐含几分自谦之意，并没有对诗赋与古文做高下区隔。但如《又答朱少白书》："诗与八股时文，弟非不能一二篇差强人意者也，且其源流派别，弟之所辨，较诗名家、时文名家转觉有过之而无不及矣。然生平从不敢与人言诗、时文者，为此中甘苦未深，漆雕氏所谓于斯未能信耳。"④ 则俨然是站在更高的层次上俯视诗人了。这种自负，在他于《与陈观民工部论史学》中断言"史志经世之业，诗赋本非所重"⑤，并在《与胡雏君论文》中一边强调"诗文异派"，一边鼓吹"文人不能诗，而韵语不失体要，文能兼诗故也；诗人不能文，而散语或至芜累，诗不能兼文故也"⑥ 时，有更为张扬的表现。既然史学才是最应该追求的学问，对诗赋的研习又有多少实际的价值？既然文章之工难于诗赋之工，诗人又如何能够与古文家并驾齐驱？在章学诚"不善诗赋"的自陈中，实透露出对诗赋的不屑⑦。

章学诚通过对诗文分野的强调确认自己的古文家身份。而在叙事文和议论文中，他又尤其推崇前者："言文章者宗《左》

---

① （清）章学诚著，仓修良编注：《文史通义新编新注》，第598页。
② （清）章学诚著，仓修良编注：《文史通义新编新注》，第721页。
③ （清）章学诚：《章氏遗书》卷21，第27页b。
④ （清）章学诚著，仓修良编注：《文史通义新编新注》，第778页。
⑤ （清）章学诚著，仓修良编注：《文史通义新编新注》，第407页。
⑥ （清）章学诚著，仓修良编注：《文史通义新编新注》，第700页。
⑦ 章学诚现存诗不过《咏史六首》《观笔洞歌》等十数题，多以议论为之，直白无诗味，自不能登作者之堂。贬低自己不擅长的事物，本是人类的正常心理。章学诚之鄙薄诗歌，是不屑为，也是不能为。

《史》。"① "古文必推叙事,叙事实出史学,其源本于《春秋》比事属辞。"② "古文辞不由史出,是饮食不本于稼穑也。"③ 由叙事写作之难、源流之正论证叙事文地位之尊,是章学诚文论的重要内容,本书第四章对此将有详细的讨论,此不赘述。至于议论文,章学诚《与汪龙庄简》谓:"弟文于纪传体,自不如议论见长。"④ 这一自白出人意表,因为章学诚一直自认为史家,而史的核心在叙事,且《章氏遗书》当中,不乏《庚辛之间诸亡友列传》《邵与桐别传》等颇具试验性的传记"变体"实践。但细检章学诚一生著述,尤其是他最为看重的《文史通义》,当会承认,其一生精力所注,确在议论文。章学诚对史学的贡献,体现在大量叙事义例、法度的探讨,这些文字关注在叙事,但以议论出之。"史法"如此,"史意""史德"亦然。至于其他有关经学、文学的讨论,也采用了相同的方式。早在构思《文史通义》之初,他就明确其著述宗旨在"甄别名实,品藻源流"⑤ "商榷利病,讨论得失"⑥。而随着写作的推进,他也仍认为"鄙著《通义》之书,诸知己者许其可与论文"⑦ "中间议论开辟,实有不得已而发挥,为千古史学辟其蓁芜"⑧。"论"始终是《文史通义》最核心的写作方式。明乎此,则章学诚对自己"议论见长"的评价,正体现了他对自身才能的充分了解。当然,这也意味着他对议论文的地位有相当的肯定。事实上,章学诚对作为文类的议论之文的态度,与其对作为文章史特定阶段的诸子之文的态度是高度相似的。正如他认为诸子之文难与六经之文相比,章学诚也认为议论之文并非文集之文的极则,但是,又如他之高度评价诸子

---

① (清)章学诚著,仓修良编注:《文史通义新编新注》,第181页。
② (清)章学诚著,仓修良编注:《文史通义新编新注》,第767页。
③ (清)章学诚著,仓修良编注:《文史通义新编新注》,第137页。
④ (清)章学诚著,仓修良编注:《文史通义新编新注》,第695页。
⑤ (清)章学诚著,仓修良编注:《文史通义新编新注》,第706页。
⑥ (清)章学诚著,仓修良编注:《文史通义新编新注》,第648页。
⑦ (清)章学诚著,仓修良编注:《文史通义新编新注》,第774页。
⑧ (清)章学诚著,仓修良编注:《文史通义新编新注》,第693页。

之文的成就，章学诚也承认议论之文的价值，并乐于进行大量的写作。推崇"叙事"而长于"议事""说理"，其中自不乏无奈之处。但章学诚对议论的态度，与对诗赋的态度相比，还是有本质的区别。

而值得注意的是，在章学诚的论述中，又有文体无高下之分的说法。如《与邵二云论文》有："盖文人之心，随世变为转移，古今文体升降，非人力所能为也。古人未开之境，后人渐开而不觉，殆如山径蹊间，介然用之而成路也。方其未开，固不能豫显其象；及其既开，文人之心，即随之而曲折相赴。"① 《乙卯札记》："《日知录》：'诗文所以代变，有不得不变者。一代之文，沿袭已久。不容人人皆道此语。'此说似之而实非也。古人岂有意避雷同，如后世科举程文哉？气运变迁，天时人事，未有历三数百岁而不易者。语言文字，从而上下，盖有出于不知其然而然，非人知力所能为也。"② 《丙辰札记》则云："盖自东都而后，文集日繁。其为之者，大抵应求取给，鲜有古人立言之旨。故文人撰述，但有赋、颂、碑、笺、铭、诔诸体，而子史专门之书不稍概见。而其文亦华胜于质，不能定为谁氏之言、何家之学也。其故由于无立言之质，致文靡而文不足贵。非文集之体必劣于子史诸书也。"③ 前两则从时势的变化与文体升降、语言转换的关系出发，后者就作者与文体的关系着手，试图证明真正决定一篇文章能否有裨于道的，是作者的内在修为，而不是体裁。这一主张，与前述文类有高下之别的判断，是否存在矛盾？

章学诚主张的文体平等，乃建立在文以载道的基础上。就其《原道》篇所论道的显现过程而言，每一个文类，以及这些文类下属的每一种文体，在理论上都拥有载道的可能。这是一个相对去历史化的假设。但实际的情况是，文学在它的历史发展中，已经历了六经之文、诸子之文、文集之文三个阶段。而章氏所处的时代，正是

---

① （清）章学诚著，仓修良编注：《文史通义新编新注》，第668页。
② （清）章学诚著，冯惠民点校：《乙卯札记 丙辰札记 知非日札》，第15页。
③ （清）章学诚著，冯惠民点校：《乙卯札记 丙辰札记 知非日札》，第82页。

最混乱的文集之文阶段。通过校雠学的溯源方法，章学诚揭示了文集之文阶段主要文类与作为文章最高典范的六经之间的关系，从而得出三者有尊卑轩轾的结论。所以，文体平等与文类高低，是在两个不同维度上得出的结论。文类的高低之分并不妨碍诗赋之士通过自身努力以明道；同样，文体的平等也无碍于叙事文成为文集之文中最能上接六经传统的文章类别，二者是不矛盾的。

第 二 章

"诸子家数行于文集"：
章学诚的文集论

第一章中我们梳理了章学诚对于文章史分期的意见。值得注意的是，章学诚的文章史分期基本以文学作品的著述体式为准。六经之文指代了上古时代的先王政典，诸子之文则是战国时期子史专家著述的总称，而从晋代以至清代，文集之文又成为这一千多年来文学创作的代称。章学诚生活在文集之文的时代，对文集这一著述体式自有其独特的关怀。事实上，章学诚的文集批评是他文论的重要组成部分。以"校雠之学"为工具，章学诚对文集的起源、流变、编纂方式进行了大量探索，其见解之系统、内涵之丰富，在整个中国文集批评史中都是罕见的。中国文论向来偏重于关注作者与作品，对文集的性质、体例则较少措意。因此，梳理章学诚的文集论，不仅是了解章学诚文论的必要步骤，也可增进我们对"文集"作为一种著述体式的认识。更重要的是，章学诚对理想文集的定义与当时某种新兴的文集编纂理念、方式存在异常紧密的联系。通过对章学诚文集论的辨析，可以较好地把握相关文集编纂理念的归趣所在。

第一节　文集的产生及其衍变

中国传统目录学多能以历史的方法，对文集的起源和流变做系统的考察。《隋书·经籍志》即有："别集之名，盖汉东京之所创也。自灵均已降，属文之士众矣，然其志尚不同，风流殊别。后之君子，欲观其体势，而见其心灵，故别聚焉，名之为集。辞人景慕，并自记载，以成书部。"① 到了清代，《四库全书总目·集部·别集类》小序仍云："集始于东汉，荀况诸集，后人追题也。其自制名者，则始张融《玉海集》。"② 可见对文集的出现时间及其产生缘由，古代学者已经有相对统一的结论。在他们看来，文集是汉魏六朝文学发展到一定阶段的自然产物。在这一时期，人们为了集中、方便地阅读某位前人的文章，将其所作汇而成集，流风既开，自编文集的现象随之开始出现，文集于是正式成为文学之士的著述体式。而章学诚的特出之处在于，他多次强调古今著述体式的嬗替与学术风尚的变化密切相关，两者之间是一种互为因果的关系，这就赋予文集的出现以丰富的文化史内涵。《文集》开篇即云：

集之兴也，其当文章升降之交乎？③

既言及"升降"，文集就不是简单的文章数量累积或品类细分的产物，而有其特殊的文化背景。《诗教上》谓：

---

① （唐）魏征等撰：《隋书》卷35，中华书局1973年版，第4册，第1081页。
② 《四库全书总目》卷148，中华书局2003年版，第1267页。
③ （清）章学诚著，仓修良编注：《文史通义新编新注》，第318页。

> 子史衰而文集之体盛,著作衰而辞章之学兴。①

钱志熙认为,这一论断是"章氏最具发现价值的一个文学史观点"②。章学诚将文集的兴盛与子史之学的衰微相对应,在文集诞生之前:"古者朝有典谟,官存法令,风诗采之闾里,敷奏登之庙堂,未有人自为书,家存一说者也。自治学分途,百家风起,周秦诸子之学,不胜纷纷,识者已病道术之裂矣。然专门传家之业,未尝欲以文名。苟足显其业而可以传授于其徒,则其说亦遂止于是,而未尝有参差庞杂之文也。"③ 以《诗》《书》为代表的六经是上古之世政制典章的遗留,而战国子书则是各学派宣传学说、教授弟子的结晶。二者均非有意为文。因此辞章的独立,以及作为其著述体式的文集的诞生,本身就逗露出学术转换的时代消息:

> 自东京以降,讫乎建安、黄初之间,文章繁矣,然范、陈二史所次文士诸传,识其文笔,皆云所著诗、赋、碑、箴、颂、诔若干篇,而不云文集若干卷,则文集之实已具,而文集之名犹未立也。自挚虞创为《文章流别》,学者便之,于是别聚古人之作,标为"别集",则文集之名,实仿于晋代。而后世应酬牵率之作,决科俳优之文,亦泛滥横裂而争附别集之名,是诚刘《略》所不能收,班《志》所无可附,而所为之文,亦矜情饰貌,矛盾参差,非复专门名家之语无旁出也。④

其中"非复专门名家之语无旁出"一言,道出了文集与此前六经、

---

① (清)章学诚著,仓修良编注:《文史通义新编新注》,第46页。
② 钱志熙:《论章学诚在文学史学上的贡献》,《文学遗产》2011年第1期,第119页。
③ (清)章学诚著,仓修良编注:《文史通义新编新注》,第318页。
④ (清)章学诚著,仓修良编注:《文史通义新编新注》,第318—319页。

诸子的巨大不同。对于古今著述体式的嬗替，章学诚曾如此总结："夫治学分而诸子出，公私之交也；言行殊而文集兴，诚伪之判也。"① 所谓"公私之交"，是指在治学分途的背景下，战国诸子一改六经"未有人自为书，家存一说"的传统，成为载录一家学说的专门著述。而所谓"诚伪之判"，则指在文章趋于繁杂的背景下，"应酬牵率之作，决科俳优之文"大量阑入文集，文集无法像诸子那样担负起表达"一家之言"的功能。因此就性质而言，诸子风起是专家之学独立的标志；而文集肇兴则预示着专家之学的解体。

不过正如《文集》所言，文集一开始所收文体只是"诗、赋、碑、箴、颂、诔、辞赋"等诗赋流别，与后世真正众体兼备的文集存在一定差距。对这一点，章学诚本人亦有非常清醒的认识，其《杂说下》特别强调："自东京以还，迄于魏晋，传记皆分史部，论撰沿袭子流，各有成编，未尝散著。惟是骚、赋变体，碑、诔杂流，铭、颂、连珠之伦，七林、答问之属，凡在辞流，皆标文号。"② 在汉、魏、晋三朝之间，只有韵文文体才能被视为文章而进入文集，诸多散文文体则不在此列。也即是说，这一时期的"非复专门名家之语无旁出"现象还只局限在诗赋内部，并未蔓延到经、子、史等其他领域。文集的持续扩张，有赖学术环境的进一步变化：

> 文集昉于东京，至魏晋而渐广，至今则浩如烟海矣。然自唐以前，子史著述专家，故立言（入子）与记事（入史）之文，不入于集，辞章诗赋，所以擅集之称也。自唐以后，子不专家，而

---

① （清）章学诚著，仓修良编注：《文史通义新编新注》，第319页。
② （清）章学诚著，仓修良编注：《文史通义新编新注》，第505页。刘咸炘对此有更清晰的概括："文集者名主篇翰，专指词赋之流及告语之文而言，经说、史传、子家不与也。"（刘咸炘：《文学述林》卷一，载黄曙辉编校《刘咸炘学术论集·文学讲义编》，广西师范大学出版社2007年版，第28页）

文集有议论；史不专家，而文集有传记，亦著述之一大变也。①

唐宋以还，文集之风日炽，而专门之学杳然。于是一集之中，诗赋与经解并存，论说与记述同载，而裒然成集之书，始难定其家学之所在矣。②

在这两个文段中，章学诚把与经、子、史密切相关的经解、议论（论说）、传记（记述）等文类进入文集的时间定在了唐代。这些论述与《文集》关于文集起源的追溯一起，构成了章学诚心目中的文集发展演变史。在这一历史叙述中，文集的崛起与专家之学的消亡有着互为因果的关系。汉、魏、晋代之间，随着诗赋领域的专家之学衰落，文集诞生。到了唐代，经、子、史领域的专家之学出现危机，创作者无力写作成就一家之言的专门著述，作为其替代品的各类散文纷纷进入文集，这奠定了文集的最终格局。正如章学诚的支持者焦循所言，唐代以后的文集，实乃"经史之杂，而九流、诗赋之变也"。③

可以看到，章学诚对文集发展过程中重要时间点的把握与传统目录学以及当前文学史的结论都是若相符契的，有意味的地方在于他的视角。在章学诚的论述中，专家之学的消长是理解文集流变的关键。当代的文学史叙事习惯将文集的出现视为汉晋时期"文学自觉"的产物，但在章学诚的观念里，这是专家之学解体的开始。同样，唐代古文运动被认为："站于纯文学之立场，求取融化后起诗赋纯文学之情趣风神以纳入于短篇散文之中，而使短篇散文亦得侵入纯文学之阃域。"④ 反映到文集编纂上，则是旧文体的革新与新文体的生成。章学

---

① （清）章学诚著，仓修良编注：《文史通义新编新注》，第440页。
② （清）章学诚著，仓修良编注：《文史通义新编新注》，第990页。
③ 焦循：《雕菰集》卷16《钞王筑夫异香集序》，载（清）焦循著，刘建臻点校《焦循诗文集》，第290页。
④ 钱穆：《杂论唐代古文运动》，载钱穆《中国学术思想史论丛》卷四，安徽教育出版社2004年版，第52页。

诚没有否认这一点，但他同时提醒我们，这一文集的扩容仍然要以经、子、史各领域内专家之学的失落为代价①。《诗教上》为此感叹道："子史衰而文集之体盛，著作衰而辞章之学兴，文集者，辞章不专家，而萃聚文墨以为蛇龙之菹也。"② 其后《与朱少白书》亦有："文集一体至今，如淮、泗入河，浩无统摄，是以无实之文章，率应酬恶滥不堪，皆藉集部以为龙蛇之沮。"③ "龙蛇之菹"典出《孟子·滕文公》，指为害人间的龙蛇被放逐的场所。章学诚用带有明显贬义的词语形容文集，不可谓不刻薄。而他如此评价的原因，就是当时的文集普遍"浩无统摄"，无法像子书、史书那样体现专家之学。可见在章学诚的观念中，文集的壮大与专家之学的衰微不仅是一体两面的关系，而且在两者之间，存在价值上的高下轩轾。而我们应该追问的是，是什么原因导致文集成为专家之学的对立面？被章学诚用来作为文集价值批判标准的专家之学，具体又是什么？

第二节　专家之学与"诸子家数行于文集"的提出

章学诚所谓"专家之学"，凝结着其独特的学术理想。《校雠通义·原道第一》言上古之世："理大物博，不可殚也，圣人为之立官分守，而文字亦从而纪焉。有官斯有法，故法具于官。有法斯有书，故官守其书。有书斯有学，故师传其学。有学斯有业，故弟子习其业。官守学业皆出于一，而天下以同文为治，故私门

---

① 关于子、史的衰落与文集的兴盛的关系，以及章学诚对此的态度，参见伏煦《章学诚"子史衰而文集之体盛"说发微》第二节"史学的衰落：专门之学的丧失"，《文艺理论研究》2017年第2期，第96—98页。

② （清）章学诚著，仓修良编注：《文史通义新编新注》，第46页。

③ （清）章学诚著，仓修良编注：《文史通义新编新注》，第785页。

无著述文字。"① 古代圣人出于统治的需要设官分守，在此基础之上，各职能部门逐渐形成具有自身特色的专官之学。这些学问因为传授的需要而被记录下来加以整理，就是为后世所熟知的六经："六艺非孔氏之书，乃周官之旧典也。《易》掌太卜，《书》藏外史，《礼》在宗伯，《乐》隶司乐，《诗》领于太师，《春秋》存乎国史。"② 六经的权威地位并非源于它是孔子所作，而源于它"先王之政典"③ 的特殊性质。在此意义上，六经为千古文章之祖。逮至战国，"官守师传之道废，通其学者述旧闻而著于竹帛焉"④。周王室的衰微使得建立在"官师合一"基础上的专官之学趋于衰落，而诸子出于六艺则在某种程度上保证了相关学问能够在私学领域得到延续和发展，专官之学由此转变为专家之学。《诗教上》谓：

> 老子说本阴阳，庄、列寓言假象，《易》教也；邹衍侈言天地，关尹推衍五行，《书》教也；管、商法制，义存政典，《礼》教也；申、韩刑名，旨归赏罚，《春秋》教也；其他杨、墨、尹文之言，苏、张、孙、吴之术，辨其源委，挹其旨趣，九流之所分部，《七录》之所叙论，皆于物曲人官得其一致，而不自知为六典之遗也。⑤

章学诚主要从两个方面论证战国诸子对六经的继承。其一为思想内容，"邹衍侈言天地，关尹推衍五行，《书》教也"，这是根据邹衍、关尹两家内容与《尚书·洪范》的相似之处，将其归为《尚书》之

---

① （清）章学诚著，王重民通解，傅杰导读，田映曦补注：《校雠通义通解》，第1页。
② （清）章学诚著，王重民通解，傅杰导读，田映曦补注：《校雠通义通解》，第2页。
③ （清）章学诚著，仓修良编注：《文史通义新编新注》，第1页。
④ （清）章学诚著，仓修良编注：《文史通义新编新注》，第47页。
⑤ （清）章学诚著，仓修良编注：《文史通义新编新注》，第45页。

教,"申、韩刑名,旨归赏罚,《春秋》教也",这是根据法家主张与《春秋》"赏善罚恶"思想的一脉相承处,将其归入《春秋》之教。另外一个比较隐蔽的方面是修辞方式:"老子说本阴阳,庄、列寓言假象,《易》教也。"老子好说阴阳,这与《周易》在思想内容上存在一致性。但庄子、列子好用譬喻、寓言说理,它们与《周易》以象言意的相近之处主要在于修辞层面。这一看似不和谐的举证并非出于章学诚的偶然失检。事实上,当章学诚谈论《诗》教在诸子中的体现时,修辞方式乃是一个重要的着眼点:

> 然战国之文,深于比兴,即其深于取象者。庄、列之寓言也,则触、蛮可以立国,蕉、鹿可以听讼;离骚之抒愤也,则帝阙可上九天,鬼情可察九地。他若纵横驰说之士,飞箝捭阖之流,徙蛇引虎之营谋,桃梗土偶之问答,愈出愈奇,不可思议。然而指迷从道,固有其功,饰奸售欺,亦受其毒。故人心营构之象,有吉有凶,宜察天地自然之象而衷之以理,此《易》教之所以范天下也。①
>
> 战国之文既源于六艺,又谓多出于《诗》教,何谓也?曰:战国者,纵横之世也。纵横之学,本于古者行人之官。观春秋之辞命,列国大夫聘问诸侯,出使专对,盖欲文其言以达旨而已。至战国而抵掌揣摩,腾说以取富贵,其辞敷张而扬厉,变其本而加恢奇焉。不可谓非行人辞命之极也。②

只要"寓言假象",某种程度上就继承了《易》教之学。同理,只要"文其言以达旨",某种程度上就在《诗》教的辐射范围之内。这两个比附以今天的眼光看未免失之笼统牵强,但足以说明在诸子对六经的继承中,修辞方式是一个非常重要的层面。正是凭借这一

---

① (清)章学诚著,仓修良编注:《文史通义新编新注》,第17页。
② (清)章学诚著,仓修良编注:《文史通义新编新注》,第45页。

面向，章学诚认定后世"言情达志、敷陈讽谕，抑扬涵泳之文"，"皆本于《诗》教"①，从而把继承抒情传统的诗文之士也纳入由专官之学发展而来的专家之学的范畴②。

综上所述，章学诚所说的专家之学本从上古政治制度中专官之学演变而来。随着作为三代旧法的"以吏为师"无以为继，学习六经等"先王政典"成为后人了解专官之学的主要途径。公领域的专官之学由此转换为私领域的专家之学，且主要表现为诸子与六经在思想内容、修辞方式上的一脉相承。这两方面的内容通常又被表述为"一家之言""大旨""大体""大意""宗旨""宗主""归宿"等更具概括力的说法。通过在诸子中求得"大旨"，章学诚利用校雠学的方法建立起诸子与六经之间的联系，从而明确其专家之学的归属。所谓"大旨"也好，"一家之言"也好，都可谓专家之学在文本层面的呈现。那么，文集与专家之学的矛盾在哪里？为什么在章学诚看来，渊源自专官之学并在诸子中得到充分发展的专家之学会在文集崛起之后衰落？这主要体现在两个方面。首先，文集中普遍存在的应酬之作妨碍了专家之学的表达。《与朱少白书》有：

> 文集兴而专家之意微，则文集多因人事酬酢而备诸体，不能如诸子之专力发其所见也。故诸子以文徇学，虽应酬亦微其学，文不得不一律也；文集以学徇文，虽著述亦拘于文，文不得不具体也。③

这里有意使用"以文徇学"和"以学徇文"这对概念，对诸子与

---

① （清）章学诚著，仓修良编注：《文史通义新编新注》，第59页。
② 王重民认为章氏对诸子与赋的分类"不是从文体区分，是从思想内容区分的"[（清）章学诚著，王重民通解，傅杰导读，田映曦补注：《校雠通义通解》，第116页]。倪德卫亦认为："专家之义依其内容而定。"（[美]倪德卫：《章学诚的生平及其思想》，杨立华译，第90页）他们都抓住了专家之学内涵的主要层面。
③ （清）章学诚著，仓修良编注：《文史通义新编新注》，第785页。

文集的性质进行区分。从渊源上说，"以文徇学"和"以学徇文"脱胎自《文心雕龙·情采》中的"为文造情"和"为情造文"。但章学诚将关键词从"情"替换为"学"，透露出其文章观的关键之处。在章学诚看来，文章的本质必须是专家之学的呈现。在学与文的关系中，学是根本，文是工具。而文集中的人情酬酢之作恰恰具有"以学徇文"的特征，它颠倒了理想状态里的学、文关系①，进而挤压专家之学的表达空间。其次，现行文集编纂体例亦不利于专家之学的体现。《诗教下》谓："论文拘形貌之弊，至后世文集而极矣。盖编次者之无识，亦缘不知古人之流别，作者之意指，不得不拘貌而论文也。晋、宋诸史所载文人列传，总其撰著，必云诗、赋、碑、箴、颂、诔若干篇，而未尝云文集若干卷，则古人文字，散著篇籍，而不强以类分可知也。"② 这里所说的"形貌"，乃相对深入文本内部的"大旨"而言。章学诚认为，文集应以思想内容和修辞方式决定文章分类，这样才能体现作者所学与战国诸子、六经之间的联系，进而明确其专家之学的归属。现行的文集编纂体例通常以文体分卷，但同一作者、同一体裁的不同文章，论内容有应酬言志之别，论修辞则有象教讽喻之判，仅因文体相同就将其编排在一起，这是编纂者不了解"古人之流别，作者之意指"所犯下的知识性错误，它使专家之学的思想逐渐湮没不彰，最终难以为后世所解。

既然文集与专家之学存在如此明显的扞格之处，那么，对于对专家之学的失落感到痛心疾首的章学诚来说，拯救文学颓势的良方是否就是取缔文集呢？答案又是否定的。就性质而论，文集与专家之学并非一组简单的二元对立概念。专家之学指由上古"官师合一"时期的专官之学演变而来的各个知识类型，而文集则与六经、

---

① 章学诚此处还特意强调重点不在某篇文章是否为应酬所作，诸子中也有应酬之文，但它们基本都符合"以文徇学"的理想状态，而后世文集的应酬之作多是"以学徇文"，这才是问题关键。

② （清）章学诚著，仓修良编注：《文史通义新编新注》，第61页。

诸子相似，只是一种著述体式。二者分属不同的范畴，并不具备构成二元对立的基本条件。细绎章学诚关于二者矛盾的论述，可以发现它们更多指向的是创作者层面的问题。现行文集诚然难以体现专家之学，但应酬之作的多寡是由作者决定的，与文集自身关系不大；而按文体分类亦非文集的必然属性，以编年为主的分类方法同样存在于多人文集中。《黠陋》曾谓："著作降而为文集，有天运焉，有人事焉。道德不修，学问无以自立，根本蹶而枝叶萎，此人事之不得不降也。"① 可见章学诚很清楚，文集猥滥的根本原因在人，不在文集形式自身。他之所以将批判的矛头对准文集，主要是因为上述问题在当时的文集中已非常普遍。一个有力的佐证是，章学诚其实从未放弃在文集中寻找专家之学的努力，《和州志·艺文书叙例》有：

> 夫诸子百家，非出官守，而刘氏推为官守之流别，则文集非诸子百家，而著录之书，又何不可治以诸子百家之识职乎？夫集体虽曰繁赜，要当先定作集之人。人之性情，必有所近，得其性情本趣，则诗赋之所寄托，论辨之所引喻，纪叙之所宗尚，掇其大旨，略其枝叶，古人所谓一家之言，如儒、墨、名、法之中，必有得其流别者矣（如韩愈之儒家，柳宗元之名家，苏轼之纵横家，王安石之礼家）。②

---

① （清）章学诚著，仓修良编注：《文史通义新编新注》，第183页。

② （清）章学诚著，仓修良编注：《文史通义新编新注》，第915页。章学诚《校雠通义》又认为："汉魏六朝著述，略有专门之意，至唐宋诗文之集，则浩如烟海矣。今即世俗所谓唐宋大家之集论之，如韩愈之儒家，柳宗元之名家，苏洵之兵家，苏轼之纵横家，王安石之法家，皆以生平所得见于文字，旨无旁出，即古人之所以自成一子者也。其体既谓之集，自不得强列以诸子部次矣。因集部之目录而推论其要旨，以见古人所谓言有物而行有恒者，编于著录之下，则一切无实之华言，牵率之文集，亦可因是而治之，庶几辨章学术之一端矣。"［（清）章学诚著，王重民通解，傅杰导读，田映曦补注：《校雠通义通解》，第10页］一方面将建立文集与诸子之间的联系作为其校雠之学的重要任务，另一方面又把是否具备专家之意视作文集价值的标尺。

章学诚相信，只要将《诸子略》中的校雠方法妥善地应用到文集中，文集就可能与诸子相通，进而明确其专家之学的归属。当然，由于此处举证基本不出作为文集典范的"唐宋八大家"之列，能否推之全部文集尚存疑问。但起码证明了文集在传承专家之学上所具有的潜力。这也无怪，当章学诚对文集的现状表示了极度失望后，仍然不忘强调："非文集之体必劣于子史诸书也。"① 他甚至明确驳斥取缔文集的观点："然气运既开，势必不能反文集而为诸子，惟豪杰之士，能以诸子家数行于文集之中，则文体万变而主裁惟一，可谓成一家言者矣。"② "气运"之说未免流于玄虚，但随后的"诸子家数行于文集"却值得引起重视。"诸子家数"之"家"，乃指"专家之学"之"家"。如前所述，它既包括儒、墨、道等具有明确政治主张的思想流派，也可指"文其言以达旨"的诗赋专家。换句话说，由于章学诚一直是在专家之学的脉络上理解诸子，所以当他谈论诸子时，首要强调的是诸子的专门性，然后才是思想性。子家与史家、辞赋家一样，都是在继承六经的基础上发展其专家之学。章学诚主张，应在保留文集外在形态的基础上，为其注入专家之学的具体内涵，这是他为解决文集危机所开出的药方。

第三节　理想的文集：以《思复堂文集》批评为例

章学诚既认定理想的文集是"诸子家数行于文集"，那么，如何使诸子家数行于文集之中，就成了他必须解答的问题。因为文集毕竟与诸子不同。诸子以表达一家之学为目的；文集则是诗文或辞章

---

① （清）章学诚著，冯惠民点校：《乙卯札记　丙辰札记　知非日札》，第82页。
② （清）章学诚著，仓修良编注：《文史通义新编新注》，第785页。

的汇编。两者对应酬、赠答、游戏之作的接受程度有较大差异。如何对此类的作品进行取舍，是章学诚首要面临的难题。再则，战国诸子的文章主要是以篇命名，文体划分还不明显；而文集长久以来已经形成了以体区分的传统，如何使各体文章眉目清晰而又能体现作者的专门之学，同样是一件颇费心力的事。比较遗憾的是，章学诚似乎并未对此有过全面的原理性的解答，这成为其文集批评的一大盲点。而幸运的是，《章氏遗书》中尚存大量对他人文集的评价，通过从中选取典型案例，结合相关论述加以分析，我们仍可大致勾勒出章学诚在这方面的一些思路。

以《思复堂文集》为例。章学诚对清人文集评价向以苛刻著称，唯独对邵廷采的《思复堂文集》青睐有加。一则曰："此乃合班、马、韩、欧、程、朱、陆、王为一家言，而胸中别具造化者也。"[1]再则曰："文以集名，而按其旨趣义理，乃在子史之间，五百年来，谁能辨此？"[2] 揄扬之盛，连身为邵廷采族孙的邵晋涵都未深然[3]。邵廷采曾造访道墟章氏，与章学诚族人有过交往。据章学诚回忆，他父亲章镳"生平极重邵思复文"[4]，而他自己更在早年间就引用了邵廷采的作品。加上他与邵晋涵的朋友关系，邵晋涵认为其对邵廷采的认同包含人情因素，自在情理之中。但只需考究上述评语中的遣词造句，即可知章学诚表彰邵廷采，乃出于个人严谨的学术判断。"一家言""子史之间"，这些表述显然是在"诸子家数行于文集"的维度上肯定《思复堂文集》的。为什么一部不算太出名的文集可以成为章学诚的理想文集？揆诸《思复堂文集》，我们确可发现其在编排内容上的特出之处。

首先，《思复堂文集》虽仍以文体分卷，但列在首位的文体是

---

[1] （清）章学诚著，仓修良编注：《文史通义新编新注》，第704页。
[2] （清）章学诚：《章氏遗书》卷18《邵与桐别传》，第10页a—10页b。
[3] （清）章学诚：《章氏遗书》卷18《邵与桐别传》，第10页a。
[4] （清）章学诚著，仓修良编注：《文史通义新编新注》，第819页。

"传",这就与文集一般以"赋""诗"或者公文居首的体例有所不同①。而通观全集,"传"正是邵廷采写作最多,也最能代表其学问旨趣的文体。这一做法,与章学诚在《与胡雒君论校〈胡穉威集〉二简》正相印证:"古人具有家法,郑重分明,而后世编次文集,不知校雠之学,但奉萧梁陋例,一概甲赋乙诗,而癸吊祭文,曾无有人觉其非者,可为浩叹!故尝妄谓编次集目,当先定其人家学流别,然后可以甲乙诸体,未可一概绳也。此说虽创自鄙人,而仰窥古人,间有暗合,未必尽合符契耳。而世或转以为非,此古学之所以难也。昔在保定,梁制君有业师仁和叶君,身亡无后,而门下搜其文,属鄙人编次成集,而刊行之。鄙人就其人所长,审其立言指趣,于诸体中以序为甲,而编诗于癸,彼时甚有斟酌,非卤莽者。"②章学诚批评后世文集不分宗旨,一味以赋、诗居首的编排传统。在他看来,以何种文体居首,涉及对其人学术的总体判断,理应是灵活的。因此,在为梁国治的老师编纂个人文集时,他大胆采用了以序居首的体例。章学诚自信这一理论是他的个人创见,且与古人"间有暗合"。确实,宋代以后,随着与经、子、史密切相关的诸散体文进入文集,少数编辑者开始有意识地把自己认为最重要的、最具代表性的文体置于卷首,典型如宋椠十五卷本苏洵《嘉祐集》以论体文居首,李昂英《李忠简公文溪存稿》以记居首③。明代阳明学兴起,

---

① 文集以赋、诗居首,一方面与诗、赋本为早期文集的主体有关,另一方面也与萧统《文选》等典范文本的体例有关(别集、总集之间,有一定的相通性)。宋代以后,受皇权政治本位的影响,文集以公文居首亦成潮流,是仅次于以诗、赋居首的编纂体例。典型如陈襄《古灵集》、宗泽《宗忠简公集》、吕颐浩《吕忠穆集》、程珌《程端明公洺集》等。但值得注意的是,宋人文集在明清已多散佚,今所存多为明代乃至清代的重刻辑录本,未必完整地体现宋代别集的编纂体例。具体可参见祝尚书《宋人别集叙录》(增订本),中华书局 2020 年版。宋人别集编纂首卷文体的新变,还可参见何诗海、胡中丽《从别集编纂看"文""学"关系的嬗变》,《华南师范大学学报》(社会科学版) 2020 年第 3 期,第 152—153 页。

② (清)章学诚著,仓修良编注:《文史通义新编新注》,第 702—703 页。

③ 李昂英《李忠简公文溪存稿》宋刻本已佚失,今存为崇祯修补之嘉靖本(参见祝尚书《宋人别集叙录》卷 27,中华书局 2020 年版,第 1391 页)。

部分阳明学人则有将本学派最为看重的讲学文体置于文集之首的集体尝试①。明清易代，钱谦益为归有光编订文集，因"先生覃精经学，不傍宋人门户"，故是集"以经解为首"②。徐枋自编《居易堂集》亦言："今拙集以书居首，盖此集中惟书为最多，以吾四十年土室，四方知交问讯辨论，一寓于书。且吾自二十四岁而遭世变，与今之当事者谢绝往还诸书，及答一二巨公论出处之宜诸书，似一生之微尚系焉。"③《居易堂集》之所以以"书"居首，是因为徐枋认为，"书"是最能表达其一生志向的文体。《思复堂文集》的以传居首，显然出于与上述诸集相同的考虑。它开宗明义地凸显邵廷采的史家身份。因为在清代，传"盖史体也"④ 是得到士人普遍承认的文体常识。《思复堂文集》以传居首，等于明白宣示了作者与史学之间的联系。这无疑符合章学诚对于文集编纂"先定其人家学流别，然后可以甲乙诸体"的期待。

其次，具体到卷次编排上，《思复堂文集》也非常讲究。其前三卷虽然均录传体，但卷一所收传九篇，《明儒王子阳明先生传》《明儒刘子蕺山先生传》《王门弟子所知传》《刘门弟子传序》《姚江书院传》《陈恭介公传》《罗文懿公传》《黄忠端公传》《刑部左侍郎梅墩公家传》，所传皆王学中人，且编排遵循"王守仁—刘宗周—姚江书院"的统绪，异常清晰地呈现了邵廷采的学派归属。卷二所收传十五篇，《明户部尚书死义倪文正公传》《明左都御史李忠文公传》《明副都御史谥忠介施公传附周巢轩公传》《明巡抚苏松副都御史世培祁公传》《余陈陈三公传》《少师恒岳朱公传》《督师白谷孙

---

① 参见王守仁《王文成公全书》、王畿《王龙溪先生全集》。
② 钱谦益：《新刊震川先生文集序》，载（明）归有光著，周本淳校点《震川先生集》，上海古籍出版社2007年版，第10页。
③ 徐枋：《论文杂语》，载王水照编《历代文话》，复旦大学出版社2007年版，第4册，第3300页。
④ （清）顾炎武著，黄汝成集释，栾保群、吕宗力校点：《日知录集释》卷19，上海古籍出版社2006年版，中册，第1106页。

公传》《明侍郎格庵章公传》《明侍郎遂东王公传》《瑞麦里二高士传》《贞孝先生传》《余金二公传》《翼明刘先生小传》《明江阴县典史阎应元传》《宦者王永寿传》所传皆为绍兴人氏，或曾经在绍兴为官之人，体现邵廷采对乡邦文献的重视。卷三所收传十七篇，人物较杂，除王学、乡邦人物外，主要载录宋、元遗民事迹。如此，仅通过《思复堂文集》前三卷的编排，邵廷采的学问宗旨就已一目了然：他是一个史家，而其史学关怀所在，一为阳明之学的延续，一为乡邦杰出人物的表彰，一为易代史事的考索，这是浙东学人的典型路数，以下各卷所论，亦大体不出此范畴。当然，由于所录文体庞杂，每篇文章的写作缘由也有具体的差异，《思复堂文集》不可能在每一个细节处都贯彻其"史学经世"的理论主张。但通过对内容的剪裁和体例的调整，它规避了一般文集"大抵应求供给"[1]的缺陷，也基本克服了一般文集以体分卷对专家之学造成的伤害，从而使自身呈现出某种思想、风格上的统一。

最后，《思复堂文集》对于整体性的坚持，在具体篇章的写作上亦可得到印证。卷三《遗献黄文孝先生传》，乃专为明末清初著名思想家黄宗羲写作的传记。黄宗羲一生波澜壮阔，学问更浩如烟海。如何讲述这样一位复杂人物？讲述什么？都足以体现作者个人的学术立场。邵廷采于黄宗羲一生立身行事中，独取其"发明蕺山刘子诚意慎独之说"[2]一端进行阐发，对其他面向则撮要叙述。这既反映了他对黄宗羲的理解，也呼应了整部《思复堂文集》的立言宗旨。正是在这个意义上，章学诚认定其"旨趣义理"在"子史之间"，是一部名副其实的"成一家之言"的作品。章学诚还通过与《鲒埼亭集》的对比凸显《思复堂文集》"诸子家数行于文集"的特色。清代浙东学人中，以全祖望的治学规模与邵廷采最为相近，在时人评价中，全祖望的声

---

[1]（清）章学诚著，冯惠民点校：《乙卯札记　丙辰札记　知非日札》，第82页。
[2]（清）邵廷采著，祝鸿杰点校：《思复堂文集》卷3，浙江古籍出版社2010年版，第169页。

誉远高于邵氏。可在章学诚看来,情况恰好相反。其子章贻选在为《邵与桐别传》所作按语中追述章学诚对两家的比较,曰:

> 念鲁先生郊庠附学,穷老海滨,闻见容有未尽,所述史事,不无一二疏舛,乡之后起名流,如全氏祖望多排诋之。故先师(引者注:即章贻选的老师邵晋涵)以是为属家君,因言全氏通籍馆阁,入窥中秘,出交名公钜卿,闻见自宜有进。然其为文虽号大家,但与《思复堂集》不可同日语也。全氏修辞饰句,芜累甚多,不如《思复堂集》辞洁气清;若其泛滥驰骤,不免蔓衍冗长,不如《思复堂集》雄健谨严,语无枝剩。至于数人共为一事,全氏各为其人传、状、碑、志,叙所共之事,复见迭出,至于再四。不知古人文集虽不如子书之篇第相承,然同在一集之中,必使前后虚实分合之间,互相趋避,乃成家法,而全氏不然。以视《思复堂集》全书止如一篇,一篇止如一句,百十万言若可运于掌者,相去又不可以道里计矣。①

章学诚承认,因遭际不同,全祖望阅历确比邵廷采丰富,闻见也更为宏阔。但他同时指出,在关键的写作才华上,前者并不足与后者相比。全祖望文的最大缺点在于"冗蔓"。它一方面体现在文章修辞上,一方面体现在文集编纂体例上。前者不在本书讨论范围之列,姑略去不谈。对于后者,章学诚认为,全祖望的文章经常出现内容上的重复。《乙卯札记》举例称其:"不解文章互相详略之法。如鲁王起事、六狂生举义始末,见于传、志诸作凡三四处。"② 事实上,文集"前后虚实分合之间,互相趋避,乃成家法",章学诚希望作者像经营有体系的著作一样经营自己的文集,而非仅仅将文集视为多篇独立文章的凑合。这种将渊源自《史记》的"互见"法引入文章写作的做法始于

---

① (清)章学诚:《章氏遗书》卷18《邵与桐别传》,第10页b—11页a。
② (清)章学诚著,冯惠民点校:《乙卯札记 丙辰札记 知非日札》,第35页。

宋代文史大家欧阳修①，但以之作为判断文集体例优劣的重要标准，却是章学诚首创。如此，按照章学诚的意见，理想的文集就是一部兼备各种文体的专门著述。它与诸子的最大不同仅在于它不再采用"因事命篇"的定名方式，而具备了明确的分体意识。寿序、赠序等后起的应酬类文体被允许继续存在于文集当中，但它们必须服务于文集的"大旨"。换句话说，理想的文集仅在外部形态上沿袭文集的特点，就其内在的精神而言，它是专家之学的另一种文本呈现方式。

这里有必要重申一个结论：章学诚所说的专家之学，可以指思想内容，可以指修辞方式，更多的时候则是两者兼而有之。所以他并不要求辞章之士都需具备儒、墨、道、法诸家的思想深度。在他看来，只要是"言情达志、敷陈讽喻，抑扬涵泳之文"，"皆本于诗教"②，即为专家之学的范畴。在他的文章中，也曾多次强调战国甚至西汉时期诗赋的专家性质："相如词赋，但记篇目（《艺文志》《司马相如赋》二十九篇，次《屈原赋》二十五篇之后，而叙录总云诗赋一百六家，一千三百一十八篇，盖各谓一家言，与《离骚》等），皆成一家之言，与诸子未甚相远。"③ "赋家者流，纵横之派别，而兼诸子之余风。"④ 专家之学是从"官师合一"的政治体制中发展而来的，其内核是与技艺相关的"实事"，而非脱离了技艺的"空言"。基于这一点，章学诚为辞章之士规定了属于他们的"诸子家数行于文集"的路径，从而使他在文集中复兴专家之学的主张能够涵盖到更广的范围。

---

① 参见李贞慧《历史叙事与宋代散文研究》第二章"史学视野下的集部'私传'书写：试论欧阳修《桑怿传》的文史意义"，中国社会科学出版社2015年版。
② （清）章学诚著，仓修良编注：《文史通义新编新注》，第59页。
③ （清）章学诚著，仓修良编注：《文史通义新编新注》，第318页。
④ （清）章学诚著，仓修良编注：《文史通义新编新注》，第61页。

第四节　"诸子家数行于文集"与清代学人文集[①]

以上大体梳理了章学诚对于文集的看法。文集继六经、诸子之后，是伴随专家之学的衰落而兴起的一种全新的著述体式。章学诚一方面承认文体细分和文集壮大是历史发展的大势所趋。但另一方面，他又主张对文集的体例、内容进行改进，以革除其时文学创作存在的诸项弊端。章学诚的思考，最终凝结为"诸子家数行于文集"一说。而通过他对《思复堂文集》的评论，我们得以尝试探讨这一理论的实现方式。"诸子家数行于文集"主张继续保持文集收录各体文章的基本特征，但在具体文章的写作、取舍、编排上，必须贯彻作者的专家之学。

章学诚对专家之学的强调，与其时文学界的动向密切相关。"清代是学问的时代"[②]，清人对学问的普遍重视，导致士人中认为文章应以学问为根本的意识逐渐增强。早在清初，吕留良就已开始呼吁学者之文的回归："文字有学者气，有大人名士气，有和尚气，有村教书气，有市井气。时下最是市井气多，其典型则村教书气而已，惟学者绝少。"[③] 到了章学诚生活的清中叶，段玉裁《戴东原集序》直言："义理、文章未有不由考核而得者。"[④] 秦瀛《树经堂序》谓："古君子之立言也，无不本于学。"[⑤] 王念孙《陈观楼先生文集序》

[①]　胡琦曾在近代子学复兴的脉络中理解汪中、段玉裁、章学诚等人的文集，称其为"子书"或"类子书"，与本章思路有异。参见林锋《"第三届清代文学研究青年学者读书会"综述》，《文学遗产》2018年第2期，第188页。

[②]　傅璇琮、蒋寅主编，蒋寅分卷主编：《中国古代文学通论·清代卷》，辽宁人民出版社2005年版，第11页。

[③]　吕留良：《吕晚村先生论文汇钞》，载王水照编《历代文话》，第4册，第3347页。

[④]　（清）戴震著，杨应芹编：《东原文集》（增），黄山书社2008年版，第1页。

[⑤]　谢启昆：《树经堂文集》卷首，载《清代诗文集汇编》编纂委员会《清代诗文集汇编》，上海古籍出版社2010年版，第392册，第453页。

则有："夫文章者，学问之发也。"① 章学诚亦是这一立场的支持者，他坚定地主张："无学问，不成古文家也。"②

随着文章应以学问为基成为学者群体的共识，文集应作为一人学问体现的观念逐渐抬头。与此同时，跨文体的"考据之文"概念的提出打破了原有的文体界限，文集中如序、记、题跋、书等文体，之前或主议论，或主叙事，但在汉学风的影响之下，清代的文人学士纷纷将其用以写作考据文章，这导致相关文体的内部发生了分化。以书序为例，清代学人文集中的书序，有部分是依照传统书序的书写套路，以叙交游，评得失为主，但另一部分书序则已经完全演化为与考、辨一类文字相同的"考据之文"。在这种情况下，原本最流行的以文章体裁为依据的分卷标准是否仍能适应创作的现实，就成了一个值得思考的问题。这导致章学诚同时期的学者如汪中、洪亮吉、孙星衍、段玉裁、阮元等人，纷纷开始尝试以新的方式编纂个人文集。浏览这些人的文集，可以发现他们具体做法虽然各不相同，但都在某种程度上表现出与章学诚相近的文集编纂理念。

仍以章学诚评论过的文集为例。在《与孙观察论学十规》中，章学诚曾质疑过孙星衍《问字堂集》的写作，谓："尊著浩瀚如海，鄙人望洋而惊，然一蠡之测，觉海波似少归宿，敢望示我以尾闾也。"③《问字堂集》所涉虽博，但没有"归宿"，不符合章学诚心目中理想文集的形态。可考诸事实不难发现，孙星衍其实正是按照专门著述的思路编纂这部文集的。《问字堂集》的第一个特征，是不以文体分类，而将各体文章统归在"杂文"的名目下，再以己意编排。这一依照文章内在"宗旨"而非"形貌"排比的举动无疑比《思复堂文集》更为激进。第二个特征，是《问字堂集》所收均考据之文，王鸣盛《问

---

① 王念孙：《王光禄遗文集》卷3，载《清代诗文集汇编》编纂委员会编《清代诗文集汇编》，第409册，第529页。
② （清）章学诚著，仓修良编注：《文史通义新编新注》，第299页。
③ （清）章学诚著，仓修良编注：《文史通义新编新注》，第399页。

字堂集序》谓："夫学必以通经为要，通经必以识字为基。"① 识字通经，即是《问字堂集》的大旨所在。因此《问字堂集》所收各体，无论是传统上与考据关系密切的"考""辨"体，还是更为自由的"书""序"体，都只选录了与考据相关的篇目。如此极端的做法当然容易招致时人的不满，阮元就不无遗憾地表示："以元鄙见，兄所作骈丽文并当刊入，勿使后人谓贾、许无文章，庾、徐无实学也。"② 孙星衍乃乾嘉间骈文大家。阮元从传统文集编纂常例出发，认为《问字堂集》应收录骈文，这样才能完整展现孙星衍的个人面目。但孙星衍的选择显示他志不在此：他希望凸显的是自己的考据家形象，而非其他③。被王芑孙誉为"骈体文今世第一"④ 的洪亮吉《卷施阁文甲集》亦有相似的倾向。这部文集的卷一收录集中展现洪亮吉经世思想的《意言》二十篇，卷二至卷九收录与考据相关的专门著述和短篇杂文，其他较零散的篇章则汇集于卷十当中。透过这样一番编排和取舍，洪亮吉同样有选择性地向读者展现了他的个人形象：一位怀抱经世理想的经学家⑤。

除《问字堂集》《卷施阁文甲集》之外，相近时期的学人文集，如戴震《东原文集》、段玉裁《经韵楼集》、武亿《授堂文钞》、曾镛《复斋文集》、戴大昌《补余堂文集》亦采用了类似的编纂体例。这些文集的共同特色是突破传统文集以体分类的陈规，而呈现出以

---

① （清）孙星衍撰，骈宇骞点校：《问字堂集 岱南阁集》，中华书局2006年版，第3页。
② （清）孙星衍撰，骈宇骞点校：《问字堂集 岱南阁集》，第9页。
③ 王重民《辑孙渊如外集序》有："孙诒让致王子庄书云：'孙渊如先生骈文精丽，妙擅一时，而不以入集，许、郑经师，似不必以徐、庾文夸示流俗也。'"（孙星衍：《孙渊如外集》卷首，载《清代诗文集汇编》编纂委员会编《清代诗文集汇编》，第436册，第360页）
④ 王芑孙：《渊雅堂文续稿》卷1《洪稚存集序》，载（清）王芑孙著，王义胜整理《渊雅堂全集》，广陵书社2017年版，第989页。
⑤ 当然，与孙星衍不同，洪亮吉并未全然舍弃自己的骈文，而是将其另编为《卷施阁文乙集》。

主题相从的特点。其中段玉裁所编《东原文集》分类之精微，早在民国时期就引起梁启超的注意，其《戴东原著述纂校书目考》释各卷义例："卷一为通释群经之文，卷二为考证三礼名物度数之文，卷三为论小学训诂之文，卷四为论音韵之文，卷五为论天象之文，卷六为论水地之文，卷七为论算学之文，卷八为论义理之文，卷九为泛论学术书札，卷十为诸书序跋，卷十一为酬赠杂文，卷十二为传状碑志。"① 如此次序井然，足见编纂者之苦心孤诣。而像阮元《揅经室集》虽以经、史、子、集四部分类，但每类之下，仍然以主题相从，汇聚各体文章而为一卷，似可视为孙星衍等人文集的变体。

相比之下，章学诚猛烈抨击过的另一名学者汪中则代表了"诸子家数行于文集"另一种可能的实现路径。汪中直接以《述学》这样近于著述的名称命名自己的文集。而据江藩《汉学师承记》载，《述学》一开始只是汪中构想中一部专门著述，到后来才成为个人文集的总称②。这表明随着创作的深入，汪中对自身为学撰文的旨趣所在有了越发清晰的认识，也因此看到了将自身文集结构为一部著述的可能性。从文集的编排上看，《述学》更具先秦诸子遗风。其集内分内、外篇，所规模者与其说是后世的文集，毋宁说是《墨子》《庄子》等诸子著作。章学诚《立言有本》曾针对这种分篇方式阐发道："古人著书，凡内篇必立其言要旨，外杂诸篇，取与内篇之旨相为经纬，一书只如一篇，无泛分内外之例。"③ 揆诸今存各版本《述学》，其内篇都主要收录了各种体裁的考据之文，正是汪中治学的基本取向，外篇则是杂文汇聚，可视为对内篇的补充。除汪中外，

---

① （清）梁启超：《梁启超全集》，北京出版社1999年版，第七册，第4216页。
② 江藩《汉学师承记》："君中年辑三代学制及文字、训诂、制度、名物有系于学者，分别部居，为《述学》一书。属稿未成，后乃以所撰之文分为《述学》内、外篇刊行之。"[（清）江藩、（清）方东树著，徐洪兴编校：《汉学师承记》（外二种）卷7，中西书局2012年版，第126页]
③ （清）章学诚著，仓修良编注：《文史通义新编新注》，第359页。

稍早的董丰《识小编》①，以及稍后的何治运《何氏学》亦采用相似的编纂方式，即将自己的文集明确地冠以著述之名。

以上分析了同时期部分学者的文集编纂与章学诚文集论的吻合之处。与邵廷采《思复堂文集》相似，这些文集通过文章的取舍、编排，呈现出"以文徇学"的特征。其中汪中的《述学》无论是在编纂体例还是在命名方式上，更与章学诚本人文集《文史通义》高度相近②。因此，以今日眼光目之，章学诚与汪中等人无论在文集的编纂理念还是在具体实践上，都应属于同一阵营。但如前所述，无论是《述学》《问字堂集》，还是《卷施阁文甲集》，都未得到过接近《思复堂文集》的赞誉，相反，它们均受到章学诚不同程度的攻击。其中症结，在于双方对学问的定义存在比较大的分歧。在章学诚看来，汪中、孙星衍、洪亮吉等人所自负的考据之学根本不是学问：

> 近人则不解文章，但言学问，而所谓学问者，乃是功力，非学问也。功力之与学问，实相似而不同。记诵名数，搜剔遗逸，排纂门类，考订异同，途辙多端，实皆学者求知所用之功力尔！即于数者之中，能得其所以然，因而上阐古人精微，下启后人津逮，其中隐微可独喻，而难为他人言者，乃学问也。

---

① 该书《续修四库全书》著录于子部杂家类，但张舜徽《清人文集别录》已指出是集："凡二十四篇，有考，有辨，有说，有书后，有答问，实文集也。"（张舜徽：《清人文集别录》，华中师范大学出版社2004年版，第160页）

② 由于章学诚生前并未敲定《文史通义》的编纂体例，因此，《文史通义》在他心中的最终定位到底如何，今人已不得而知。但在章学诚关于"文史通义"的诸多表述中，确实存在将"文史通义"视为个人文集总名的相关证据（张述祖：《文史通义版本考》，《史学年报》1939年第3卷第1期，第73—74页）。与《述学》的相似之处还在于，《文史通义》同样以"内篇""外篇""杂篇"等子书用语区分章学诚不同性质的创作（梁继红：《章学诚〈文史通义〉自刻本的发现及其研究价值》，载中国历史文献研究会编《章学诚国际学术研讨会论文集》，北京图书馆出版社2004年版，第199—213页）。

第二章 "诸子家数行于文集"：章学诚的文集论　91

今人误执古人功力以为学问，毋怪学问之纷纷矣。①

这里旗帜鲜明地指出，汉学家所孜孜讲求的"记诵名数""搜剔遗逸""考订异同"，都只是作为学问准备的"功力"，而非学问。只有在做足"功力"的基础上进一步了解其"所以然"，才算得上真正的专家之学。因此他质疑《述学》："所为内篇者，首解参辰之义，天文耶？时令耶？《说文》耶？次明三九之说，文心耶？算术耶？考古耶？"② 在章学诚看来，没有宗旨的考据之学不过是炫耀学问的一种方式，只有当它为天文、时令、小学、文学这些专业的学问服务时，它才能赋予自身意义。而《述学》不仅内篇缺乏基本宗旨，内、外篇两者之间更缺乏内在联系，虽形式上模仿诸子体例，实际上是各种文体的杂糅，章学诚当然不能满意。他进一步指出，汪中著《述学》，实乃"不善尽其天质之良而强言学问"。汪中本"工辞章而优于辞命"，"苟善成之，则渊源非无所自。古者行人之遗，流为纵横家学，其源实出于风《诗》也；引伸比兴，抑扬往复，可以穷文心之极变，达难显之至情，用以规谏讽谕，兴起好善恶恶之心，其为功也大矣。"③ 他应该继承诗教的传统，在辞赋方面成就自己的一家之言。这是专家之学的典型思路，也是章学诚作为当日主流学风批判者一面的体现。他不以考据为真正的学问，只将其视为成就学问的手段。而对于身处汉学中心的孙星衍、洪亮吉、汪中等人来说，考据就是学问。所以在《问字堂集》《卷施阁文甲集》《述学》中，他们理所应当地将考据作为自己学问的专业所在加以凸显。一言以蔽之，章学诚与同时学者在文集应改革，以更好地体现一人学问成就等观念上存在一致性。但对于"什么是学问"，他们的认识并不相同。章学诚的"专家之学"，针对着"学问"几乎完全为考据所定义的历史现实。

---

① （清）章学诚著，仓修良编注：《文史通义新编新注》，第807页。
② （清）章学诚著，仓修良编注：《文史通义新编新注》，第359页。
③ （清）章学诚著，仓修良编注：《文史通义新编新注》，第358页。

通过对专家之学的阐发，他一方面呼唤思想的回归；另一方面，也为抒情传统之中的诗文之士争取空间，以防他们被汉学的浪潮所吞噬。与中国文论史上其他富有创造力的大家一样，章学诚既是时代之子，又在某种程度上游移于他的时代。

　　当然，章学诚的文集论也并非没有缺陷。首先，经、子、史领域的专门著述并不是如章学诚所言，在唐代之后就归于消亡。恰恰相反，它一直与文集齐头并进，互为补充。著述展现一家所学，文集则相对灵活地收录个人作品，或保存其行迹，或表彰其文学。甚至在道学家的文集中，还出现了将论学语录置于全集之首，以凸显其义理之学的变例。如果按章学诚的意见，把文集当成著述进行编纂，其实是窄化了文集的功能。由此造成的如应酬之作等其他人物生平相关材料的丢失①，也很难通过其他方式加以蒐集补救。其次，章学诚虽然通过对诗教作为一种修辞方式在后世的流衍的肯定，为辞章之士保留了"诸子家数行于文集"的可能。但所谓"言情达志、敷陈讽喻，抑扬涵泳"不过是诗文创作的寻常路数。以此为标准，难道每位辞章之士都可算是《诗》教一脉以下的专门名家吗？显然不是。在实际批评中，能得到章学诚认可的辞章家不过古代屈原、司马相如、韩愈、欧阳修，近世朱筠等寥寥数人。那么，其中的判断标准究竟是什么？翻阅《章氏遗书》，章学诚似乎并没有对此给出令人信服的答案。

---

　　① 从文学欣赏的角度看，绝大多数的应酬之作当然价值不高。但对作者的生平研究而言，它们往往是绝佳的材料。

第 三 章

"文体万变而主裁惟一"：
章学诚的文体论

在章学诚的文论中，文体批评占有举足轻重的地位。《古文公式》谓："古文体制源流，初学入门，当首辨也。"[1]《与陈观民工部论史学》有："仆于文体粗有解会，故选文不甚卤莽。且于意可存而文不合格者，往往删改点窜，以归雅洁，亦不自为功也。"[2] 可知章学诚不仅将文体批评视为其文论的基本内容之一，且对自己在这方面的造诣颇感自信。《诗教下》虽有："善论文者，贵求作者之意指，而不可拘于形貌也。"[3] 似乎与前引重视文体的言论相悖，但正如美国文学批评家韦勒克、沃伦所言："文学类型应视为一种对文学作品的分类编组，在理论上，这种编组是建立在两个根据之上的：一个是外在形式（如特殊的格律或结构），一个是内在形式（如态度、情调、目的等以及较为粗糙的题材和读者观众范围等）。"[4]《诗教下》所论并非暗示章学诚不重视文体，它只是表明在文体的问题

---

[1] （清）章学诚著，仓修良编注：《文史通义新编新注》，第145页。
[2] （清）章学诚著，仓修良编注：《文史通义新编新注》，第407页。
[3] （清）章学诚著，仓修良编注：《文史通义新编新注》，第60页。
[4] ［美］韦勒克、［美］沃伦：《文学理论》，刘象愚等译，生活·读书·新知三联书店1984年版，第263页。

上，章学诚相对重视内在形式的作用。这是章学诚文体论的一大特色。他擅长利用校雠学"辨章学术，考镜源流"的方法，通过对某一文体的演变进行辨析，以探求该文体的核心特色。而这一特色，又往往是为章学诚反复强调的"专家之学"服务的。在他看来，每一种文体都有载道的条件，但随着历史的发展，有些文体已经离开它们本来的目标太远。本章将结合章学诚有关赋、墓志铭、时文等文体的具体评论，揭橥其文体论的最终关怀所在。另需说明的是，本书第一章、第二章事实上已经涉及了相关议题，但囿于主题，所述难免失之笼统、零散。故本章的写作，某种程度上也可视为对前两章内容的补充。

第一节 源流论：以赋为例

"文体备于战国"说可谓章学诚文体批评中最为人所熟知的假说。此说关注文体的源流问题，具有提纲挈领的作用。而在章学诚有关此说的诸多阐释中，又以《诗教上》所论最为详尽、充分："至战国而文章之变尽，至战国而著述之事专，至战国而后世之文体备，故论文于战国，而升降盛衰之故可知也。"① 可以看到，"文体备于战国"说并非孤立地谈论文体的形成问题，它是章学诚文章史分期判断下的一个组成部分。在章学诚看来，战国是我国文章演变的关键时期。而其古今文章转变枢纽地位的确立，端赖"文章之变尽""著述之事专""后世之文体备"等三方面的支持。这三个方面彼此联系，无法截然划分。随着"周衰文弊，六艺道息，而诸子争鸣"②，中国的学术和文章遭遇了前所未见的巨大变革。诸子一方面继承了六艺中的某些面向而发展为专门的学说；

---

① （清）章学诚著，仓修良编注：《文史通义新编新注》，第45页。
② （清）章学诚著，仓修良编注：《文史通义新编新注》，第45页。

一方面又从诗教中汲取养分，从而促成了修辞术的全面繁荣。声色大开后，后世文体的雏形也随之生成。这就是"文体备于战国"说的具体内容。但值得注意的是，"文体备于战国"的所谓"文体"，仅指辞章：

> 后世之文其体皆备于战国，何谓也？曰：子史衰而文集之体盛，著作衰而辞章之学兴。文集者，辞章不专家，而萃聚文墨以为蛇龙之菹也（详见《文集》篇）。后贤承而不废者，江河导而其势不容复遏也。经学不专家而文集有经义，史学不专家而文集有传记，立言不专家（即诸子书也）而文集有论辨。后世之文集，舍经义与传记、论辨之三体，其余莫非辞章之属也。而辞章实备于战国，承其流而代变其体制焉。①

这里明确指出，真正备于战国的文体皆是"辞章之属"。经义、传记、论辩等其他体裁的文章，则要等到专家之学衰微后才得以进入文集②。所以在后世文集中占有重要地位的序、记、论、传诸体，严格来说并不在"文体备于战国"说的理论射程之内。这一假说讨论的仅仅是诗赋文体源流的问题。这也无怪，当章学诚决定以《文选》举例论证"文体备于战国"时，他所选用的文体，概莫出于辞章范围之外。以下以赋为例，试看章学诚如何建立战国之文与后世文体的联系：

> 京都诸赋，苏、张纵横六国，侈陈形势之遗也；《上林》《羽猎》，安陵之从田，龙阳之同钓也；《客难》《解嘲》，屈原之《渔父》《卜居》，庄周之惠施问难也；韩非《储说》，比事征偶，连珠之所肇也（前人已有言及之者），而或以为始于傅毅

---

① （清）章学诚著，仓修良编注：《文史通义新编新注》，第46页。
② 参见本书第二章。

之徒（傅玄之言），非其质矣。①

正如何诗海《"文体备于战国"说平议》所言，此处的论证"时有牵强、片面之处"，"并不那么有说服力"②。章学诚的说理充满随意性，当他说到京都赋与《战国策》中纵横家言的相似之处时，"文体备于战国"似乎指二者内容上的一脉相承；而到了《上林赋》《羽林赋》，这种相似就变成了文章情境的营造；最后，当章学诚把讨论转移到楚辞、诸子与《客难》《解嘲》，他的着眼点又变成二者都采用了问答这一外在形式。章学诚并没有为如何判断战国之文与后世文体的渊源关系设下统一标准，在他举证中，亦缺乏真正坚强有力的依据，而仅提供了一些似是而非的猜想。这一问题一直延续到他嘉庆三年（1798）所作的《书坊刻诗话后》。在这篇文章里，章学诚最后一次提到京都诸赋与战国之文的联系，所用方式仍与《诗教上》如出一辙："《京都》诸赋，本于《国策》（陈说六国形势），《管子》《吕览》《淮南》俱有地理风物之篇，至班、左诸君而益畅其支，乃有源流派别之文，辞章家之大著作也。"③《诗教上》作于乾隆四十八年（1783），与《书坊刻诗话后》相距十四年。在这段时间内，章学诚的个人思想迭经变化，对一些问题的论证也趋于细密。但他却没有对"文体备于战国"说做出更具说服力的阐释。以今天眼光看，这不能不算是一种缺憾。不过，"文体备于战国"说毕竟为文体源流研究打开了一个新视角，仅是这一点，它已经具有非同寻常的意义④。而对其文体论来说，我们需要追问的则是，章学诚为什么宁可使用如此牵强的论证方式，也要咬定后世文体渊源于

---

① （清）章学诚著，仓修良编注：《文史通义新编新注》，第46页。
② 何诗海：《"文体备于战国"说平议》，《文学评论》2010年第6期，第124页。
③ （清）章学诚著，仓修良编注：《文史通义新编新注》，第300页。
④ 比如傅刚《论赋的起源和赋文体的成立》就把章学诚赋体源于纵横家的论述列为古代讨论赋的起源的主要假说之一。参见傅刚《论赋的起源和赋文体的成立》，《北京大学学报》（哲学社会科学版）2018年第5期，第82—94页。

战国？尤其是其中带有论辩性质的诸子、《战国策》？

这涉及章学诚文体源流论的宗旨。章学诚不满于当世的文章，他认为："自学问衰而流为记诵，著作衰而竞于词章。考征猥琐以炫博，剽掠文采以为工，其致力倍难于古人，观书倍富于前哲，而人才愈下，学识亦愈以卑污。"① 而他虽然说过："六艺为文字之权舆。"② 但同时又认定作为六经土壤的"官师合一"已然不可复现。因此，章学诚给当代文章开出的药方，是返归于诸子："然气运既开，势必不能反文集而为诸子，惟豪杰之士，能以诸子家数行于文集之中，则文体万变而主裁惟一，可谓成一家言者矣。"③ 论文第二章中对"诸子家数"的具体内涵已经做了详细的解读。此处重点关注"文体万变而主裁惟一"。在章学诚看来，后世文人尽可以同时进行多种文体的创作，但"主裁"必须一以贯之。换句话说，章学诚要求作者在不同文体中表现自己的专门之业。而辞章向来被认为只是"气之动物，物之感人"④ 之作，与章学诚所推崇的专家之学似乎不相容。因此，章学诚需要在后世辞章与诸子之间建立哪怕只是松散的联系，以使自己"主裁惟一"之说言之有据。仍然以赋为例。《诗教下》谓：

> 然而汉廷之赋，实非苟作，长篇录入于全传，足见其人之极思，殆与贾疏、董策为用不同，而同主于以文传人也。是则赋家者流，纵横之派别而兼诸子之余风。此其所以异于后世辞章之士也。⑤

这句话道出了章学诚文体源流论的野心，也是其力主"文体备于战

---

① （清）章学诚著，仓修良编注：《文史通义新编新注》，第513页。
② （清）章学诚著，仓修良编注：《文史通义新编新注》，第201页。
③ （清）章学诚著，仓修良编注：《文史通义新编新注》，第785页。
④ （梁）钟嵘著，曹旭集注：《诗品集注》（增订本），上海古籍出版社2011年版，第1页。
⑤ （清）章学诚著，仓修良编注：《文史通义新编新注》，第61页。

国"的目的所在。《诗教上》中对赋与诸子、《战国策》关系的考察最终导出了《诗教下》"赋家者流纵横之派别,而兼诸子之余风"的结论。这使赋摆脱了"雕虫篆刻"[①]的指责,而成为带有立言性质的专门著述。章学诚还以《汉书·艺文志》举例,为自己的结论张本:"然贾生奏议,编入《新书》,相如问赋,但记篇目(《司马相如赋》二十九篇,次《屈原赋》二十五篇之后,而叙录总云诗赋一百六家,一千三百一十八篇,盖各为一家言,与《离骚》等)皆成一家之言,与诸子未甚相远。"[②]《艺文志》区分赋为五类,其中赋占四类,分别以"屈原赋""陆贾赋""孙卿赋""客主赋"居首。虽然在清代,学者已无法知晓如此区分的"原委"所在[③],但章学诚相信,这样的分类方式表明刘歆、班固是像看待诸子一样看待赋的。因此他从著述的角度高度评价辞赋之祖楚辞,称其为:"著述之狂狷乎?"[④] 对西汉司马相如所作赋亦不吝赞美之词:"相如无《封禅》之书,则《子虚》《上林》,诗人讽谏之旨也。"[⑤] 他还正面驳斥了赋不可为著述的看法:

> 或疑著述不当入辞赋,不知著述之体,初无避就,荀卿有赋篇矣,但无实之辞赋,自不宜溷著述尔。[⑥]

这段文字见于《言公下》,是篇为《文史通义》中唯一用赋体写就的论文。章学诚引《荀子》中的赋为例,说明古人立言并不排斥赋体。只有后世所作的"无实之赋",才没有资格溷入专门著述之

[①] (汉)扬雄著,李守奎、洪玉琴译注:《扬子法言译注》,黑龙江人民出版社2003年版,第16页。

[②] (清)章学诚著,仓修良编注:《文史通义新编新注》,第318页。

[③] 近代,章太炎《国故论衡·辨诗》、刘师培《论文杂记》都对此有过延伸的讨论,可参看。

[④] (清)章学诚著,仓修良编注:《文史通义新编新注》,第179页。

[⑤] (清)章学诚著,仓修良编注:《文史通义新编新注》,第354页。

[⑥] (清)章学诚著,仓修良编注:《文史通义新编新注》,第217页。

中。章学诚对赋的区隔亦可在他对作为赋之变体的四六文的评价中找到对应。他一方面斥责四六文过分重视修辞功能的倾向："辞命之学，本于纵横，六朝书记文士，犹有得其遗者。至四六而羔雁先贽，专为美锦，古人诵诗专对，言婉多风，行人之义微矣。"[1]另一方面，他尊重在四六文中注入著述精神的写作者："四六之文，如《宣公奏议》《会昌一品》，俱是经纬古今，敷张治道，岂可以六博小技轻相诋呵哉！"[2] 可知在章学诚眼中，赋体本身没有问题，有问题的是写作的人。是后世"专为美锦"的写作者限制了赋的功能。而《言公下》的使命，就是在赋体逐渐沦为文人应酬、炫技工具的背景下，重新发掘其作为专门著述体裁的潜力。当然，在中国文学史上，以赋为论的作者其实所在多有[3]，但像章学诚这样，从理论到实践都致力于将赋论证为"纵横之派别而兼诸子之余风"的，究属罕见。不过，这仍然不是章学诚文体源流论的终点。《诗教下》有：

  传曰："不歌而诵谓之赋。"班氏固曰："赋者古诗之流。"刘氏勰曰："六艺附庸，蔚为大国。"盖长言咏叹之一变，而无韵之文可通于《诗》者，亦于是而益广也。屈氏二十五篇，刘、班著录以为《屈原赋》也，《渔父》之辞，未尝谐韵而入于赋，则文体承用之流别，不可不知其渐也。文之敷张而扬厉者，皆赋之变体，不特附庸之为大国，抑亦陈完之后，离去宛邱故都，而大启疆宇于东海之滨也。[4]

---

[1] （清）章学诚著，仓修良编注：《文史通义新编新注》，第555页。
[2] （清）章学诚著，仓修良编注：《文史通义新编新注》，第555页。
[3] 传统上，以赋为论者其实代不乏人，典型如陆机《文赋》。而到了乾嘉时期，以骈文为论者也仍有不少，如吴锡麟《岳飞论》、凌廷堪《西魏书后序》；甚至有以骈文为考证者，如洪亮吉《钱献之九经通借字考序》、董祐诚《五十三家历术序》。这些都可见乾嘉士人因难见巧的匠心以及勇于挑战固有程式的开放心态。
[4] （清）章学诚著，仓修良编注：《文史通义新编新注》，第60页。

承"赋家者流,纵横之派别而兼诸子之余风"的论述,这里将"文体备于战国"说讨论辞章源流所得出的结论推至极致。因为赋本质上只是纵横家"敷张扬厉"的发挥,所以后世一切"敷张扬厉"之文,均可算作赋的变体。如果说《言公下》的论说只是挑战了流俗对于赋的文体功能的看法,那么,《诗教下》则突破了传统为赋的体制本身所设的界限。章学诚对推源溯流的偏爱导致他的文体论存在明显的本质论倾向。赋的本质为何?章学诚认为可以"敷张扬厉"四字概之。而与此同时,他几乎取消了赋的所有外在形式限制,判断一篇作品是否为赋,不需要看它有没有韵,也不需要看它是否讲究对偶,而只需看它是否具备"敷张而扬厉"的风格特征就可以了。诚如宇文所安所言,中国文论中"体"的意涵非常复杂:"它既指风格(style),也指文类(genres)及各种各样的形式(forms),或许因为它的指涉范围如此之广,西方读者听起来很不习惯。"[①] 以风格辨体,本为中国古代文体学的常例。曹丕《典论·论文》谓:"诗赋欲丽。"[②] 陆机《文赋》则有:"赋体物而浏亮。"[③] 就都是以风格论赋。但在通常情况下,文体风格的概括是建立在该文体的语体、结构等外在形式的基础之上的。而章学诚则是在抛弃文体体制特性的前提下谈论风格。这就使他对赋的定义显得过于模糊、宽泛,以致几乎失去了辨体的功能。如果把序、论甚至记传中的"敷张扬厉"者都归为赋体,那么,赋作为文体的独立性无疑将受到巨大的伤害。

当然,假如留意章学诚对专门著述一以贯之的追求,今人将不难对他的文体源流论抱有"了解之同情"。章学诚不欣赏后世的辨体

---

① [美]宇文所安:《中国文论:英译与评论》,王柏华、陶庆梅译,上海社会科学院出版社2003年版,第4页。

② 曹丕:《典论·论文》,载郭绍虞主编《中国历代文论选·第1册》,上海古籍出版社2001年版,第158页。

③ 陆机:《文赋》,载郭绍虞主编《中国历代文论选·第1册》,第171页。

活动为文章写作设立的壁垒。在他看来，"文章之用多而文体分"①这一历史事实虽已无可逆转，但各种文体不应在承载一家之学的这一基本要求上有所区分。当他说"赋家者流，纵横之派别，而兼诸子之余风""文之敷张而扬厉者，皆赋之变体"时，他的确挑战了部分文人对赋的认识，有利于他们重新思考赋作为一种文体的功用和特性所在。赋长久以来都处在"雕虫篆刻"之类指责的压力之下，揆诸事实，汉大赋固有"劝百讽一"之旨，六朝赋也不乏说理精微、言情深挚之作，但总的来说，汉代以下之赋确实已多沦为颂圣、应酬、闲情一流。而章学诚提醒人们，赋体最初乃是专家著述的体裁之一，与战国诸子同质。如此，章学诚通过对文体源流的探讨，某种程度上是解放了赋的。他使赋与"吟风弄月"的世俗辞章之流拉开差距，从而转变为文士立言的工具。这就是章学诚源流论的精义所在。

第二节　正变论：以墓志铭为例

"考镜源流"既毕，下一步就是辨明"正变"了。在文体学研究中，对某一文体的追源溯流往往是为了分清当下创作中的正体和变体，因为正变关系的确认高度依赖源流论的支持。通常来说，文体起源之初的形态与"正体"相对，而其在演化过程中所发生的转换则是各种"变体"产生的根源。二者几乎是一体两面的关系。而它们的不同点则在于，尽管每一次"考镜源流"行为的背后都有来自义理方面的动力支撑，但就其自身而言，"考镜源流"只追问历史事实而不涉及价值判断。但"正""变"这组概念却天然涉及价值判断。二者之中，前者通常表示一种肯定性的评价。南宋理学家真德秀所编《文章正宗》《续文章正宗》，追求的是有益世道人心

---

① （清）章学诚著，仓修良编注：《文史通义新编新注》，第183页。

的文体之"正";而明代前后七子进行的大量辨体工作,则是从文学内部规律出发,探寻符合古典审美理想的诗体之"正"①。两者取径不一,但对体裁之"正"的推崇是一致的。到清代,"清真雅正"成为帝王对八股文等考试文体的明确要求,而"正"在其中处于结穴位置,足见"正"的地位之高。相对来说,"变"的价值就有些暧昧不清。中国文学最早的变体应该是《诗经》中的"变风""变雅",作为"风""雅"二体的变体,它们一方面因为《诗经》经典地位而广受推崇;一方面又因《诗大序》中"至于王道衰,礼义废,政教失,国异政,家殊俗,而变风变雅作矣"②的论断而被认为不如正体。这在某种程度上预示了后世文人面对变体时的不同态度。着重第一方面者倾向于肯定变体,着重第二方面者则倾向于否定变体。如何看待变体?这是中国文体学中一个富有争议的话题。

章学诚的正变论与其对体制源流的看法密切相关。前引《〈李义山文集〉书后》对作为辞章变体的四六文的批判,已透露出他"崇正抑变"的基本态度。而在《章氏遗书》其他篇章里,对文体每变愈下的感叹亦不罕见,《释通》谓:"训诂流而为经解,一变而入于子部儒家,再变而入于俗儒语录,三变而入于庸师讲章。"③ 这里讨论的显然不是单个文体内部的演变,而是有承继关系的说经文体,但也明显地表达了"崇本抑变"的思想。这其实不难理解,既然章学诚理想中的文章是战国时期的专家著述,而"文体备于战国",或直接从经、史、子三部中变化而来。那么摒弃后世出现的无数变体,返归战国甚至更早时期的本来面貌,就是当然的选择。但章学诚在这一问题上还是体现了深刻的复杂性。"崇正抑变"只是他的基本立场,与此同时,章学诚并不吝惜对后出变体予以肯定。其对墓志铭

---

① 参见马积高《宋明理学与文学》,湖南师范大学出版社1989年版;廖可斌《明代文学复古运动研究》,商务印书馆2008年版。
② 郭绍虞主编:《中国历代文论选·第1册》,第63页。
③ (清)章学诚著,仓修良编注:《文史通义新编新注》,第238页。

文体正变的讨论，就是一个非常显著的案例。

墓志铭的起源，一般认为是在汉代。徐师曾《文体明辨》谓："按志者，记也；铭者，名也。古之人有德善功烈可名于世，殁则后人为之铸器以铭，而俾传于无穷，若《蔡中郎集》所载《朱公叔鼎铭》是已。至汉，杜子夏始勒文埋墓侧，遂有墓志，后人因之。盖于葬时述其人世系、名字、爵里、行治、寿年、卒葬年月，与其子孙之勒石加盖，埋于圹前三尺之地，以为异时陵谷变迁之防，而谓之志铭。"[①] 从文体分类看，墓志铭是墓碑文的一种，墓碑文又是碑文的一种。墓志铭与墓碑、墓表等文体的差别基本之只是功能的差别，在体制特性上，它们高度相似。刘勰《文心雕龙》将"碑诔"归入有韵之文之列。翻检《汉魏南北朝墓志汇编》《新出魏晋南北朝墓志疏证》，可知早期墓志铭无论序、铭部分，都的确以韵文为主，这既与时代风气有关，亦是其文体特性使然。章学诚生前接受过大量的墓志请托。对墓志铭的体制源流亦有相当充分的考察，其《墓铭辨例》谓：

墓有志铭，前人谓始宋颜延之；潘济南远引西汉滕公，或又引《庄子》卫灵公石椁之铭，其实《礼经》铭旌之制已肇其端。"誌"古作"志"，亦见《檀弓》。古人一字一言，皆可称铭称志，文多文少，亦无定格。志亦铭也，铭亦志也，铭则取其可名，志则取其可识，如是而已。自西京以还，文渐繁富，铭金刻石，多取韵言，往往有序文铭颂，通体用韵，前后皆一例者，古人不过取其易于诵识，无他义也。六朝骈丽，为人志铭，铺排郡望，藻饰官阶，殆于以人为赋，更无质实之意。[②]

[①] （明）吴讷、（明）徐师曾著，于北山、罗根泽校点：《文章辨体序说　文体明辨序说》，人民文学出版社1998年版，第148页。

[②] （清）章学诚著，仓修良编注：《文史通义新编新注》，第489页。

与徐师曾不同，章学诚把墓志铭的起源更远溯至六经的经典时代，这与他《诗教上》"文体备于战国"说的诸多举证相似，有似是而非之嫌。但他点出了传统墓志铭在很长一段时间里"多取韵言"的特点，这成为其讨论墓志铭文体正变的关键。接下来，他又表示两汉时期以韵文写作墓志铭只是为了"易于记诵"，没有其他特殊目的；而六朝的"以人为赋"，则是等而下之，"更无质实之意"。前者消解了韵文作为正统墓志铭惯用语体的正统性和崇高性，后者更是直接表达了对这种写作方式的不满。承接这一结论而下，章学诚大力赞扬了韩愈、柳宗元对墓志铭文体的变革之功，谓：

> 是以韩柳诸公，力追《史》《汉》叙事，开辟榛芜，其事本为变古，而光昌博大，转为后世宗师，文家称为韩碑杜律，良有以也。①

这里准确地为韩愈、柳宗元的墓志铭创作做了历史定位。它一共包括两个层次的内容：一是将韩、柳的墓志铭视为墓志铭写作的高峰；二是提醒人们，韩、柳所进行的是一项"变古"的工作，他们的墓志铭，与汉魏六朝时期的墓志铭在文体的外在特征上存在巨大差异。用《墓铭辨例》另一处论述的说法就是："铭金勒石，古人多用韵言，取便诵识，义亦近于咏叹，本辞章之流也。韩、柳、欧阳恶其芜秽，而以史传叙事之法志于前，简括其辞以为韵语缀于后，本属变体，两汉碑刻，六朝铭志，本不如是。然其意实胜前人，故近人多师法之，隐然同传记文矣。至于本体实自辞章，不容混也。"② 章学诚言简意赅地以"辞章"和"史传"区分汉魏六朝和唐宋两种不

---

① （清）章学诚著，仓修良编注：《文史通义新编新注》，第489页。
② （清）章学诚著，仓修良编注：《文史通义新编新注》，第490页。

同墓志铭传统的文体特性①。并再次强调韩愈、柳宗元、欧阳修等人的创作是一种革新，与墓志铭的"本体"有异。而这两个层次的内容，前者已在唐宋以来的诸多文章选本如《文章正宗》《文章辨体》《古文辞类纂》中得到反复确认，后者虽曾引起不少论者的注意，但由于唐宋代古文运动之后，墓志铭文体的新典范已然形成，后来者在继承唐宋大家笔法的基础之上，有意无意会忽略韩、柳其实是墓志铭的"别派"而非"正宗"。像吴讷《文章辨体》在对"墓碑""墓表""墓志""墓铭"诸名进行释义之后，直接宣称："古今作者，惟韩愈最高。"②没有任何关于墓志铭文体特征演化的追溯，就以韩愈为墓碑文的典范作家，言下之意，好像墓志铭的写作自古以来就应该是韩愈所呈现的风貌。章学诚则不同，他反复提醒读者，唐宋大家的墓志铭是这一体裁的变体，与此同时，他旗帜鲜明地肯定了这种改变。这成为他复杂而意涵丰富的正变论的一个典型例证，"考镜源流"有时不是为了重申源头之"正"，而是为了确认"变"的价值。

那么，在章学诚看来，韩、柳等人变革墓志铭文体特征的价值何在？这种变化，在什么意义上吸引了章学诚的目光，从而获得他的肯定？仅仅是因为取法韩、柳已经成为唐宋以来墓志铭写作的通例吗？显然不是。新传统的势能固然强大，但章学诚是一个敢于质疑、挑战权威的人。他对墓志铭新典范的接受，是在自己的思想体系中进行的。《墓铭辨例》中"辞章"与"史传"之说实已透露玄机。如本书第一章所论，章学诚将现行文章基本区分为叙事文、议

---

① 刘勰《文心雕龙·碑诔》谓："属碑之体，资乎史才，其序则'传'，其文则'铭'。"[(南朝梁)刘勰著，范文澜注：《文心雕龙注》(上)，人民文学出版社1958年版，第214页] 则兼顾"辞章"与"史传"，本就是碑文的文体特性。只是在唐代以前，其记述人物生平的"序"也是以骈文写就的，于《左传》《史记》以降史传的散文传统有异。

② (明)吴讷、(明)徐师曾著，于北山、罗根泽校点：《文章辨体序说 文体明辨序说》，第56页。

论文、诗赋三类，而在三者之中，又以叙事文的难度最大，地位最尊，因此也最能表现一家之学，议论次之，诗赋则为最末①。而在他的概念里，"辞章"与"诗赋"同义，"史传"与"叙事"同科。因此，墓志铭由"辞章"一变而为"史传"，乃是由卑转尊，由易转难，由无实之文变为专门著述，自然能得到章学诚的认可。《与朱少白书》又有："铭志虽原于三代，而其盛为文辞，实自东京。今见崔、蔡、文姬，与金石诸录所征引者，殊不见奇。至六代以还，文靡辞浮，殆于以人为赋，赋卒未乱，千篇一律，意义索然。即唐初诸子，承陈、隋之余波，无复振作，韩、柳诸公，始一变而纯用情真叙述之体，隐与史传相为出入。是则铭志之体，原属华辞，至韩、柳诸公摧陷廓清，反属变体。然变而得善，则人乐从之，故欧、曾以下，奉为不祧之宗。而文集之中，遂为一大门类，与传记相出入矣。然则文有古胜于后，亦有后胜于前，与人世一切制造器物制度略相仿也。"② 该信的写作时间与《墓铭辨例》相近，可能是后者的前期准备之一③。因为是在较私人化的情境中，章学诚得以更直接地表达对唐代之前多属"华辞"的墓志铭正体的鄙夷，以及对韩、柳等人赞扬。"文有古胜于后，亦有后胜于前"，这句话言简意赅地道出了章学诚文体观的通达精神。

综上，章学诚对文体正变的态度亦与其对专家著述的一贯推崇密切相关。当语录、讲章等经解变体已无法体现治经者的一家之学时，章学诚倾向于否定这种变化。而当韩愈、柳宗元等人将墓志铭由"辞章"变为"史传"，不仅提升了墓志铭的品格，还将史家的专门精神注入这一文体当中时，章学诚又毫无保留地表达了其对"变"的欣赏。不仅如此，章学诚还以墓志铭的变革为例，要求其他文体主动求变。《与朱少白书》谓："寿序始于近代，然作用却与铭

---

① 参见本书第一章第三节"'文集之文'的分类及位次"。
② （清）章学诚著，仓修良编注：《文史通义新编新注》，第786页。
③ 朱锡庚原札，参见（清）章学诚著，仓修良编注《文史通义新编新注》，第786页。

志相同，送死固欲其留名，爱生者亦欲祈其与于古之三不朽也。世俗不知文者，虽使之解经述史，皆不足观，不必议其何体文，作何作用矣。如真得古之所谓有道能文者，觌面相遇，其人苟稍有可称，必云待其身后志墓，不必生前祝嘏也。则或有遗憾矣！以前人所撰不尽可观，而卑厥体，安知不如志铭之后起胜前乎？如韩、柳诸公以六朝志铭之不足观，而不甘下笔，则志铭虽至今日，安得有佳篇邪？况寿序，如不视其人而强作应酬，虽以其法行于志铭，亦不可传也。如事既可传，文又出色，则与记传正文何异？"① 寿序是明清时期最"臭名昭著"的应酬文体之一。但章学诚指出，寿序与墓志铭的作用实有相似之处。它们都是为了表彰某个人一生德行、功业、文章而作，都有向严肃的史传文体转换的潜力。只是在寿序的发展历程中，并未出现如韩、柳那样有能力摧陷廓清，使寿序摆脱俗情应酬的纠缠而返于"记传正文"之体的大家。在这里，章学诚已不啻是在呼唤一种可供后世模仿的"变体"的出现了。

第三节　创作论：以时文为例

追源溯流也好，辨明正变也好，最终的目的，还是要为文体找到可供借鉴的典型，进而指导写作。事实上，无论是论赋，还是谈墓志铭，章学诚都对文体的具体写作表达过自己的意见，只是着墨不多。在更多时候，他倾向于以整个叙事文类，甚至是整个古文为关注对象，探讨创作时可能遇到的共同难题。但例外也仍然存在。时文由于在章学诚的一生经历中占据举足轻重的地位，很自然地受到他的特别关注。章学诚曾经七应乡试，在考场中前后浮沉近二十年，进士及第之后，他又长期任教于清漳、敬胜、保定等书院。可以说，以乾隆三十八年（1778）通过会试为界，章学诚的人生可按

---

① （清）章学诚著，仓修良编注：《文史通义新编新注》，第786页。

其与时文的关系分为两程。前半程以时文求功名，后半程则以时文谋稻粱。无论哪一阶段，他都需留意时文的创作问题。特别是后半程，教学的需要迫使章学诚将其有关时文创作的思考形诸笔墨。本节我们以时文为例，探讨他对文体创作的细部见解。

时文，又称八股、制义，是明清科举考试中最重要的应试文体。由于明清政府把绝大多数文官的来源都严格限定在科举一途，这等于赋予了时文某种左右士人命运的强大影响力①。职是之故，时文最终成了明清五百年间争议最大的文体。不过，同处科举考试的阴影之下，明清两代士人对时文的评价却存在一定的差别。总的来说，清代人对八股的评价似较明人为低。对时文的批判是清人时文论的主调②。早年的章学诚举业不利，对时文的鄙夷可谓溢于言表。如《与族孙汝楠论学书》："昔人云'年未三十，忧老将至。'仆行且及之，而家贫亲老，勉为浮薄时文，妄想干禄，所谓行人甚鄙，求人甚利也。"③《候国子司业朱春浦先生书》："学诚家有老母，朝夕薪水之资，不能自给，十口浮寓，无所栖泊，贬抑文字，稍从时尚，则有之矣。"④但随着进士及第后辗转任教于各大书院，章学诚的态度有了明显的转变。他虽仍不时流露对时文的不屑，但已开始承认："四书文艺，虽曰举子之业，然自元明以来，名门大家源分流别，亦文章之一派，艺学之专门也。"⑤并自觉在古文与时文的比较中讨论时文的创作问题。而他对古文、时文关系的认定，首先受益于"校雠之学"的启发。《杂说下》谓：

---

① 宋代科举制虽已高度发达，但荐举仍然是文官选拔的重要方式。只有到了明代，科举才居于绝对的统治地位。前者参见［美］贾志扬《棘闱：宋代科举与社会》，江苏人民出版社2022年版；后者参见［美］何炳棣著，徐泓译注《明清社会史论》，中华书局2019年版。

② 参见蒋寅《科举阴影中的明清文学生态》，载蒋寅《清代文学论稿》，凤凰出版社2009年版，第22—59页。

③（清）章学诚著，仓修良编注：《文史通义新编新注》，第800—801页。

④（清）章学诚著，仓修良编注：《文史通义新编新注》，第753页。

⑤（清）章学诚著，仓修良编注：《文史通义新编新注》，第756页。

第三章 "文体万变而主裁惟一":章学诚的文体论

> "古文"之目,始见马迁,名虽托于《尚书》,义实取于科斗。……文缘质而得名,古以时而殊号。自六代以前,辞有华朴,体有奇偶,统命为文,无分今古。自制有科目之别,士有应举之文,制必随时,体须合格,束缚驰骤,几于不胜。……自后文无定品,徘偶即是从时,学有专长,单行遂名为古:"古文"之目,异于古所云矣。①

章学诚追溯了历史上"古文"一词的内涵变迁。当"古文"首次出现在《史记》中时,其实是指与当时流行字体相异的古文字。只有在科举制度兴起之后,"古文"才变成一个与"时文"相对的名称,用以指代应试文体之外的文章类型,并隐隐与"单行"的语体特性挂钩。但是,由于应试文体总会随着朝代的更迭而改变,因此,"古文""时文"的具体内涵也处在持续的变动之中:"宋元经义,明代始专;策论表判,有同儿戏;学者肄习,惟知考墨房行,师儒讲求,不外《蒙存》《浅达》。问有小诗律赋,骈体韵言,动色相惊,称为古学;即策论变调,表判别裁,亦以向所不习,名曰'古文'。"②以八股文为"时文",而以策论判等其他文体为"古文",其实是明清时期才有的说法。换句话说,假如没有时间范围的限定,"古文""时文"根本无法稳定地指涉某个具体的文体,当然更无法与某种修辞方式产生固定的联系。因此他在《论文辨伪》中说:

> 余著《文史通义》,有通体长徘以比例者,或以体近时文为讥,余谓此人正坐有以一成式古文在其胸中,怪人不似之耳。③

---

① (清) 章学诚著,仓修良编注:《文史通义新编新注》,第505页。
② (清) 章学诚著,仓修良编注:《文史通义新编新注》,第505—506页。
③ (清) 章学诚著,仓修良编注:《文史通义新编新注》,第389页。

章学诚拒绝了程式化的古文，同时也就拒绝了程式化的时文。他致力于消泯时人所认定的古文与时文的诸多边界。与他对赋、墓志铭的讨论相似，这种辨析"体制源流"的努力实质上是在解放文体，以为进一步的讨论做准备。而体现在时文方面，章学诚显然把更多的精力放在了随之而来的创作论上。当然，在章学诚看来，古文与时文也并非没有区别，比如他说："时文体卑而法密，古文道备而法宽。"① 还是觉得时文不如古文。只是，章学诚似乎更愿意强调它们的一致性。比如："古文时文，同一源也。"② "每见工时文者则曰不解古文，擅古文者则曰不解时文；如曰不能为此，无足怪耳，并非其所为之理而不能解，则其所谓工与擅者，亦未必其得之深也。仆于时文甚浅，近因改古文，而转有窥于时文之奥，乃知天下理可同也。"③ 古文与时文的相似性，在于它们的来源，亦即其中的"理"的同一，这实际上已经为"古文与时文参营"奠定了理论基础。时文与古文在章学诚眼中既是如此的同中有异，时文的文体特性乃不得不和古文产生诸多互动：

> 时文之体，虽曰卑下，然其文境无所不包，说理、论事、辞命、记叙、纪传、考订，各有得其近似，要皆相题为之，斯为美也。④
>
> 惟今举业所为之四书文义，非经非史非辞章，而经史辞章之学无所不通，而又非伪经伪史只可以旦夕剿饰，又非若辞章之逐末遗本。上以此求，下以此应，正如金钱之交相为质耳。⑤

这两段话兼及时文古文的同异，是理解章学诚时文创作理论的重要

---

① （清）章学诚著，仓修良编注：《文史通义新编新注》，第411页。
② （清）章学诚著，仓修良编注：《文史通义新编新注》，第417页。
③ （清）章学诚著，仓修良编注：《文史通义新编新注》，第669页。
④ （清）章学诚著，仓修良编注：《文史通义新编新注》，第416页。
⑤ （清）章学诚著，仓修良编注：《文史通义新编新注》，第591页。

材料。章学诚认为，时文不能被归入某一个具体的古文文类，但是多种古文文体的综合，足以考察写作者的综合写作能力。这一看似怪诞的观点并非空穴来风，事实上，历代关于时文的起源猜想已经证明其作为一种考试文体的综合性①。在这个意义上，章学诚把科举考场当成多种古文类型写作的训练场，完全是说得通的。借由时文，他希望把举子们训练成一个在叙事、论说、考订、辞章方面都有一定造诣的古文全才，并以此为基点，成就自己的一家之言。而为了完成这一目标，他要求学生们遵循的原则是："学问与文章并进，古文与时文参营。"②

关于"学问与文章并进"，这一主张既是对时人埋首时文、无暇顾及其他学问倾向的反拨，也是章学诚个人对"学"与"文"关系认知的必然推演。在章学诚看来，文章是载道之具，是学问的自然呈现。三者间的联系在于："义理不可空言也，博学以实之，文章以达之，三者合于一，庶几哉周、孔之道虽远，不啻累译而通矣。"③义理不可凿空而论，所以需要靠广泛、深入的阅读去充实它，然后再经由文章，将其完整地表达出来。在这一过程中，博学具有某种程度的优先性："凡立言者，必于学问先有所得。"④ 纯粹通过对时文技法的揣摩、练习来提高写作水平的做法被认为是低级的："为经生卑论及于文辞之末，可谓陋矣。"⑤ 以学问带动文章，才是章学诚希望走的道路。因此不难理解，在《清漳书院留别条训》《论课蒙学文法》《与武定书院诸及门书》等讨论时文写作方法的文章中，他于经典的阅读再三致意。对作为文章渊薮的经史诸子，章学诚特别强调："譬若治生之道其多，稼穑其根本也，为人之责綦重，孝友

---

① 参见吴承学《明代八股文》，载吴承学《中国古代文体形态研究》（第三版），北京大学出版社2013年版，第239—313页。
② （清）章学诚著，仓修良编注：《文史通义新编新注》，第417页。
③ （清）章学诚著，仓修良编注：《文史通义新编新注》，第105页。
④ （清）章学诚著，仓修良编注：《文史通义新编新注》，第733页。
⑤ （清）章学诚著，仓修良编注：《文史通义新编新注》，第609页。

其根本也。学问文章，何独不然？诸子百家，别派分源，论撰辞章，因才辨体，其要总不外六艺。"①"经、三史、诸子百家，将与诸生切磋究之，抵于古人之学，纵使材质有限，不能尽期远大，即此经书大义，稍能串贯，究悉先儒训诂，会通师儒解义，则执笔而为举业，亦自胸有定见，不为浮游影响之谈。"②他甚至要求学生研习小学："余惟小学之教，古人所限，名数训诂，文字辨识，盖自童蒙习之。"这不仅体现出章学诚对基础学问的重视，也是他深受乾嘉汉学影响的一个证明。而像"学古不外乎通经，通经不外乎识字"③这样的话，则几乎已与惠栋"经之义存乎训，识字审音，乃知其义"④、戴震"由字以通其词，由词以通其道"⑤同一机杼了。

学问要精进，文章的练习也要同时进行。章学诚反对一味沉溺文辞，但并非认为文章技法的练习是不重要的。相反，他非常注意强调阅读经史能对各个文体的写作产生有益影响："经解需读宋人制义，先亦一二百言小篇，使之略知开合反正，兼参之以贴墨大义，发问置对，由浅入深，他日读书具解亦易入也。史论须读四史论赞……史家论赞本于《诗》教，与《纲目发明书法》《通鉴辑评》之类有异，后乃源于《春秋》之教，与传记史家本属并行不背。"⑥读某类书，可以借此思考与之对应的文体的写作方法。由于章学诚认为时文是一种综合的文体，所以，无论经、子、史，均可锻炼写作者的相关能力，拿《左传》来说："四书文字，必读《春秋左传》，为其知孔子之时事，而后可以得其所言之依据也。孺子能读《左传》者，未必遂能运

---

① （清）章学诚著，仓修良编注：《文史通义新编新注》，第 605 页。
② （清）章学诚：《章氏遗书》卷 28，第 35 页 a—35 页 b。
③ （清）章学诚著，仓修良编注：《文史通义新编新注》，第 630 页。
④ （清）惠栋：《松崖文钞》卷 1《九经古义述首》，载（清）惠周惕等著，漆永祥点校《东吴三惠诗文集》，台北"中央研究院"中国文哲研究所 2006 年版，第 300 页。
⑤ （清）戴震著，杨应芹编：《东原文集》（增编），黄山书社 2008 年版，第 240 页。
⑥ （清）章学诚著，仓修良编注：《文史通义新编新注》，第 737 页。

用，其不能诵读，与读而不能记忆，又无论矣。今使仿《传》例为文，文即用以论事，是以事实为秋实，而议论为春华矣。华实并进，功不妄施，其便一也。"① 将阅读《左传》的理由、方法和盘托出，完整地展现了"学问与文章并进"的实现方式，"仿《传》例为文"，则已进入"时文与古文并参"的领域了。

所谓"古文与时文并参"，古文自不必提，章学诚提倡学六经、三史、诸子百家，走的实际就是"以古文为时文"的路子。自明代唐宋派兴起之后，"以古文为时文"就成时文创作的一大主线。这一方面是由于文体革新的需要。作为一种考试文体，时文对创新性其实有相当高的要求②。而相比于时文，古文有着远为丰富的历史资源。从古文之中汲取养料，往往能引发时文风格的变革③。而另一方面，"以古文为时文"多少也是深陷科举泥潭的士人的自遁之辞。清人文集中有个有趣的现象，表彰一人时文，往往强调他学的是"古文"，言下之意，仿佛天下攘攘，尽为汲汲于时文的庸俗之辈。在清代普遍认为时文不仅无法载道，且对明代士风浇薄负有责任的舆论环境下，这种通过提倡"以古文为时文"，在一定程度上撇清与"浮薄时文"关系的做法当然可以得到理解。但也导致了以今天眼光看，像《儒林外史》中的范进、马二等终身服膺时文者反而是失声的。无论是戴名世、方苞等桐城文人还是翁方纲、钱大昕等汉学名士，清代大家均以"以古文为时文"作为时文的创作标准，章学诚亦不例外。难得的是，他还不忘以辩难的形式，为自己的这一主张辩护。仍以《左传》为例：

---

① （清）章学诚著，仓修良编注：《文史通义新编新注》，第412页。
② 像李绂就有"时文风气变换最速"之说。参见（清）李绂《秋山论文》，载王水照编《历代文话》，第4册，第4005页。
③ 最明显者，莫如明代秦汉、唐宋两派对时文创作的影响。参见纪昀《甲辰会试录序》："成化后，体裁渐密，机法渐增。然北地变文体，姚江变学派，而皆不敢以其说入经义。盖尺度若是之谨严也。其以佛书入经义，自万历丁丑会试始。以六朝词藻入经义，自几社始。于是新异日出，至明末而变态极矣。"[（清）纪昀著，孙致中等校点：《纪晓岚文集》，河北教育出版社1991年版，第1册，第147—148页]

> 或疑初学试为《左传》论事，以至编纂纪传，贯串考订，文体凡数变易，待其成功而后学为时文，则非十年不为功也；又待时文加工，亦必须三数年，是旷日而持久，不可训也①。

这里首先摆出了反对者的观点：从《左传》入手学习论事，进而学习时文，取径远而见效慢，实属高而不切之论。而章学诚对此的回答则是：

> 古文时文，同一源也，惟是学者向皆分治，故格而不相入耳。若使孺子初学论事之文，以渐而伸可以联五六百言为一篇矣，即可就四书中，摘其有关《春秋》之时事，命题作论，当与《春秋》论事，无难易也。既而随方命题，不必有关《春秋》之时事者，而并试之，度亦不难于成篇也。既作四书论矣，即当授以成、弘、正、嘉单题、制义，孺子即可规仿全篇，不必更限之一破承小讲也。于是渐而庆历机法，渐而启正才调，渐而国初气象，渐而近代前辈之精密，与夫穷变通久之次第，不过三年之功，时文可以出试，而《左传》之功，亦且贯串博通，十得其五六矣，此固并行而不悖者也。②

模拟《左传》论事与写作时文其实是一个并行不悖、互为补充的过程。因为，论事之文与时文的一个共同点就在于"论"。学生初习时文之时从《左传》中选取具体的史实进行探讨，远比抽象的义理容易上手，如此循序渐进，就可以逐步摆脱《左传》的拘束，与明代以来的应试文章对接。这其实已经是"时文与古文并参"的一个绝佳说明。章学诚一贯反对就时文论时文的俗师讲章："仆书案内无百

---

① （清）章学诚著，仓修良编注：《文史通义新编新注》，第417页。
② （清）章学诚著，仓修良编注：《文史通义新编新注》，第417页。

年之时文,生平不解乡会墨卷为何物。"① 也难以接受以时文眼光讲论古文:"自唐宋以来,言八家者多不究其立言之旨,而选青妃紫,饰色作态,又多溺于时文家风。"② 但即便如此,他也承认这些选本自有其特定的作用:"时文家之所为古文,则是俗下选本,采取《左》《国》《史》《汉》,以及唐宋大家,仍用时文见解,为之圈点批评,使诵习之者,笔力可以略健,气局可以稍展耳。"③ 而具体到时文写作,从时文入手更是必要手段。所以,章学诚并不拒绝为《导彖集》《时文题引》等时文著作写序,在这些序中,他也会提道:"盖制义之原出于经解,小题义法则隐通于训诂,经解发明大旨,而训诂疏通文字,承用所由来,故相似也。训诂核实而小题课虚,核实者立其体,庖丁解牛,手触肩倚,足履膝踦,皆是也。……虚实相资,而文章之道乃通于神。此《导彖集》之所以虽小而不可废也。"④ "时文之题,显而易见者也。自经史群籍以至寻常说帖家书,莫不有题,其题隐而难知。……学者因赵君是编而学为时文,更因时文有题有式,而悟一切文辞莫不有题有式。"⑤ 值得注意的是,章学诚在这两处强调的,还是它们不仅对时文创作有益,也能对古文的创作有所启发。所以总的来说,所谓"学问与文章并进,古文与时文参营"的目的,还在于将时文当成古文中的一个特殊文体,将时文创作类同于古文创作。章学诚通过"考镜源流",也通过对时文创作的具体讨论,最终确认了其"文章之一派,艺学之专门也"的地位。在他的期待中,时文不仅是普通士人的进身之阶,更可以作为专家之学的一种,帮助学者抵达"道"的彼岸。

---

① (清)章学诚:《章氏遗书》卷22,第32页b。
② (清)章学诚著,仓修良编注:《文史通义新编新注》,第506页。
③ (清)章学诚著,仓修良编注:《文史通义新编新注》,第618页。
④ (清)章学诚:《章氏遗书》卷21,第14页b。
⑤ (清)章学诚著,仓修良编注:《文史通义新编新注》,第533—534页。

第 四 章

叙事之文：章学诚的文史统合

作为"事件"的"事"，在章学诚的话语体系里占有重要的位置。钱穆《中国史学名著》认为："清代乾嘉时，章实斋著《文史通义》，他讲中国史学上盛行的是《左传》与《史记》，分年分人，将来该发展《尚书》体，把事情作主要单位。"① 王汎森《人的消失？！》一文更指出："当时从西方传入的新史学的主要特色之一，是以'事'为本位的史学。……章学诚史学在这个时期，特别受到人们推重，而章学诚即是特别推重以事件独立成篇的纪事本末体。"② 章学诚史学在近代的广受推崇，与他论史时重视事件的倾向息息相关。事实上不唯论史，章学诚论文，也多在叙事的义例、法度乃至心术上用心。换言之，"重事"不仅是章学诚论史的一大特色，亦是其文论的一大宗旨③。而正如胡适指出的："实斋终是一个'文史

---

① 钱穆：《中国史学名著》，九州出版社2011年版，第81页。需加说明的是，将事件作为基本单位的是"纪事本末体"，而非"《尚书》体"。钱穆此处忽视"《尚书》体"与"纪事本末体"间的差异，多少抹杀了章学诚建立新史体的努力。
② 王汎森：《思想是生活的一种方式：中国近代思想史的再思考》，北京大学出版社2018年版，第321页。
③ 章学诚文集中的"文"字，有时指广义上的文章，有时则指古文。而当他将其用于具体的文学创作批评时，主要是指古文。观《文史通义新编新注》内篇2、3相关篇目可知。

家',而非'史家'。"① 打通文史是他一生为学归趣,也是其用力所在。"事"在其史学和文论中都占据极重要的地位,成为沟通文学与史学的一大关键。辨析章学诚有关"事"内涵、源流、功用的复杂论述,有助于加深对其文史之学的了解。

第一节 章学诚语境中的"事"

与同时诸多学者类似,章学诚虽对盛行于宋明时期的天人性命之说缺乏真正的兴趣②,但在其思想中,"道"的地位仍然是根本性的。"史以明道","文以明道"之类充斥于清人论述中的老生常谈亦时见于章学诚的文章中。章学诚无意挑战传统,在他有关理学话语的言说里,仅有的意味深长之处在于他对"理无空言"的特别强调。《易教上》开篇即云:"古人未尝离事而言理。"③《四书释理序》亦言:"故道器合,而天下无有空言义理之学也。"④ 他对宋明以降的道学家轻视典章政制,专门说理的倾向并不满意,直言"其异于圣人者,惟舍事物而别见有所谓道尔"⑤,使"古人因事寓理之旨,不可得而知矣"⑥。不过,因事明理本非惊人之论,事实上,出于对明代学术中蹈虚之风的强烈反感,整个清代,无论是以颜李学派为代表的践履之学,还是以吴、皖两派为代表的考据之学,都在不同层面上宣扬了道器相合,亦即"实学"的重要性。在这样的大环境下,章学诚仍然不厌其烦地加以论述,当

---

① 胡适:《章实斋先生年谱》,载欧阳哲生编《胡适文集》7,第70页。
② 黄进兴曾指出,章学诚"关于道德的观点缺乏先验精神"(黄进兴:《十八世纪中国的哲学、考证和政治:李绂与清代陆王学派》,江苏教育出版社2010年版,第161页)。
③ (清)章学诚著,仓修良编注:《文史通义新编新注》,第1页。
④ (清)章学诚著,仓修良编注:《文史通义新编新注》,第535页。
⑤ (清)章学诚著,仓修良编注:《文史通义新编新注》,第17页。
⑥ (清)章学诚著,仓修良编注:《文史通义新编新注》,第535页。

然别有怀抱。其中一个缘由是，只有强调理无空言，章学诚才能为他论史说文侧重于"事"争取合法性。一个有趣的事实是，章学诚大力展开理学话语的讨论，远在其对史学、古文的产生兴趣之后，这是他先"重事"而后才为"重事"寻找理论依据的有力证明①。

章学诚论史说文"重事"，其例多有，如：

> 古文辞必由纪传史学进步。②
> 文章至叙事而能事始尽。③
> 史以纪事者也。④
> 夫史为记事之书。⑤

这四个例子中，前两例涉文，后两例涉史。讨论古文时所用的"事"字含义基本确定——作为叙述对象的"事件"。古代的叙事类文体，如传、状、记、墓志还有寿序，或以典型的二三事例，展现某个人物的志趣与性格，或载录某个特定时间、特定环境下多个人物之间的应酬交往，它们都以"事件"作为书写的主要内容。有问题的是论史部分。虽然章学诚在论史之时大量使用了"事"字。但由于汉字本身所具有的多义性及章学诚的刻意为之，这些"事"字在不同的语境之下，其内涵有微妙的差别。同著于乾隆五十七年（1792）的《书教》三篇，就是这一区别最为集中，也最为明晰的展现。为求简捷，以下关于"事"的意义的讨论，将主要以《书教》三篇为样本。《章氏遗书》其他地方的相关表述则在必要时再加引用。

章学诚"事"的第一个含义为"事物"之义。此即《书教上》

---

① 章学诚的《原道》作于乾隆五十四年（1789），此时章学诚已年过五十。
② （清）章学诚著，仓修良编注：《文史通义新编新注》，第693页。
③ （清）章学诚著，仓修良编注：《文史通义新编新注》，第415页。
④ （清）章学诚著，仓修良编注：《文史通义新编新注》，第426页。
⑤ （清）章学诚著，仓修良编注：《文史通义新编新注》，第38页。

所谓"因事命篇,本无成法"之"事"。在《书教上》中,针对后代史家"取后代一成之史法纷纷拟《书》者"①,章学诚驳斥道:

> 以三王之《誓》《诰》《贡》《范》诸篇,推测三皇诸帝之义例,则上古简质,结绳未远,文字肇兴,书取足以达微隐,通形名而已矣。因事命篇,本无成法,不得如后史之方圆求备,拘于一定之名义者也。②

章学诚反复强调,《尚书》的本质是"因事命篇",文成法定,根本没有所谓"义例"的存在。《尚书》取材的灵活性是"上古简质"之世的产物,也是它相比于后世史书的一大优点。因为"本无成法",《尚书》可以按照所叙之事的不同自由选择语言和体裁。而在今存《尚书》之中,《禹贡》专言地理,《洪范》专论五行,均非记载历史事件的篇目。而章学诚统统将其概称为"因事命篇",足见其"事"所涉范围之广。

其次,章学诚的"事"还有更为狭窄,也是本章所重点讨论的"事件"之义。《书教下》推崇"纪事本末体"有言:

> 按本末之为体也,因事命篇,不为常格;非深知古今大体,天下经纶,不能网罗隐括,无遗无滥。文省于纪传,事豁于编年,决断去取,体圆用神,斯真《尚书》之遗也。③

章学诚在中国传统史学体裁中独爱后出而且并未取得太大成就的纪事本末体,认为它虽属于袁枢个人的无心创获,却意外地成为《尚书》精神的真正继承者,蕴含着极为可观的理论潜能。这一判断的

---

① (清)章学诚著,仓修良编注:《文史通义新编新注》,第20页。值得注意的是,在刘知几的《史通》中,《尚书》则为史学流别的"六家"之一。
② (清)章学诚著,仓修良编注:《文史通义新编新注》,第20页。
③ (清)章学诚著,仓修良编注:《文史通义新编新注》,第38页。

依据就在于纪事本末体同样是"因事命篇",避免了纪传体以人为主、编年体以年为经所带来的诸多不便。但章氏此处并未说明的是,纪事本末体的"因事命篇"与《尚书》的"因事命篇"实存在内涵上的微妙差异,其焦点正在于所纪之"事"上。检袁枢《通鉴纪事本末》原书,其题目自卷一"三家分晋""秦并六国""豪杰亡秦",至卷四十二"契丹灭晋(刘知远复汴京附)""三叛连兵""郭威篡汉(刘旻据河东附)""世宗征淮南",无一例外都是历史"事件",并未涉及更为广泛的"事物"范畴。不唯《通鉴纪事本末》,后出的其他"纪事本末体"史书,如明代陈邦瞻的《宋史纪事本末》《元史纪事本末》,清代谷应泰的《明史纪事本末》,也都是单纯以历史"事件"为叙述的基本单位。① 章学诚在《书教下》中曾尝试修正"纪事本末体"的缺陷,谓:

> 至于人名事类,合于本末之中,难于稽检,则别编为表以经纬之;天象地形,舆服仪器,非可本末该之,且亦难以文字著者,别绘为图以表明之。盖通《尚书》《春秋》之本原,而拯马《史》、班《书》之流弊,其道莫过于此。至于创立新裁,疏别条目,较古今之述作,定一书之规模,别具《圆通》之篇,此不具言。②

此即《与邵二云论修宋史书》中所说的:

---

① 陈邦瞻《宋史纪事本末》卷八"礼乐议"、卷九"治河"、卷二十八"正雅乐",以及《元史纪事本末》卷八至卷十八,所论皆及典章制度,似与事件关系不大。但实际上,它们都是以与主题相关的事件的集合。近于章学诚评论《史记》八书时所说的"因类系事",本质仍是事件。其他纪事本末体史籍,也可以据此类推。事实上,因为强调"本末",纪事本末体的史书本就不可能脱离对具体历史事件的叙述而有大时段的通盘考察。这是其体裁的局限。

② (清)章学诚著,仓修良编注:《文史通义新编新注》,第39页。

> 今仍纪传之体而参本末之法，增图谱之例而删书志之名，发凡起例，别具《圆通》之篇。①

其中反复致意的《圆通》篇今日已不可见，使我们无法窥知章学诚新型史著体例的究竟。但据现存为数不多的表述看，章学诚所谓创见，其实就是努力将所记之"事"由"事件"扩大到"事物"。例如"天象地形，舆服仪器，非可本末该之""增图谱之例而删书志之名"这样的表述，都显示了其将"纪事本末"还原为"因事命篇"的洞见及野心②。毫无疑问，他是明白纪事本末体之"事"仅指"事件"的，因此才想尽办法对纪事本末体进行改良，以使其变成自己心目中无所不包而又自具义例的新史体。

章学诚话语中"事"的多重意涵，可在《书教下》的这段话中可以得到清晰的区分：

> 以《尚书》之义，为迁《史》之传，则八书三十世家不必分类，皆可仿左氏而统名曰传。或考典章制作，或叙人事终始，或究一人之行（即列传本体），或合同类之事，或录一时之言（训诰之类），或著一代之文，因事命篇，以纬本纪。③

在这里"事"字一共出现了三次。其中"人事始终""同类之事"与和历史事件有差别的"典章制度""一代之文"等被作为平行的概念截然划分，故其"事"字的内涵只是"事件"。而《尚书》"因事命篇"之"事"则已如前所述，乃指包含至广的"事物"。同样一个"事"字，在不同语境之下具有或广或狭的内涵。

---

① （清）章学诚著，仓修良编注：《文史通义新编新注》，第671页。
② 只是，可能由于陈义太高，写作难度太大，这篇被章学诚寄予厚望的《圆通》篇至今未在章学诚的手稿中发现。
③ （清）章学诚著，仓修良编注：《文史通义新编新注》，第39页。

章学诚论史所用"事"含义既已初步探清，接下来问题在于，如何证明当章学诚以"文史之学"为出发点试图沟通文史时，他所重视的"事"乃就其"事件"一义而言？章学诚既然有意沟通文史，那么在相关言说中，其文论史论必然存在某种程度的一致性。论史之"事"在其他语境下或可做"事物"解，但在与古文相关时，因为论文"事"字所指的确定性，它只能做"事件"解。不过，如此"想当然"的推测究竟不同于严谨周备的论证，要更加系统地说明这一问题，还得从章学诚"重事"思想的来源谈起。

第二节 章学诚"重事"思想的源流

中国许多富于原创性的思想家都通过继承、阐释并最终转换前人遗产的方式构建自己的理论体系，章学诚亦不例外。而因为这一原因，在讨论章学诚"重事"思想的实质时，把握章学诚所掌控的理论资源显得尤为重要。统括而言，章学诚的"重事"思想，直接来源就是浙东学派的"史学以经世"传统。

章学诚论学，最重经世。所谓"史志经世之业"[①]"文章经世之业"[②]，一切的学问，都应以经世为最终归宿。去世前一年，他在双目失明的情况下勉力完成了《浙东学术》，大力昌明"史学以经世"之义，显然有建立一方学统，并为自己谋求学术定位的意图。其文称：

> 浙东之学，虽出婺源，然自三袁之流，多宗江西陆氏，而通经服古，绝不空言德性，故不悖于朱子之教。至阳明王子揭

[①] （清）章学诚著，仓修良编注：《文史通义新编新注》，第407页。
[②] （清）章学诚著，仓修良编注：《文史通义新编新注》，第686页。

孟子之良知，复与朱子抵牾。蕺山刘氏本良知而发明慎独，与朱子不合，亦不相诋也。梨洲黄氏出蕺山刘氏之门，而开万氏弟兄经史之学，以至全氏祖望辈尚存其意，宗陆而不悖于朱者也。惟西河毛氏，发明良知之学，颇有所得，而门户之见，不免攻之太过，虽浙东人亦不甚以为然也。

朱、陆异同，干戈门户，千古桎梏之府，亦千古荆棘之林也。究其所以纷纶，则惟腾空言而不切于人事耳。知史学之本于《春秋》，知《春秋》之将以经世，则知性命无可空言，而讲学者必有事事，不特无门户可持，亦且无以持门户矣。浙东之学，虽源流不异而所遇不同。故其见于世者，阳明得之为事功，蕺山得之为节义，梨洲得之为隐逸，万氏兄弟得之为经术史裁，授受虽出于一，而面目迥殊，以其各有事事故也。①

章学诚还用"言性命者必究于史"② 概括浙东学术的总体特点。这一论断符合黄宗羲、万斯同以降浙东史学家的治学特色，但未必可以与该学派的更为早期人物对上号。不过正如山口久和等人所指出的，章学诚对"浙东学派"的阐述属于多种复杂动因下的事后建构，中间人物去取，并不完全以章学诚本人的好尚为判断基础③。比如作为该篇殿军的全祖望，章学诚就是直到晚年才读完他的文集，且评价不高④。事实上，在浙东学者里，真正在经世热情及经世手段（史学）方面给予章学诚重大影响的另有其人，这就是章学诚好友邵晋涵的族祖，邵廷采念鲁。

章学诚对邵廷采，可谓极尽揄扬之能事，《邵与桐别传》中谓："廷采善古文辞，著《思复堂文集》，发明姚江之学，与胜国遗闻，

---

① （清）章学诚著，仓修良编注：《文史通义新编新注》，第121—122页。
② （清）章学诚著，仓修良编注：《文史通义新编新注》，第121页。
③ 参见［日］山口久和《章学诚的知识论：以考证学批判为中心》第二章第一节"围绕浙东学派的诸问题"，王标译，第29—51页。
④ （清）章学诚著，冯惠民点校：《乙卯札记 丙辰札记 知非日札》，第35页。

经纬成一家言,蔚然大家。"①《家书三》则有:"吾实景仰邵氏而愧未能及者也……盖马班之史,韩欧之文,程朱之理,陆王之学,萃合以成一子之书,自有宋欧曾以来,未有若是之立言者也。"② 考虑到章学诚对并世学人评价之严厉、苛刻,上述推崇可谓不同寻常。探究其中原因,除了私人感情因素外,恐怕还在邵廷采学问路数与章学诚的相似性。邵廷采虽以"古文家""史家"为时人所知,但其学问,按张舜徽的说法:"念鲁之学,主于经世。"③ 与万斯同、全祖望全身心专注于经史不同,邵廷采虽然也写过《东南纪事》《西南纪事》等南明史著,但他同时著有《正统论》《学校论》,这些都是针对现实问题直接提出自己意见的篇目,颇具易代之际顾炎武、黄宗羲等人的经世之风。邵廷采还与颜李相关学派巨子李塨互有往来④,他身上强烈的经世精神,或与颜李有直接关联。但邵氏终其一生都无缘仕途,无法通过实践去试验自己的理论,因此,他只能将满腔心事付之史学议论。这与章学诚志在兼济却只能无奈托之于《文史通义》的写作,又何其相似。而且,邵廷采与章学诚出身的道墟章氏渊源颇深⑤。章学诚之所以早在乾隆三十一年(1766)的《与族孙汝楠论学书》中就引用邵廷采的著作,很可能与邵氏和道墟章氏的这段渊源有关。所以,说章学诚在"史学以经世"上受邵廷采直接影响,不仅有其本人的夫子自道及理论上的依据,也具备现实的可能。

但是,就是这位一再受到章学诚高度赞扬,并且对章氏的诸多学术观念产生重大影响的邵廷采,最终却未能进入《浙东学派》所确定的学术谱系当中。考虑到《浙东学术》写作年代与《邵与桐别传》相同,而在后一篇文章中,章学诚还言之凿凿地将邵廷采视

---

① (清)章学诚:《章氏遗书》卷18《邵与桐别传》,第6页a。
② (清)章学诚著,仓修良编注:《文史通义新编新注》,第819页。
③ 张舜徽:《清儒学记》,华中师范大学出版社2005年版,第165页。
④ 邵廷采《思复堂文集》卷7有《答蠡县李恕谷书》。
⑤ 参见本书附录《章学诚与阳明学派渊源关系考论》。

为"南宋以来,浙东儒哲讲性命者多攻史学"①的典型代表。《浙东学术》的有意回避无疑颇值得玩味。相比于《浙东学术》中出现的其他人,邵廷采的一大劣势在于其声名不彰,章学诚亦承认他是"名不出于乡党"②。而与此同时,在《浙东学术》中作为浙东史学后劲代表的万斯同、全祖望等人不仅是闻名全国的经史大家,且在由王守仁"事上磨砺"的具体实践转入"因事明道"的历史记载这一点上与邵廷采完全相通。作为阳明学在明末清初时期的领军人物,万斯同的老师黄宗羲早年以党争中人、抗清志士的形象名动天下,而全祖望的老师李绂,也是雍正年间举足轻重的朝廷大员,毕生不忘经世之意。但到万斯同、全祖望那里,因为政治环境的肃杀、学术风气的转移,也因为个人地位,对现实干预的强调逐渐被对以史为鉴的兴趣所取代。这就使他们和邵廷采在学术面貌上有了相近之处。从这个意义上说,章学诚选择万、全二人作为浙东学派的代表,舍弃对自己影响更大的邵廷采,就是可以理解的一种选择。既然两者都是"史学以经世",那么,选择万斯同、全祖望这样的知名人物无疑更有利于为自己的言论张本。

章学诚《浙东学派》的写作意味着他自觉以史学作为自己经世之志的载体,王守仁理论中直接现实的"事"至此被限定为史籍所载之"事"。但《浙东学派》所未论及的是,清代的浙东史家亦多为当世著名的古文家。郑梁《南雷文案序》认为黄宗羲:"起于文衰道丧之余,能使二者焕然复归于一。"③严可均《全绍衣传》则谓:"余观古今宿学,有文章者未必本经术,通经术者未必具史裁,服、郑之与迁、固,各自沟浍,步趋其一,足千古矣,祖望殆兼之,

---

① (清)章学诚:《章氏遗书》卷18《邵与桐别传》,第6页a。
② (清)章学诚著,仓修良编注:《文史通义新编新注》,第819页。
③ (清)黄宗羲著,吴光主编:《黄宗羲全集》,浙江古籍出版社2012年版,第11册,第420页。

致难得也。"① 正是浙东学术文史兼善的传统，为章学诚的沟通文史打下了基础。当章学诚循着浙东学术的路数"因事求道"，其再三致意的"事"的内涵，便同时受到史家"史以纪事"以及古文家修史传统的影响。

一 史以纪事

史以纪事，是中国史家长久坚持的一个传统。《说文》云："史，记事也。"近代王国维、内藤湖南等人都对此做过颇具新意的考证，但无论他们所主张的"史"字本意如何，总和记事相关②。史书所记之事，包罗万象，自然更接近"事物"之义。但在中国传统中，史书其实一直倾向于对政治、军事事件的叙述。章学诚曾敏锐指出，后世史学渊源在于《春秋》，并非《尚书》③。而"因事命篇"的尚书与"年经事纬"的《春秋》的差别，就在于前者"无定法"而后者"有定例"，有定例，则必然对史书所载内容的包容性有所损害。所以，当《尚书》折而入《春秋》，"因事命篇"的"事物"也就变成了"年经事纬"的"事件"。章学诚《书教中》的一段议论，指陈尤为剀切："惟《书》无定体，故《春秋》《官礼》之别记外篇，皆得从而附和之，亦可明《书》教之无流别矣。"④一旦《尚书》之体被弃置不用，原先用"因事命篇"方式笼括起来的内容就会分流。而分流的结果，是典章制度归"三礼"，事件的记载则入《春秋》。后人也许可以通过《春秋》的记录考证当时的典章制度，社会风俗；但回到春秋本身，大部分只是对历史事件的记录。李惠仪对《春秋》内容的概

---

① （清）全祖望撰，朱铸禹汇校集注：《全祖望集汇校集注》，上海古籍出版社2000年版，下册，第2719页。

② 参见内藤湖南《中国史学史》第一章"史的起源"（［日］内藤湖南：《中国史学史》，马彪译，第1—6页）；王国维《释史》（周锡山编校：《王国维集》第四册，中国社会科学出版社2008年版，第27—33页）。

③ （清）章学诚著，仓修良编注：《文史通义新编新注》，第20页。

④ （清）章学诚著，仓修良编注：《文史通义新编新注》，第27页。

括从侧面证明了这一点:"这部从鲁国编年体史书中辑录出来的著作记载了像祭祀、结盟、征战、阴谋、叛乱、登位、婚嫁、通使、鲁国统治阶层(其次,还有其他国家的统治阶层)人员的死亡这样的事情,除此之外,还辑录天文运行、灾劫(比如火灾、洪灾、旱灾以及蝗灾)。"[1] 而《春秋》三传中对后代史学影响最大的《左传》,更是以叙事的详尽和叙事手法的丰富著称[2]。作为史学渊源的《春秋》既是如此,后世史书之倾向于"事件",乃成为一种必然。中国古代史书三种主要体裁,"编年体"直接承继自《春秋》,所关心者自在于"事件";"纪事本末体"本从"编年体"中变化而出,其记载"事件"的倾向,也非常明显。至于王朝官定"正史"所用"纪传体","纪传"因人系事,主体还是"事件"。唯其中"书志"一体,举凡天文、地理、经济、职官、艺文,都多所涉及,且其中大量的篇幅并不用于记载事件,但这毕竟不是"纪传体"的主体。所以中国古代最主要的三种史书体裁,都以叙述事件为主。事实上,不唯上述三种体裁,检《隋书·经籍志·史部》所划分的十三类史籍,除了职官、仪注、刑法、簿录、地理五类,其他正史、古史、杂史、霸史、起居注、旧事、杂传、谱系,均以叙事为主。到清代,《四库总目提要》"史部总叙"在说明史籍分类的情况时谓:"今总括群书,分十五类。首曰'正史',大纲也;次曰'编年'、曰'纪事本末'、曰'别史'、曰'杂史'、曰'诏令奏议'、曰'传记'、曰'史钞'、曰'载记',皆参考纪传者也;曰'时令'、曰'地理'、曰'职官'、曰'政书'、曰'目录'、皆参考诸志者也;曰'史评',参考论赞者也。旧有'谱牒'一门,然自唐以后,谱学殆绝。玉牒既不颁于外,家乘亦不上于官,徒存虚目,故从删焉。"[3] 在这十五类史书中,除"参考诸志者"

---

[1] [美]沃尔夫总主编,[美]菲尔德、[美]哈代主编:《牛津历史著作史》第一卷(下),陈恒等译,上海三联书店2017年版,第577页。

[2] 杜维运认为:"《左传》在史学上的最大特色,在其叙事的翔实、生动与柔美。"(杜维运:《中国史学史》,商务印书馆2010年版,第83页)

[3] 《四库全书总目》卷45,第397页。

五类,"参考论赞者"一类外,其余均主叙事。可以说重视"事件"是中国史学的一大传统。章学诚既身处这样的传统之中,论史自也会偏向于"事件"。而他的古文家身份又进一步鼓励了这一偏向。

二 古文与史

自韩愈、柳宗元等人起而倡导古文之日始,古文便和史学关系紧密。这不仅由于《左传》《史记》《汉书》等史籍早早被确立为古文写作的经典范本,还因为两位领袖人物与史学的渊源:韩愈曾与《顺宗实录》之修纂,是朝廷任命的史官之一;柳宗元则与中唐时期啖助等人引领的春秋学复兴密切相关。至北宋,作为古文运动的领袖,欧阳修一方面独立完成《五代史记》,一方面作为主要人员参加了《新唐书》的编纂。也即是说,清代所认定的"二十四史",有两部都出自欧阳修之手。北宋之所以被视为中国史学重要的转捩点,欧阳修的作用不容忽视。在他之后,修史,尤其是修正史的权利基本为古文家所垄断。由于中国史学以人物、事件为主要内容,因此如何编排历史事实,如何营造历史氛围,如何突出参与其中的人物性格等在今天看来主要是文学创作者面对的难题,同时也是历史写作者面对的难题。一手好文章是史家必备的能力。汉末刘邵的《人物志》即已明言:"文章之材,国史之任也。"[1] 到史学开始独立的魏晋南北朝时期[2],大多数史书也仍由当代的文章大家执笔,文与史的关系依然密切。

以韩愈、欧阳修为代表的古文家继承了这一传统。但他们通过自己的提倡与示范,将有能力写作史书的文士进一步限定为古文创作者。特别是在欧阳修之后,欲预史事,则必习古文。只是在文史分科已经大步发展的前提之下,欧阳修等人对"春秋笔法"

---

[1] (三国魏)刘邵撰,王晓毅译注:《人物志译注》,中华书局2019年版,第67页。

[2] 参见胡宝国《汉唐间史学的发展》(修订本)第二章"经史之学"及第三章"文史之学",北京大学出版社2014年版。

的理解毕竟与司马迁、班固等具备家学渊源的职业史家存在差异。其《进新修唐书表》谓:"不幸接乎五代,衰世之士,气力卑弱,言浅意陋,不足以起其文。而使明君贤臣隽功伟烈,与夫昏虐贼乱祸根罪首,皆不足暴其善恶,以动人耳目。诚不可以垂劝戒,示久远,甚可叹也。"① 可见欧阳修重视的,乃通过写作方法的革新,如实呈现前代君臣的善恶贤愚,以期达到"垂劝戒,示久远"的效果。这与司马迁"究天人之际,通古今之变,成一家之言"②的旨趣相比,显然有重人事与重天道的差别。欧阳修把重要历史人物的言行置于无可争议的历史中心地位,而在其中,作为具体承载"善善恶恶"任务的叙事笔法的作用也得到空前的强调③。这种对于史书"正人心"的追求最终加强了史书中的叙事倾向;而与此同时,和史书的挂钩也强化了叙事文类在古文中的地位。如此到了有清一代,叙事文学大盛④。先是易代之际的遗民、贰臣,以及饱受他们影响的后辈文士写作了大量和前朝有关的记事之作。到康、雍、乾三朝,明史馆的开设又使大量文士为了前途经济而练习古文——不消说,在修史目标的驱动下,他们所练习的"古文"主要就是指叙事文。大量的创作实践客观上为以叙事为古文正宗的理论提供了生长的土壤。钱大昕《潜研堂集》中,曾有人面对《元史》的芜陋,产生了"宋景濂、王子充皆以古文名世,何以疏舛乃尔"⑤ 的疑问。这一看似简单的提问,同时隐含着两个

---

① 余冠英等编:《唐宋八大家全集·欧阳修集》,国际文化出版公司1997年版,第996页。

② (汉)班固:《汉书》卷62,第2735页。

③ 欧阳修《五代史记》中无"志",仅以"司天""职方"二考代之;而"志",恰恰是正史中最远离叙事的部分("表"对正史中的叙事内容有提纲挈领之用)。

④ 蒋寅曾有言道:"相对于历来的文学传统,清代的文学创作首先表现为叙事文学的繁荣。"(傅璇琮、蒋寅主编,蒋寅分卷主编:《中国古代文学通论·清代卷》,辽宁人民出版社2005年版,第12页)

⑤ 钱大昕:《潜研堂集·文集》卷13《答问·诸史》,载(清)钱大昕著,陈文和主编《嘉定钱大昕全集》(增订本),凤凰出版社2016年版,第9册,第209页。

与章学诚的学说相似的重要倾向，一、将古文等同于叙事文；二、将史学等同于古文。当然，考虑到该说法在《潜研堂集》中无足轻重的位置（作为钱大昕观点的"引子"），这一孤证或许只是某种历史的"偶然"。但比此稍早，在章学诚所重视的浙东一脉中，已经出现像黄宗羲"余多叙事之文。尝读姚牧庵、元明善集，宋元之兴废，有史书所未详者，于此可考见"① 这样明确以补史作为自己大量写作叙事文缘由的言论，以及万斯同"诚使通乎经史之学，虽不读诸家之集，而笔之所至，无非古文也。何也？经者，文之源也，史即古文也"② 这样明确强调古文为史学流别的言论，邵廷采更是直接以史学成就为标准选择古文的学习对象③，它们都可算章学诚文史合一理论的先声。

第三节 "古文—叙事之文—史"

虽自认职业史家，但章学诚自乾隆三十年（1765）师从朱筠学习古文，以后的岁月中，古文在章学诚的问学交游中一直占有重要地位。乾隆四十六年（1781）至乾隆四十八年（1783）主讲永平期间，他和乔钟吴、刘嵩岳、蔡薰等友人"皆以文章性命，诗酒气谊，与夫山川登眺，数相过从。"④ 乾隆五十年（1785）《月夜游莲花池》记其与友人"因推义理，讲论古文义法甚备"⑤。而在《章氏遗书》中，专门讨论古文的篇目也甚多，嘉庆元年

---

① （清）黄宗羲：《南雷文定凡例四则》，载（清）黄宗羲著，吴光主编《黄宗羲全集》，第11册，第83页。

② （清）万斯同：《石园文集》卷5《与钱汉臣书》，载（清）万斯同原著，方祖猷主编《万斯同全集》，宁波出版社2013年版，第8册，第258页。

③ 参见（清）邵廷采著，祝鸿杰点校《思复堂文集》卷7《答陶圣水书》《谒毛西河先生书》。

④ （清）章学诚：《章氏遗书》卷23《凌书巢哀辞》，第29页a。

⑤ （清）章学诚：《章氏遗书》卷22，第23页a。

(1796)所作《古文十弊》曾谓:"余论古文辞义例,自与知好诸君书凡数十通;笔为论著,又有《文德》《文理》《质性》《黠陋》《俗嫌》《俗忌》。"① 至于传、墓志铭、墓表、序、记、像赞等诸体古文创作,更是不胜枚举。以职业史家而兼古文家,这是章学诚与浙东前辈的相似之处。所以,他的学问注定不会是一种严于文史之防的史学,而是在以史为本的基础上沟通文史的"文史之学"。但与浙东前辈的不同之处在于,章学诚有着更为强烈的理论热情。正如倪德卫所言,章学诚时常在具体问题的谈论上"表现出对方法和组织的迷恋"②。所以在他那里,文史交通不再是某种不言自明的结论,或是散见于个别篇章中的一爪之见,而是精心建构的理论体系。这一体系,借助于传统史学及古文对"事件"之"事"的重视,通过把史书视为对过往事件的叙述,同时将叙事文推为古文正宗,最终以"古文—叙事之文—史"的模式呈现在章学诚的文章当中。

前节已明,中国传统的"史以记事"之"事"本就是以"事件"为主的。所以像《史通》中"降逮《史》《汉》,以记事为宗"③"史书者,记事之言耳"④ 之类的表述,或者莫如忠"凡史之记事,皆叙事也"⑤,顾炎武"夫史以记事"⑥,谢启昆"史以记事为主"⑦ 等,都自然而然地把"事"当成了"事件"。在此语境中,

---

① (清)章学诚著,仓修良编注:《文史通义新编新注》,第20页。
② [美]倪德卫:《章学诚的生平及其思想》,杨立华译,第57页。
③ (唐)刘知几著,(清)浦起龙通释,王煦华整理:《史通通释》卷4《序例第十》,上海古籍出版社2009年版,第80页。
④ (唐)刘知几著,(清)浦起龙通释,王煦华整理:《史通通释》卷5《因习第十八》,上海古籍出版社2009年版,第126页。
⑤ 莫如忠:《与王九难郎中》,载黄宗羲编《明文海》卷156,《景印文渊阁四库全书》,台湾商务印书馆1986年版,第1454册,第636页。
⑥ (清)顾炎武著,黄汝成集释,栾保群、吕宗力校点:《日知录集释》卷26,中册,第1467页。
⑦ 谢启昆:《树经堂文集》卷3《汪焕章廿四史同名录》,载《清代诗文集汇编》编纂委员会编《清代诗文集汇编》,第392册,第493页。

章学诚在必要的时候将历史记载之"事"径直视为"事件",使史基本等同于叙事文,并不需要多余的解释。

难度在叙事文与古文的关系上。在这方面,章学诚致力于证明叙事文在古文中的正统地位。为了达到这一目的,他一方面通过强调叙事的难度,指出其在技巧层面的优越性;另一方面从叙事文的渊源入手,力辨其出处之"正"。写作之难与源流之正,前者指向对创作者个体素质的要求,后者指向其与经典文本之间的关系,两相配合,共同论证叙事文的正统地位。

先说写作之难,《上朱大司马论文》云:

> 盖文辞以叙事为难,今古人才,骋其学力所至,辞命、议论,恢恢有余,至于叙事,汲汲形其不足,以是为最难。①

章学诚认为,在文集时代的三种主要文类——"叙事""议论""诗赋"中,叙事文的难度是最高的。《上朱大司马论文》指出一个现象,即古往今来的作者即便能在议论、诗赋的写作中游刃有余,也很难在叙事文的写作上取得成功。不过这里并没有举出具体的例证。在《章氏遗书》中,章学诚的习惯是以唐宋古文名家为例,说明自己的这个论点。比如他说唐宋八大家:"八家文章,实千年所宗范,而一涉史事,其言便如夏畦人谈木天清秘,令人绝倒。"② 唐宋八大家文章穷极精妙,但只要涉及历史叙事,便如同外行。其中典型又如韩愈:"昌黎之文,本于官礼,而尤近于孟、荀,荀出《礼》教,而孟子尤长于《诗》,故昌黎立言而又优于辞章,无伤其为山斗也,特不深于《春秋》,未优于史学耳。"③ 韩愈因为学术渊源的关系,在议论、辞章两方面都成就非凡,但

---

① (清)章学诚著,仓修良编注:《文史通义新编新注》,第767页。
② (清)章学诚:《章氏遗书》外编卷1,第36页b。
③ (清)章学诚著,仓修良编注:《文史通义新编新注》,第768页。

于史学叙事方面就不甚了解了。可是，韩愈的叙事文成就是举世皆知的，章学诚对此也难以否认，他给出的解释是："昌黎之于史学，实无所解，即其叙事之文，亦出辞章之善，而非有'比事属辞''心知其意'之遗法也。"① 纯粹是因为韩愈的辞章太好，而不是他对叙事文的义例真有独到的领会。章学诚就以这样的方式，论证其所言叙事之难。但仅仅是"难"，还不能说明问题。对章学诚来说，重要的是在叙事写作之难与叙事优越性之间找到联系。《论课蒙学文法》写道：

> 叙事之文，所以难于序论、辞命者，序论、辞命，先有题目，后有文辞。题约而文以详之，所谓意翻空而易奇也。叙事之文，题目即在文辞之内，题散而文以整之，所谓事征实而难巧也。……序论、辞命之文，其数易尽；叙事之文，其变无穷。②

叙事之难，在于它一方面"题散"。章学诚认为，议论、诗赋这两类文章的题目对内容具有指导意义，而叙事的题目则只是对文章内容的概括。另一方面，叙事文的内容主要是真实发生的历史事件，讲究客观、准确。而议论、诗赋之作的内容却可以是自己思考、感受所得，允许主观、模糊。两相结合，议论、诗赋的题目为写作者提供了思考的中心，围绕着这个中心，写作者可以自由发挥，不受限制。而叙事的题目则不能为写作者提供任何参考。于是，当一位叙事文作者开始写作时，他既没有基本方向的指导，也缺乏明确中心思想的支撑，与此同时，对"征实"的需求又阻止他自由地发挥自己的想象。章学诚这里把叙事的难度归结于文类自身对创作者的高要求，从而使叙事之难转化为叙事的优越性。

---

① （清）章学诚著，仓修良编注：《文史通义新编新注》，第767页。
② （清）章学诚著，仓修良编注：《文史通义新编新注》，第415页。

所谓"今古文人,其才不尽于诸体,而尽于叙事也"①,在这里,能否写好叙事文,直接决定了你是否有资格被称为一位有才华的写作者。

次论源流之正。《陈东浦方伯诗序》有云:

> 六义风衰,而骚赋变体,刘向条别其流又五,则诗赋亦非一家已也……诗赋五家之说已逸,而后是遂混合诗赋为一流,不知其中流别,古人甚于诸子之分家学,此则班、刘以后,千七百年未有议焉者也。故文集之于六经,仅已失传,而诗赋之于六义,已再失传。诗家猥滥,甚于文也。②

这是章学诚从校雠学出发,利用《汉书·艺文志》作为媒介,对文集时代的诗赋进行"辨章学术,考镜源流"。章学诚认同"文本六经",因此其《和州志文征序例》明言:"诗赋者,六义之遗。"③ 诗赋当然是六经的流别之一。只是在后世的发展演变中,诗赋已逐渐区分成为《汉志·诗赋略》所收录的"屈原赋""陆贾赋""荀卿赋""杂赋""歌诗"五大类。章学诚认为,这五大类的区分最开始是有一定标准的。但由于《汉志》的疏失,各流派间区分的原因和方法变得不可考究,诗赋的创作也随之陷入淆乱。"诗家猥滥,甚于文也",古文的状况虽好一些,但也有所区别。其中,作为叙事文类主体的史书被归入"六艺略"的"春秋类"下,仍然保持着与六经的紧密联系;而议论文类则渊源自"诸子略",与六经之间隔着诸子一层,关系较为疏远。按此,则叙事文在古文中,也最得源流之正。写作上极尽文章变化之能事,出处又与作为"文字之权舆"④ 的六

---

① (清)章学诚著,仓修良编注:《文史通义新编新注》,第 415 页。
② (清)章学诚著,仓修良编注:《文史通义新编新注》,第 545 页。
③ (清)章学诚著,仓修良编注:《文史通义新编新注》,第 943 页。
④ (清)章学诚著,仓修良编注:《文史通义新编新注》,第 201 页。

经关系最密，叙事文在古文中的正统地位，至此已不言自明①。

叙事文既为古文正宗，那么，章学诚文章中多次以论文为名而行论叙事之实，就是不难理解的现象。在其论文名篇《古文十弊》所列近代文人"剜肉为疮""八面求圆""削趾适履""私署头衔""不达时势""同里铭旌""画蛇添足""优伶演剧""井底天文""误学邯郸"十大弊端，除最后两项，其余八项均主要针对叙事文而发。而在以遗书本为基础的《文史通义新编》"内篇三"所录的九篇论文文章中，专门谈论叙事文的就有《繁称》《黠陋》《俗嫌》《砭俗》四篇，其他则就整体的文章创作而言。不仅如此，章学诚有时还会有将叙事直接等同于古文的说法。如：

> 仆尝恨天下记传古文，不存所据原本，遂使其文浑然如天生。事本如此，无从窥见作者心经意纬，反不如应举时文。②

记传为古文一体，所以，此处初看是用"记传"来限定"古文"。但如果注意到下句作为对比项出现的是"应举时文"，则两者的关系可能要重新考虑。与"时文"能构成对应关系的是"古文"，而非"记传"。所以，与其认为"记传"是"古文"的定语，不如说章学诚在这里是把两者作为可以互相代替的两个名词更为合适。相似的例子还有《论文示贻选》里的：

> 古文辞盖难言矣。古人谓之属辞，不曰古文辞也。记曰："比事属辞，《春秋》教也。"夫比则取其事之类也，属则取其言之接续也。③

---

① 参见本书第一章。
② （清）章学诚著，仓修良编注：《文史通义新编新注》，第407页。
③ （清）章学诚著，仓修良编注：《文史通义新编新注》，第810页。

前一句以"属辞"释"古文",但下一句马上说"比事属辞"出于《春秋》,原是一个不可分的词组,随后文章便自然而然转换到对叙事文的讨论。在这里,章学诚也是将叙事文直接等同于古文。

当然,上述的情况毕竟少见而且语意暧昧。对章学诚来说,证明了叙事文正统地位,已经足以将其作为古文的代表。"古文—叙事之文—史",通由叙事文,文和史在某些语境下具备了统一的可能:

> 辞章易购,古学为难。昔《明史》未成,天下才俊争思史馆进身,故多为古文辞;自史馆告竣,学者惟知举子业矣。
>
> 为古文辞而不深于史,即无由溯源六艺而得其宗,此非文士之所知。①

两段话同出《报黄大俞先生》,基本道出了章学诚眼中的古文与史的关系:历史撰述以古文为载体,古文以历史为归依。历史是"道",古文是"器"。而"道不离器,犹影不离形"②,"道器合一,方可言学"③,章学诚观念中的"道器"关系是非常注重于"器"一方面的。其《辨似》篇谓:"夫言所以明理,而文辞则所以载之之器也。虚车徒饰而主者无闻,故溺于文辞者不足与言文也。……经传圣贤之言,未尝不以文为贵也。盖文固所以载理,文不备则理不明也。且文亦自有其理,妍媸好丑,人见之者,不约而有同然之情,又不关于所载之理者,即文之理也。故文之至者,文辞非其所重尔,非无文辞也。而陋儒不学,猥曰:'工文则害道。'故君子恶夫似之而非者也。"④文诚然只是载道之器,但载道之器也"自有其理"。它不是最根本的,但也是不容忽视的。所以古文

---

① (清)章学诚著,仓修良编注:《文史通义新编新注》,第634页。
② (清)章学诚著,仓修良编注:《文史通义新编新注》,第100页。
③ (清)章学诚著,仓修良编注:《文史通义新编新注》,第718页。
④ (清)章学诚著,仓修良编注:《文史通义新编新注》,第634页。

"必出于史"固然不容置喙,史之以古文为载体也同样是重要的。明了这一点,我们就能理解章学诚《文德》《史德》中所言"文德"和"史德"的同一①。因为,史落实到具体的文本即为古文,古文提升到思想的层面也即是史家的专门著述。而在这一以史为本的"文史合一"论调背后,作为支撑的,正是"叙事之文"在古文与史中举足轻重的地位。"古文必推叙事,叙事实出史学"②,这是章学诚最简明的夫子自道,也是章学诚说史论文倾向于"叙事"的真正缘由。当然,在这种情况下,所谓"事",是指"事件"而言的。

章学诚以"事"为中介完成了自己对于"文史之学"的整合。"古文—叙事之文—史",古文与史,一为"器",一为"道",在叙事文这一交合点上完成了的统一。而章学诚文学批评中的其他内容,也因此顺理成章地向叙事文学偏移。邬国平、王镇远《清代文学批评史》早已揭橥此义:"章学诚推崇的史学主要是指渊源于《春秋》'比事属辞'传统、具有深刻史义的'纪传史学'或叙事史学……他标榜古文以史为宗,即要求在古文写作中发扬叙事史学的传统,真实地摹绘人物,记叙事件,使'比事属辞''记人记事'之文成为古文创作中主要的文体,从而引导古文家更多地留意和表现史事世情,精心撰写人物传记,促使史传文章繁荣发展。"③ 如果将章学诚对于"古文—叙事之文—史"关系的阐发置于中国文论史的广阔视野中进行考察,可以发现,它实质上是盛

---

① 章学诚《文德》篇:"凡为古文辞者,必敬以恕……敬非修德之谓者,气摄而不纵,纵必不能中节也。恕非宽容之谓者,能为古人设身而处地也。"[(清)章学诚著,仓修良编注:《文史通义新编新注》,第136页]《史德》篇:"盖欲为良史者,当慎辨于天人之际,尽其天而不益以人也。"[(清)章学诚著,仓修良编注:《文史通义新编新注》,第265页]

② (清)章学诚著,仓修良编注:《文史通义新编新注》,第158页。

③ 邬国平、王镇远:《清代文学批评史》,第598页。

行于清代的"文章莫难于叙事"说的一个典型案例①。章学诚对叙事文文类之尊，写作之难的反复论说，都使其成为清代"文章莫难于叙事"风潮有力的支持者。而对其本人的"文史之学"来说，这一实践成功的重大意义在于，它为章学诚的"以史论文""以文论史"都提供了法理上的依据。像其文学批评中表现出的重义例而不重法度、极端求实而摒斥浮言、明大义而不拘小节的倾向，就是用作史的要求来衡量文章的结果。他还提出了"史家之文"，试图取代当时流行的"文士之文"。章学诚认为，只有建立在以史为本基础上的"史家之文"，才是文集时代文史合一的新典范。本书下一章将对他在这方面的努力进行详细的探讨。不过，在章学诚的文学批评中，"以文论史"也同样是不容忽视的。山口久和《章学诚的知识论：以考证学批判为中心》第五章"恢复学术认识中的主观契机"所强调的"主观契机"，很大程度上其实就是所谓"文心"：

> 学术文章，有神妙之境焉。末学肤受，泥迹以求之。其真知者，以谓中有神妙，可以意会而不可以言传者也。②
> 夫学有天性焉，读书服古之中，有入识最初而终身不可变易者也。学又有至情焉，读书服古之中，有欣慨会心而忽焉不知歌泣何从者也。功力有余而性情不足，未可谓学问也。性情自有而不以功力深知，所谓有美质而未学者也。③

章学诚《辨似》《博约中》的这两段话，很容易让我们联想到他对其父章镳在"春水望桃花"句旁批注"望桃花于春水之中，神思何

---

① 参见何诗海《"文章莫难于叙事"说及其文章学意义》，《文学遗产》2018年第1期，第106—118页。
② （清）章学诚著，仓修良编注：《文史通义新编新注》，第158页。
③ （清）章学诚著，仓修良编注：《文史通义新编新注》，第117页。

其绵邈"的回忆①。不消说,这是典型的文学鉴赏方法。章学诚并非仅是一个郑樵那样纯然技术化的史家,他有接近文人的一面。通过"以史论文"和"以文论史",他所希望的,是写出《史记》《离骚》《汉书》那样接近"圆以神"境界的著述,聆听文史合一时代的远响。

---

① (清)章学诚著,仓修良编注:《文史通义新编新注》,第819页。

第 五 章

"史家之文"：章学诚的叙事之学

　　章学诚既以叙事文为中介实现了古文与史的统一，那么，《章氏遗书》中对古文的具体批评大体聚焦于叙事文，则属理所当然。章学诚一方面大力宣扬史家的义例之学，以之作为衡文论学的至高标准；一方面又强调通常为史家所不道的性灵与兴象的重要性。在其古文批评的两大面向中，前者居于主导地位。它是章学诚作为一位富有创造力的文论家的特色所在，也是当下文学研究者关注的重点。本章拟以章学诚对史家之文的尊崇和对文士之文的批判为线索，对涉及相关问题的内容进行梳理、阐发。选择这一角度，一方面是考虑到章学诚所使用的诸如"文德""文理"等较容易与传统文论资源对接的文学概念已有相当的研究基础，继续拓展的空间有限；另一方面也是基于"进入历史现场"目的所做的一种尝试。章学诚的文论早在近代就被定义为所谓"史家文论"，但其所反复申说的"史家之文"与明清时期文士所惯常讨论的文学技法、义例之间的冲突到底何在？当他在古文批评中不时提出一些对文士而言显得陌生，甚至荒诞的想法时，他的立言依据在哪里？这是本章所要解决的问题。

第一节　作为古文正统的"史家之文"

"史家之文"是章学诚叙事之学的核心概念。在上一章里,我们已经讨论了章学诚如何通过对"叙事"在古文与史中重要性的强调,实现了文与史之间的沟通。这一做法对他的文论和史论都产生了巨大的影响。因为文史既然互通,那么无论是"以史论文"还是"以文论史",都具备了天然的合法性。当然,通观章学诚的文史批评,"以史论文"无疑占据主导地位。无论是在写作中大力提倡史例、史法、史德;还是重视古文的纪实功能,都在尝试将史家矩矱引入到古文领域中。而这些尝试,又大体可纳入对"史家之文"内涵的抉发和阐释下。作为一种古文类型的"史家之文"是"文士之文"的对立概念。它指向左氏、司马迁、班固等史家所创作的古文,而所谓"文士之文",则指向唐宋大家及其规步者所创作的古文。在《章氏遗书》中,章学诚反复强调二者的区别。且于两者之间,明确以"史家之文"为正统,而将"文士之文"定性为古文发展的歧路。其目的,则在践行其"为古文辞而不深于史,即无由溯源六艺而得其宗,此非文士之所知"[1]的主张,从而对当时古文创作存在的诸多弊病提出自己的见解:

> 古文辞盖难言矣。古人谓之属辞,不曰古文辞也。记曰:"比事属辞,《春秋》教也。"夫比则取其事之类也,属则取其言之接续也。记述文字,取法《春秋》,比属之旨,自宜遵律,显而言之。[2]
> 大抵有文人之书,学人之书,辞人之书,说家之书,史家

---

[1] (清)章学诚著,仓修良编注:《文史通义新编新注》,第634页。
[2] (清)章学诚著,仓修良编注:《文史通义新编新注》,第810页。

之书，惟史家为得其正宗。①

这两段文字使用了相同的论述策略。即先把古文转换为叙事之文，然后论证《春秋》在古文中的起源地位，以及《史记》《汉书》在古文中的正宗地位。章学诚如何使其将古文等同于叙事之文的观点成立，乃是前章讨论过的问题。本章则关注"文源于史"在章学诚叙事之学中的作用。事实上，重视史学著作对古文的影响，本是中国文论的一大传统。尤其"自唐宋古文兴盛以后，出现文、史合流的倾向。文章学内部越来越重视叙事性，叙事性文章大为增加"②，像真德秀的《文章正宗》，已改变《文选》不选史部文章的旧例，"独取《左氏》《史》《汉》叙事之尤可喜者，与后世记序之典则简严者，以为作文之式"③。到明清时期，"文章莫难于叙事"④的观点更随着叙事文地位进一步抬升而为诸多士人所承认⑤，无论主张学习秦汉文者还是唐宋文者，事实上都把先秦两汉时期的史籍视作叙事之文的典范。所谓"三传、《国语》《国策》《史记》为古文正宗"⑥这样的说法，并非章学诚的个人创见，而有着相当悠久的传统。章学诚的不同之处在于，他将《左传》《史记》等早期史籍的文章声望转为推尊"史家之文"的有力依据，并且由此出发，批评所谓"文士之文"：

---

① （清）章学诚著，仓修良编注：《文史通义新编新注》，第879页。

② 吴承学：《宋代文章总集的文体学意义》，载吴承学《近古文章与文体学研究》，广东高等教育出版社2020年版，第30页。

③ 真德秀：《文章正宗》，《景印文渊阁四库全书》，第1355册，第6页。

④ 邵长蘅：《邵青门全集·青门麓稿》卷11《与贺天石论文书》，《丛书集成续编》，上海书店1994年版，第125册，第725页。

⑤ 关于明清时期叙事文整体地位的抬升，可参见何诗海《"文章莫难于叙事"说及其文章学意义》，《文学遗产》2018年第1期，第106—118页。

⑥ （清）方苞：《古文约选凡例》，载（清）方苞撰，彭林、严佐之主编《方苞全集》，复旦大学出版社2018年版，第12册，第27页。

第五章 "史家之文"：章学诚的叙事之学 143

> 文人之文与著述之文不可同日语也。著述必有立于文辞之先者，假文辞以达之而已。譬如庙堂行礼，必用锦绅玉佩，彼行礼者不问绅佩之所成，著述之文是也。锦工玉工未尝习礼，惟藉制锦攻玉以称功，而冒他工所成为己制，则人皆以为窃矣，文人之文是也。故以文人之见解而议著述之文辞，如以锦工玉工议庙堂之礼典也。①
>
> 尝论史笔与文士异趋。……司马生西汉而文近周秦战国，班、陈、范、沈亦拔出时流，彼未尝不藉所因以增其颜色，视文士所得为优裕矣。②

上引文字都将古文截然划分成两大阵营：一为"史家之文（著述之文）"③；一则为"文士之文"。按照文源于史的观点，坚持固有传统的"史家之文"很自然就成为古文的正宗，而"文士之文"则为别调。无论是"视文士所得为优裕矣"的直接论断，还是以"著述之文"为"庙堂礼典"，而以"文士之文"为"锦工玉工"的巧妙设喻，都从文章学的角度对两者做了高低区分。在章学诚看来，"史家之文"与"文士之文"不仅性质相异，且就文学水平而言，前者高于后者。这也引出了章学诚反复强调的另一个观点，即单纯的文人难以写作优秀的古文："所贵文章，贵乎如其事也，乃文士兴而事实亡。"④ 文士作文连起码的"如其事"都做不到，以史论文遂成为当然。正如吴承学《文体品味与破体为文之通例》所指出的，在中国古代，存在一种与文体正变高下观念密切相关的"破体通例"。在这

---

① （清）章学诚著，仓修良编注：《文史通义新编新注》，第 324 页。
② （清）章学诚著，仓修良编注：《文史通义新编新注》，第 1034 页。
③ 章学诚对子史专家著述的定义，可参见本书第二章第二节。
④ （清）章学诚著，仓修良编注：《文史通义新编新注》，第 502 页。

一通例中，地位较卑的文体可以参借地位较尊的文体，反之则不宜①。章学诚的观点无疑借助了相同的逻辑：既然他已证明"史家之文"源流正、地位高，那么按中国文学的传统，以史家义例入"文士之文"就是当然的选择，而以文家之法入"史家之文"则万万不可。

　　章学诚对"史家之文"与"文士之文"的区隔，最典型地还是表现在其对唐宋八大家，尤其是韩愈、欧阳修的评价上。所谓"文士之文"，本质上是章学诚对当时流行的古文的一种归纳，而清前中期正延续唐宋古文运动的传统，以韩愈、欧阳修等唐宋八大家为宗。这就让重新论定唐宋八大家的成就成为一种必然。假如没有对唐宋八大家及其所代表的唐宋文统的质疑，章学诚将难以揭橥其"史家之文"的特色所在。而《章氏遗书》中对唐宋八大家的相关评论数量之巨、范围之广，也显示章学诚的确在有意识地通过对唐宋文统地位的质疑，推广相关论文主张。

　　章学诚首先肯定唐宋八大家的文章地位。《又与正甫论文》即言："马、班之史，韩、柳之文，其与于道，犹马、郑之训诂，贾、孔之疏义也。"②将唐、宋大家之首的韩愈、欧阳修视为文士载道的代表。他还称苏轼："苏公文章气节，百世之师。"③同样对其文章地位给予高度的评价。其《校雠通义·宗刘第二》更有："今即世俗所谓唐宋大家之集论之。如韩愈之儒家，柳宗元之名家，苏洵之兵家，苏轼之纵横家，王安石之法家，皆以生平所得见于文字，旨无旁出，即古人之所以自成一子者也。"④本书第二章已明，"诸子家数行于文集"乃章氏理想中的文集样态。而先秦两汉之后，能够

---

　　① 吴承学：《文体品味与破体为文之通例》，载吴承学《中国古典文学风格学》，北京大学出版社2011年版，第119页。
　　② （清）章学诚著，仓修良编注：《文史通义新编新注》，第808页。
　　③ （清）章学诚：《章氏遗书》卷22，第2页a。
　　④ （清）章学诚著，王重民通解，傅杰导读，田映曦补注：《校雠通义通解》，第10页。

"自成一子"的文集其实非常少见。八大家文集绝大部分在章学诚眼中都已居于成家之列，这无疑透露其文章成就之不凡。但其次，章学诚又不认可唐宋八大家的史学成就。其论韩愈有云："韩氏道德文章，不愧泰山北斗，特于史学非其所长。"① 对欧阳修、苏洵等人的评价也是"欧、苏文人而未通史学"②，"欧、苏文名最盛，然于史裁无所解也"③ 唐宋八大家合而论之，则更有："八家文章，实千年所宗范，而一涉史事，其言便如夏畦人谈木天清秘，令人绝倒。"④ 所谓"令人绝倒""无所解"云云，语气轻蔑。足见章学诚对唐宋八大家的史学成就，确是不以为然。无论是对欧阳修、苏洵已然成为谱牒典范的欧氏、苏氏族谱，还是欧阳修被列入正史之列的《五代史记》，章学诚都敢于一笔抹倒。尤其是《五代史记》，这部由欧阳修独立撰修的纪传体史书在金代即取代了薛居正监修的《旧五代史》，成为纪述五代史事的权威著作。但章学诚坚持认为，《五代史记》的史学成就是可疑的："欧阳《五代史》赞，发端必用'呜呼'二字，最为恶劣。余向议《五代史》序例，只可作诔祭文集，盖除却诔祭文词，并无必用'呜呼'发端之例也。说者谓其感慨时世，夫感慨出于一时触发，岂有预定凡例、凭空悬一太息唏嘘、以待事理之凑合哉？且时世可慨，孰如春秋二百四十二年中事？夫子著经，左氏撰传，不闻以感叹为全书凡例。欧公何其不惜声泪，触处无端施吊挽哉？……《五代史记》余所取者二三策耳。其余一切别裁独断，皆'呜呼'发叹之类也。而耳食者推许过甚。盖史学之失传已久，而真知者鲜也。"⑤ 这里明确指出《五代史记》每篇必以"呜

---

① （清）章学诚著，冯惠民点校：《乙卯札记　丙辰札记　知非日札》，第61页。《上朱大司马论文》中论文之语多与此相似。
② （清）章学诚著，仓修良编注：《文史通义新编新注》，第642页。
③ （清）章学诚著，仓修良编注：《文史通义新编新注》，第496页。
④ （清）章学诚：《章氏遗书》外编卷1，第36b—37页a。章学诚事实上不仅否定唐宋大家，也否定唐宋大家的继承者，比如明代唐宋派以及清代桐城诸家的史学，说见《文理》篇。
⑤ （清）章学诚著，冯惠民点校：《乙卯札记　丙辰札记　知非日札》，第62页。

呼"开端的论赞"只可作诔祭文集",不能运用于史裁。因为"感慨时世"需要适逢其境,每篇必"呜呼"并以之为凡例,有"为文造情"的嫌疑。《五代史记》的其他"别裁独断"也与此相似,都属于文章家趣味的体现,离专门史学的要求还有相当距离。这等于是直接否认了《五代史记》在史学中的经典地位①。

而章学诚对唐宋八大家古文地位与史学成就评价的巨大差异,难免造成某种内在的紧张。既然明确地提出"古文必推叙事,叙事实出史学"②,史学不专家的唐宋大家如何能同时是古文宗师?这就涉及他重估唐宋八大家的最深一层,即通过贬低唐宋八大家的史学,进而否认其作为"史家之文",亦即古文正宗典范的地位:

> 昌黎之于史学,实无所解,即其叙事之文,亦出辞章之善,而非有"比事属辞""心知其意"之遗法也。其列叙古人,若屈、孟、马、扬之流,直以太史百三十篇,与相如、扬雄辞赋同观,以至规矩方圆如孟坚,卓识别裁如承祚,而不屑一顾盼焉,安在可以言史学哉!欧阳步趋昌黎,故《唐书》与《五代史》虽有佳篇,不越文士学究之见,其于史学,未可言也。然则推春秋"比事属辞"之教,虽谓古文由昌黎而衰,未为不可,特非信阳诸人,所可议耳。③

这里做了非常细微的区分。章学诚肯定韩愈创作过优秀的叙事之文,但那不是因为他有得于史家"比事属辞""心知其意"之法,而是

---

① 章学诚《删订曾南丰南齐书目录序》对曾巩《南齐书目录序》"叙论史事"有过较高的评价,但在其他地方又认为:"南丰曾氏史学本于向歆父子,乃校雠之学,非撰述之才也。"[(清)章学诚著,冯惠民点校:《乙卯札记 丙辰札记 知非日札》,第109页] 可见对其总体的史学成就仍有保留。
② (清)章学诚著,仓修良编注:《文史通义新编新注》,第767页。
③ (清)章学诚著,仓修良编注:《文史通义新编新注》,第767页。

因为他工于辞章。在章学诚眼中,韩愈的专家之学在辞章,在官礼①,而不在史学。从立言、辞章的角度视之,韩愈无愧为泰山北斗。但如果放到史学领域,韩愈之文绝非本色。韩愈造就了一种区别于"史家之文"的"文士之文",把古文带离左氏、司马迁、班固等史家所奠定的发展轨道。而对有志于继承"史家之文"传统的章学诚来说,这当然是不可接受的。因此,所谓"古文由昌黎而衰"就是可以预见的结论。韩愈如此,追步韩愈的唐宋其他大家也不例外:"近世文宗八家,以为正轨。而八家莫不步趋韩子,虽欧阳手修《唐书》与《五代史》,其实不脱学究《春秋》与《文选》史论习气,而于《春秋》、马、班诸家相传所谓'比事属辞'宗旨,则概未有闻也。八家且然,况他人远不八家若乎?"② 主要以参与较多史籍修撰的欧阳修为例,论证唐宋八大家中其他七家也在韩愈"文士之文"的藩篱之内。如果连长期被视为古文宗师的八大家都不能继承"史家之文"的宗旨,其他文士更毋论。章学诚有关八大家的讨论,深化了他对于"史家之文"与"文士之文"的区隔。而在这个过程中,唐宋古文运动的价值也在新的视角下得到重估:

> 汉魏六朝史学,必取专门,文人之集,不过铭、箴、颂、诔、诗、赋、书、表、文、檄诸作而已。唐人文集,间有纪事,盖史学至唐而尽失也。及宋元以来,文人之集,传记渐多,史学文才,混而为一,于是古人专门之业,不可问矣。然人之聪明智力,必有所近,耳闻目见,备急应求,则有传记志状之撰,书事纪述之文,其所取用,反较古人文集征实为多,此乃史裁

---

① 章学诚《上朱大司马论文》:"昌黎之文,本于官礼,而尤近于孟、荀,荀出《礼》教,而孟子尤长于《诗》,故昌黎立言而又优于辞章,无伤其为山斗也,特不深于《春秋》,未优于史学耳。"[(清)章学诚著,仓修良编注:《文史通义新编新注》,第768页]

② (清)章学诚著,仓修良编注:《文史通义新编新注》,第693页。

本体，因无专门家学，失陷文集之中，亦可惜也。①

很明显，章学诚对唐宋古文运动所带来的叙事之文入集是有所保留的。汉魏六朝时期，子、史之作仍保有专家之学的特性，与收录铭、箴、颂、诔、诗、赋、书、表、文、檄诸作的文人之集不同科。议论之文大体遵循诸子的传统，叙事之文也依然被视为史家专门之业。但随着古文运动的展开，传、记、志、状等以叙事为主的散体文进入到文集，并且反过来成了史书编纂的基础。由此形成了文士主导叙事之文的新局面，导致了史家专门之学的失落，进而促成了"史家之文"的中断："史家叙述之文，本于《春秋》比事属辞之教，自陈、范以上不失师传，沈、魏以还，以史为文，古文中断，虽韩氏起八代之衰，挽文而不能挽史，欧阳作史，仍是文人见解，然则古文变于齐梁而世界一易矣。文人不可与言史事，而唐宋以还，文史不复分科，太史公言好学深思，心知其意者，无其人矣。"② 章学诚首先明确，唐宋以降出现了文史不分家的现象。且这种不分家是以文对史的侵入为基础的。韩愈"文起八代之衰"，表面上看是复兴了古文。但因为韩愈的古文乃由"辞章"入手，因此，他最多只能在"辞章"层面使文章写作摆脱六朝的骈丽之习，而论如何达不到"史家之文"的高妙之境。从魏收、沈约开始的"以史为文"事实上以另一种形式被继承了下来。"文士之文"依然是叙事之文的主流。在此背景下，章学诚以"史家之文"为号召，试图使古文的创作重回"正轨"。他主张比古文运动更进一步，越过唐宋八大家的"文士之文"，直接左氏、司马迁、班固乃至陈寿、范晔等专业史家的"史家之文"。

章学诚的观点，当然大违当日古文之学的基本倾向。虽也推崇《左传》《史记》《汉书》，但长期以来，古文家们正是以唐宋八大家

---

① （清）章学诚著，仓修良编注：《文史通义新编新注》，第434页。
② （清）章学诚：《章氏遗书》外编卷1，第37页b。

的"文士学究之见"为中介，进而学习先秦两汉之文的。这一趋势自古文运动之后就已开始。其间虽经两宋时期的"周程、欧苏之裂"①，以及明代中后期李梦阳、李攀龙等人所领导的复古运动的冲击，其整体的发展轨迹并未发生根本的转变。"唐宋八大家"之名从南宋到晚明的逐步确立，事实上也是唐宋文统逐渐成熟的过程。而在进入清代之后，明遗民社群和清代统治者在不同动机驱使下，均对晚明多样化的文风进行了相当严厉的批判。而作为此一时期文化重建活动的重要一环，唐宋文统重新坐稳了古文正统的位置②。如此到章学诚生活的清代中期，唐宋文统具备了强大的声势。文坛领袖方苞在受命为果亲王允礼编纂的《古文约选》里，称颂韩愈复兴古文的功绩："《太史公自序》：'年十岁，诵古文。'周以前书皆是也。自魏、晋以后，藻绘之文兴。至唐韩氏起八代之衰，然后学者以先秦、盛汉辨理论事，质而不芜者为古文。盖六经及孔子、孟子之书之支流余肄也。"③ 而《古文约选》的选目，也就在两汉文章之后，接以唐宋八大家："是编所录，惟汉人散文及唐宋八家专集，俾承学治古文者，先得其津梁。"④ 同时另一古文巨子李绂在其金针度人的《秋山论文》中亦有："文有正宗，《史》《汉》而后，固当以韩、柳、欧、王、曾、苏六家为正矣。"⑤ 以八家为秦汉文津梁之意，同样显豁。而在人人皆"遵大家之矩矱"⑥的时代里，章学诚别辟蹊径，主张唐宋八大家的"文士之文"与司马迁、班固的"史家之

---

① 刘壎：《隐居通议》卷2，商务印书馆1937年版，第17页。
② 参见郭英德《论明末清初唐宋古文地位的确立》，《陕西师范大学学报》（哲学社会科学版）2021年第5期，第68—75页。
③ （清）方苞：《古文约选序》，载（清）方苞撰，彭林、严佐之主编《方苞全集》，第12册，第25页。
④ （清）方苞：《古文约选凡例》，载（清）方苞撰，彭林、严佐之主编《方苞全集》，第12册，第27页。
⑤ 王水照编：《历代文话》，第4册，第4002页。
⑥ （清）钱澄之撰，彭君华校点，何庆善审订：《田间文集》卷13《鲍野集序》，黄山书社1998年版，第248页。

文"不同轨，唐宋之文乃古文发展的歧路，不消说是独特的。

但是，这种独特也并非全出于章学诚的不同流俗，而有其时代的背景。清代中期，考据史学的兴起冲击了原有的历史观念，为章学诚强调史家专门之业的"史家之文"提供了有力的支撑。考据之学发端于经学领域，顾炎武、阎若璩等人虽也用考据学的理念、方法处理过历史问题，但未有专门的考史之作。而随着经学考据的深入，许多经学问题的解决不可避免地仰赖于对当时历史情境的探求，历史考据遂有附庸而成大国之势。清代中期，钱大昕《廿二史考异》和王鸣盛《十七史商榷》的完成宣告了考据史学的成立。考据史学关心史学中的地理沿革、制度变化、义例辨析，对传统的褒贬之学兴趣不大。钱大昕《元史本证序》云："读经易，读史难；读史而谈褒贬易，读史而证同异难；证同异于汉魏之史易，证同异于后代之史难。"① 王鸣盛在《十七史商榷》中更详言：

> 大抵史家所记典制有得有失，读史者不必横生意见，驰骋议论，以明法戒也。但当考其典制之实，俾数千百年建置沿革，了如指掌，而或宜法，或宜戒，待人之自择焉可矣。其事迹则有美有恶，读史者亦不必强立文法，擅加与夺，以为褒贬也。但当考其事迹之实，俾年经事纬、部居州次、纪载之异同、见闻之离合，一一条析无疑；而若者可褒，若者可贬，听请天下之公论焉可矣。书生胸臆，每患迂遇，即使考之已详，而议论褒贬，犹恐未当，况其考之未确者哉？盖学问之道，求于虚不如求于实，议论褒贬，皆虚文耳。作史者之所考，总期于能得其实焉而已矣，外此又何多求耶？……噫嘻！予岂有意于著书者哉？不过出其读书校书之所得，标举之以诒后人。初未尝别出新意，卓然自著为一书也。如所谓横生意见，驰骋议论，以

---

① 陈文和：《钱大昕潜研堂遗文辑存》卷上，载（清）钱大昕著，陈文和主编《嘉定钱大昕全集》（增订本），第11册，第192页。

明法戒，与夫强立文法，擅加与夺褒贬，以笔削之权自命者，皆予之所不欲效尤者也。①

可见对于那种过分讲求文法、褒贬的史学，钱、王都抱有相当的反感。而并非巧合的是，所谓"横生意见""强立文法"的史学，正是唐宋八大家中的欧阳修开创的。宋代是中国史学的兴盛期，也是转折期。在蓬勃发展的过程中，宋代史学分化出了两种不同的路径。其中之一以欧阳修为代表，重褒贬，讲文法，体现了较明显的古文家趣味②；另一种则以郑樵、马端临为代表，重典章制度，讲材料搜集，体现了史学专门化的趋势③。而在元、明两朝，前者为史学的主流。特别是到明代中后期，归有光、王世贞、钱谦益、吴应萁等古文家，均有过私修史著的计划和实践。而王鸣盛、钱大昕对"横生意见""强立文法"的批判，则反映了随着清代中期考据史学的勃兴，部分史学家有意改变宋、明以降史学发展的这一趋势。因此不

---

① （清）王鸣盛著，黄曙辉点校：《十七史商榷》卷首，上海书店出版社2005年版，第1—2页。

② 关于欧阳修以古文末发史学的得失，可参见［日］内藤湖南《中国史学史》第九章"宋代史学的进展"第一节、第二节，马彪译，第150—156、156—158页；杜维运《中国史学史》第三册第十六章"欧阳修揭开宋代史学序幕"，商务印书馆2010年版，第580—605页；刘子健著，刘云军等译著《欧阳修：十一世纪的新儒家》第八章"史学家"，重庆出版社2022年版，第142—159页。

③ 宋代史学这两个面向，前者兴起于北宋，后者兴起于南宋。而在现代学术中，有关这两个面向的优劣，也一直存在着不同的看法。陈寅恪推崇宋代史学，尤其是欧阳修着眼于世道人心的褒贬史学，其《赠蒋秉南序》有云："虽然，欧阳永叔少学韩昌黎之文，晚撰五代史记，作义儿冯道诸传，贬斥势利，尊崇气节，遂一匡五代之浇漓，返之淳正。故天水一朝之文化，竟为我民族遗留之瑰宝。孰谓空文于治道学术无裨益耶？"（陈寅恪：《寒柳堂集》，上海古籍出版社2020年版，第184页）蒙文通则不认同陈寅恪的看法，认为："汉人经学当以西汉为尤高，宋人史学则以南宋为尤精，所谓经今文学、浙东史学是也。"［蒙文通：《治学杂语》，载蒙默编《蒙文通学记》（增补本），生活·读书·新知三联书店2006年版，第44页］更深入的讨论，可参见桑兵《民国学人的宋代研究及其纠结》第四节"南北宋的高下"（桑兵：《学术江湖：晚清民国的学人与学风》，广西师范大学出版社2017年版，第313—321页）。

难理解，无论是《十七史商榷》，还是《廿二史考异》，都对欧阳修的《新唐书》《五代史记》颇多指摘，认为其与《旧唐书》《旧五代史》只是各有优劣①，类似的评价放在之前是不可想象的。至于纪昀在嘉庆七年（1802）的会试策问所出题目："史家褒贬宜祖《春秋》，欧阳修《新五代史》书法谨严，而后人病其漏略，卒不废薛居正书，繁与简宜何从欤？"②更反映了此种建立新史学的努力，正得到来自朝廷的有力支持。而史学内部的动向，与章学诚在此时提出"史家之文"与"文士之文"无疑存在关联性。区别只在于，王鸣盛、钱大昕的讨论局限于史学，而章学诚基于其文史统合的理念，将此种诉求延展到了整个古文的创作当中，从而提出弃"文士之文"而返"史家之文"的观点③。

第二节 作为写作方式的"点窜涂改"

上节大体梳理了章学诚区隔"史家之文"与"文士之文"的诸多言论。但问题的核心仍未触及：所谓"史家之文"与"文士之文"的差别到底是什么？与后者相比，前者的优越性如何体现？章学诚论文，喜论义例："夫论文者，大有渊源，细有流别，显有体裁

---

① 参见王鸣盛《十七史商榷》卷69—98，钱大昕《廿二史考异》卷41—66。
② 纪昀：《嘉庆壬戌会试策问五道》，载（清）纪昀著，孙致中等校点《纪晓岚文集》，第1册，第272页。
③ 后人习惯于将"乾嘉汉学家"视作一个整体。但事实上，在乾隆、嘉庆二帝长达八十余年的统治时间里，汉学家至少经历了三代更迭。惠栋、江永等人是汉学的先驱，在他们生活的主要年代里，汉学并非当时学术的主流；王鸣盛、戴震、纪昀、王昶、钱大昕、朱筠等人则是汉学风潮的真正缔造者；段玉裁、王念孙、武亿、汪中、洪亮吉、孙星衍、凌廷堪等人多为第二代汉学家的学生，他们将前人的研究深化，并进一步扩大汉学的影响力。前两代汉学家多将其汉学实践局限于经史领域，无意挑战现实的文章传统。但等到第三代汉学家，则开始以"考据之文"乃至骈文挑战唐宋古文的统治地位。钱大昕、王鸣盛作为第二代汉学家，其文章趣味虽已显露出与方苞等人不同的倾向，但并未有意革新唐宋文统。

义例，微有心术性情。"① 渊源流别主于以学术史的眼光观照各种文学概念的流衍转变，体裁义例则关乎作品的体式特征、创作技法，更多是一种涉及文本层面的细部批评。因此，在涉及"史家之文"与"文士之文"的具体区别时，需借助章学诚对古文义例的议论。《古文十弊》谓："余论古文辞义例，自与知好诸君书凡数十通，笔为论著，又有《文德》《文理》《质性》《黠陋》《俗嫌》《俗忌》诸篇，亦详哉其言之矣。"②《与邵二云论文书》："每谓欧阳公辨《尹师鲁志铭》，辨俗人之妄议，犹嫌急于自暴其意亦可谅矣。此则实于文字义例，必当有发明尔。"③ 如此看来，通过对文章义例的探讨以申说自己的主张，确是章学诚喜用的论文方式之一。由于明清时期文法理论已相当发达，"义例""义法""法度"等名词早成老生常谈，章学诚的文章义例之辨似乎未脱文士传统的矩囿。但义例之学本就是由经史领域渗透到文章领域的，章学诚对这一论文方式的继承，毋宁说是以一种低成本的方式，有效地与古文世界展开对话。以下将对其"史家之文"的相关义例进行分析、阐释。

在章学诚看来，"史家之文"与"文士之文"最根本的区别，在于"史家之文惟恐出之于己"，以对前人文字的"点窜涂改"作为基本的写作方式：

  文士撰文惟恐不自己出；史家之文惟恐出之于己，其大本先不同矣。④

文学长期以来被视为一种创造性的活动，能否自出手眼，是评价一个人文学才华的重要依据。因此早在陆机的《文赋》当中，已有

---

① （清）章学诚著，仓修良编注：《文史通义新编新注》，第390页。
② （清）章学诚著，仓修良编注：《文史通义新编新注》，第148页。
③ （清）章学诚著，仓修良编注：《文史通义新编新注》，第673页。
④ （清）章学诚著，仓修良编注：《文史通义新编新注》，第405页。

"虽杼轴于予怀，怵他人之我先"①的自白。袁宏道《与江进之尺牍》有："《毛诗》'郑''卫'等风，古之淫词媟语也，今人所唱《银柳系》《挂针儿》之类，可一字相袭不？世道既变，文亦因之，今之不必摹古者，亦势也。"②钱澄之《陈椒峰文集序》亦言道："凡文之可传者，不妨有可议，而欲无可议，其文决不传。盖由其于圣贤之理，古今得失之数，无所独见，不能自持一论。惟是依傍经传，规模前人，其理不悖于常说，其法一本诸大家，周旋顾忌，苟幸无议而已。宁有一语，发前人之未发，使向来耳目之久锢者，能一时豁然者乎？若是，则何以传也！"③他们都再三肯定力去陈言、别出机杼的重要性。当然，中国的文学传统也关注用典及类似表现手法的意义，刘勰《文心雕龙·事类》谓："用人若己，古来无懵。"④黄庭坚所代表的江西诗派更立主"杜诗韩文"均"无一字无来处"⑤。但一来，用典更常见于语言高度凝练的诗歌、骈文领域，对古文的影响较小，刘大櫆《论文偶记》就有："诗与古文不同，诗可用成语，古文则必不可用。"⑥；二来，用典也好，强调言有所本也好，与彻底的"惟恐出之于己"还是有巨大差距的。各文体中真正做到"惟恐出之于己"的恐怕只有"集句诗"和"集句文"。但"集句文"从未在文章创作中占据显赫地位，"集句诗"也只是在文天祥等少数人手里才成为一种严肃的表达工具而非游戏之作，足见语言的创新始终是写作中极为重要的一环。章学诚对"史家之文"的界定多少与这一传统相反。当然，"惟恐出之于己"

---

① （晋）陆机著，张少康集释：《文赋集释》，人民文学出版社2002年版，第145页。

② （明）袁宏道著，钱伯城笺校：《袁宏道集笺校》卷11，上海古籍出版社1981年版，上册，第515页。

③ （清）钱澄之撰，彭君华校点，何庆善审订：《田间文集》卷13，第247页。

④ （南朝梁）刘勰著，范文澜注：《文心雕龙注》（下），第617页。

⑤ （宋）黄庭坚著，刘琳等校点：《黄庭坚全集》，四川大学出版社2001年版，第2册，第475页。

⑥ 刘大櫆：《论文偶记》，载王水照编《历代文话》，第4册，第4116页。

也并不就是全盘的因袭,而是在原有文本的基础之上,加以适当的"点窜涂改",这就是"史家之文"的精妙之处:"尝论史笔与文士异趋,文士务去陈言,而史笔点窜涂改,全贵陶铸群言,不可矜私一家之巧也。虽然,司马生西汉而文近周秦战国,班、陈、范、沈亦拔出时流,彼未尝不藉所因以增其颜色,视文士所得为优裕矣。"在他看来,"史家之文"能优于"文士之文",就是史家们并不在语言的创新上做过分的追求,而能善用所谓"陈言"。通过"点窜涂改",史家们将前人的文字转化为自己的文字。这种"点窜涂改",一方面涉及细节的改动,一方面涉及整体的布局组织。一味执着文辞是错误的:"仆论史事详矣。大约古今学术源流,诸家体裁义例,多所发明。至于文辞不甚措议。盖论史而至于文辞,末也。"① 讨论"史家之文"的重点当在其宗旨、源流、出处及文体、文例等,具体的文辞修饰反而是次要的。而在《言公下》中,章学诚更直言,如能把渊源自史家之文的"点窜涂改"之法应用到一般的文学创作中,将取得极佳的效果:

> 别有辞人点窜,略仿史删(因袭成文,或稍加点窜,惟史家义例有然,诗文集中本无此例。间有同此例者,大有神奇臭腐之别,不可不辨)。凤困荆墟,疾迷阳于南国(庄子改《凤兮歌》);《鹿鸣》萍野,诵《宵雅》于《东山》(魏武用《小雅》诗)。女萝薜荔,《陌上》演《山鬼》之辞;绮纻流黄,《狭斜》袭妇艳之故(乐府《陌上桑》与《三妇艳》之辞也)。梁人改《陇头》之歌(增减古辞为之),韩公删《月蚀》之句(删改卢仝之诗),岂惟义取断章,不异宾筵奏赋(歌古人诗,见己意也)。以至河分冈势,乃联春草青痕(宋诗僧用唐句);

---

① (清)章学诚著,仓修良编注:《文史通义新编新注》,第405页。这里谈论的是史,但如本书第四章所论,章学诚的"文""史",在某些语境下其实是同一的,都是指叙事之文。他在另一处也说过:"传述文字,全是史裁。"[(清)章学诚著,仓修良编注:《文史通义新编新注》,第482页]

积雨空林,爰入水田白鹭。譬之古方今效,神加减于刀圭;赵壁汉师,变旌旗于节度。艺林自有雅裁,条举难穷其数者也。苟为不然,效出于尤。仿《同谷》之七歌(宋后诗人颇多),拟河间之《四愁》(傅玄、张载尚且为之,大可骇怪),非由中以出话,如随声而助讴。直是孩提学语,良为有识所羞者矣。(点窜之公。)①

这里章学诚排列诸多事例,以证明点窜之法在文学创作中取得的非凡效果。更值得注意的是,这些例子全部集中于诗赋领域。按照章学诚本人的定义,诗赋基本不在"史家之文"的辐射范围之内,"史家之文"与"文士之文"的战场,主要还是在古文领域。但诗赋又是最能代表文士之文特性的文体。史家从史著中汲取为文的体裁义例;文士则从诗赋出发,建立起一整套为文的格套法式。章学诚的目的其实很明确,他试图指出即便在作为文士大本营的诗赋领域,史家"点窜涂改""陶铸群言"之法有时也是适用的:"或问前人之文词,可改窜为己作欤?答曰:何为而不可也!古者以文为公器,前人之辞如已尽,后人述而不必作也。"②文士应该就此认识到文从史入的优越性和必要性,从而自觉向"史家之文"靠拢。

章学诚自己在这方面耗费了巨大的精力,其《与陈观民工部论史学》谓:"仆于文体粗有解会,故选文不甚卤莽。且于意可存,而文不合格者,往往删改点窜,以归雅洁,亦不自为功也。"③ 章学诚自承,删改、点窜他人的文章是自己平时常做的功课。这在他的文集中亦能找到实例。比如《章氏遗书》中《改正毛西河所撰徐亮生尚书传》《删订曾南丰南齐书目录序》《节钞王知州〈云龙记略〉》,

---

① (清)章学诚著,仓修良编注:《文史通义新编新注》,第215页。
② (清)章学诚著,仓修良编注:《文史通义新编新注》,第324页。
③ (清)章学诚著,仓修良编注:《文史通义新编新注》,第407页。

就都是改写甚至节录前人文章而成的作品。章学诚将这部分作品收入自己的文集，表明在他看来，删订者有资格与原作者分享作品的著作权。这是他在现实层面维护"史家之文"宗旨的显例。当然，章学诚所说的"删改点窜"并不止于一般的字句调整，他在每一篇改订文章中都会说明自己的修改缘由。《改正毛西河所撰徐亮生尚书传》谓："盖毛传文多芜累，措辞又多不当律令，予删订，'取其雅驯'著于篇，而官称地名为毛氏文语所乱，今可考而知者，皆为订正，其不可知者，则存毛氏原文，而著说以阙所疑。"①《删订曾南丰南齐书目录序》则有："古人序论史事，无若曾氏此篇之得要领者，盖其窥于本原者深，故所发明，直见古人之大体也。先儒谓其可括十七史之统序，不止为《南齐》一书而作，其说洵然。第文笔不免稍冗，而推论史家精意亦有未尽，余不自揣，僭为删订，又示学者，惜无能起先生于九原而更订之也。"②可见章学诚的改动，概以史家义例为归。他之所以选择这些文章作为自己的修订对象，完全是因为它们可以为自己的文学主张起到很好的示范作用。换句话说，章学诚希望读者能将自己的改作与原作进行对读，从而更好地了解"史家之文"的特色所在。

章学诚对"史家之文""唯恐出之于己"的论述与传统文章学存在很大差距，但在其思想中却是自洽的。"唯恐出之于己"的理论依据，即《言公上》所揭橥之"古人之言，所以为公也，未尝私矜于文辞而私据为己有也"③。章学诚通过考察先秦典籍的成书方式，对上古的学术生态进行了相当大胆的重构。在他看来，古人"志期于道，言以明志，文以足言。其道果明于天下而所志无不申，不必其言之果为我有也"④。撰述的目的在于明道，文字不过其载体。

---

① （清）章学诚：《章氏遗书》卷17《柯先生传》，第65页b。
② （清）章学诚著，仓修良编注：《文史通义新编新注》，第525页。
③ （清）章学诚著，仓修良编注：《文史通义新编新注》，第201页。
④ （清）章学诚著，仓修良编注：《文史通义新编新注》，第201页。

"文,虚器也;道,实指也"①,由于"文"本质上是工具性的,是否原创就远没有"文士之文"的古文家们所认为的那么重要。只要有益明道,语言上的"创新述旧"②是可以灵活把握的。事实上,古人因为追求最为尽善尽美的表达,经常合众人之力进行润色,多层次的"点窜涂改"是当时写作的一般情况:"文辞非古人所重,草创讨论,修饰润色,固已合众人而为辞矣。期于尽善,不期于矜私也。"作为"史家之文"源头的《春秋》《史记》《汉书》等,当然也不例外:

> 夫子因鲁史而作《春秋》,孟子曰:"其事齐桓、晋文,其文则史,孔子自谓窃取其义焉耳。"载笔之士,有志《春秋》之业,固将惟义之求,其事与文,所以藉为存义之资也。世之讥史迁者,责其裁裂《尚书》《左氏》《国语》《国策》之文,以谓割裂而无当(出苏明允《史论》);世之讥班固者,责其孝武以前之袭迁书,以谓盗袭而无耻(出郑渔仲《通志》),此则全不通乎文理之论也。迁《史》断始五帝,沿及三代、周、秦,使舍《尚书》《左》《国》,岂将为凭虚亡是之作赋乎?必谓《左》《国》而下为迁所自撰,则陆贾之《楚汉春秋》,高祖、孝文之传,皆迁之所采摭,其书后世不传,而徒以所见之《尚书》《左》《国》怪其割裂焉,可谓知一十而不知二五者矣。固《书》断自西京一代,使孝武以前不用迁《史》,岂将为经生决科之同题而异文乎?必谓孝武以后为固之自撰,则冯商、扬雄之纪,刘歆、贾护之书,皆固之所原本,其书后人不见,而徒以所见之迁《史》怪其盗袭焉,可谓知白出而不知黑入者矣。以载言为翻空欤?扬马、词赋,尤空而无实者也;马、班不为"文苑传",藉是以存风流文采焉,乃述事之大者也。以叙事为

---

① (清)章学诚著,仓修良编注:《文史通义新编新注》,第209页。
② (清)章学诚著,仓修良编注:《文史通义新编新注》,第201页。

征实欤？年表传目，尤实而无文者也。《屈贾》《孟荀》《老庄申韩》之标目，《同姓侯王》《异姓侯王》之分表，初无发明而仅存题目，褒贬之意默寓其中，乃立言之大者也。作史贵知其意，非同于掌故，仅求事文之末也。夫子曰："我欲托之空言，不如见诸行事之深切着明也。"此则史氏之宗旨也。苟足取其义而明其志，而事次文篇，未尝分居立言之功也。故曰，古人之言，所以为公也，未尝矜其文辞而私据为己有也。①

司马迁的《史记》和班固的《汉书》，都有相当部分的文字是从之前史书"点窜涂改"而来。这在后世遭到了非议。而章学诚则从"言公"的角度对此进行了辩护。他举出孔子删改鲁国旧史而成《春秋》的故事，说明在"史家之文"的写作传统中，最应该具有原创性的是"义"，而非"文"和"事"。如果仅就"文"入手，《史记》《汉书》中借用前人著作的比一般批评者认为的还要多，但因为这些文字都通过"点窜涂改"，被很好地整合进了著作当中，从而有利于史家独断之学的表达。因此，当章学诚着力宣扬"史家之文"的时候，他力图恢复的，其实也是这样一个写作的传统。过去，我们比较注重讨论"言公"一说对于认识先秦学术史的意义和价值。但事实上，这一思想对章学诚的古文理论也是产生了突出的影响。它为章学诚实践"点窜涂改"提供了相当有力的支撑。当然，必须承认的是，章学诚对"言公"的论述是理想化的。他将"言公"现象的产生归结为上古政教制度的完善与作者人格的高尚，这显然没有触及问题的本质②。而其中重思想轻修辞的倾向，也只是较适用于先秦的著述状况，并不符合清代四部之学已经各自独立并高度发展的现实。

---

① （清）章学诚著，仓修良编注：《文史通义新编新注》，第202页。
② 关于《言公》篇的文学史意义和局限，可参见林晓光《不彻底的历史主义文学观——从古典文学研究视角看章学诚》第一节"言公：上古文学生态论"，《斯文》2021年第二辑，第3—12页。

第三节　省繁称·远俗情·从时制

除了确立"点窜涂抹"作为基本创作方式之外，章学诚对"史家之文"还有更加具体的要求。而这些要求的提出，同样是在对文士之文的批判中完成的。本节将对主要的三个方面进行举例、分析。

其一，省繁称。章学诚《文史通义》有《繁称》一篇，专门抨击近世古文中存在的名号繁多现象。所谓"繁称"，具体来说包含两大方面的内容，一为人物名号的繁多，一为文集名称的复杂。就前者而言，中国古代的士大夫一般有名、有字、有号，甚至有时会互相以官职、地望相称，这就造成了因为人物关系、文体，甚至时代的差异，同一个人常常以完全不同的名号出现在不同文章中。这是章学诚所极度反感的，因为它不仅给读者的阅读带来不便，也造成了后人考订、搜讨时的诸多困难。在《繁称》前半部分，章学诚着力指出了宋代以来的人物名号众多现象："宋人又自开其纤诡之门者，则尽人而有号，一号不止而且三数未已也。"名号的出现不始于宋代，但无论是战国诸子的以号逃世，还是唐时宗教人士的以号相尊，都有其不得不如此的现实理由。相比之下，近世文士的自号则显得轻佻、烦琐：

> 自号之繁，仿于郡望，而沿失于末流之已甚者也……别号之始，多从山泉林薮以得名，此足征为郡望之变，而因托于所居之地者然也。渐乃易为堂轩亭苑，则因居地之变而反托于所居之室者然也。初则因其地，而后乃不必有其地者，造私臆之山川矣；初或有其室，而后乃不必有其室者，构空中之楼阁矣。识者但知人心之尚诡，而不知始于郡望之滥觞，是以君子恶夫作俑也。

> 峰、泉、溪、桥、楼、亭、轩、馆，亦既繁复而可厌矣，

乃又有出于谐声隐语，此则宋元人之所未及开，而其风实炽于前明至近日也（或取字之同音者为号，或取字形离合者为号）。夫盗贼自为号者，将以惑众也（赤眉、黄巾，其类甚多）；娼优自为号者，将以媚客也（燕、莺、娟、素之类甚多）；而士大夫乃反不安其名字而纷纷称号焉，其亦不思而已矣。①

将文士自号比之于盗贼、娼优，评价不可谓不刻薄。事实上，自宋代以还，文士自号虽有泛滥之嫌，但一部分还属有为而发。文士可以借此表达自己对道德、学术、文章的追求。在章学诚生活的乾嘉年间，汉学盛行，作为东汉经学集大成者代表的郑玄成为诸多文士眼中的人生偶像。职是之故，"郑学斋""仪郑堂""申郑轩"之类与郑玄相关的自号也随之层出不穷。这就证明了自号作为文士表情言志的一种方式，本身并不是毫无意义的。章学诚曾为好友写过《刘氏书楼题存我额记》，用富有哲理性的语言阐释刘氏以"存我"自号的寓意，可知他非常清楚名号的标识作用。但在章学诚看来，蕴意深刻的别号毕竟太少了，大量"争奇吊诡""自为标榜"的别号只能显得"繁复而可厌"，徒然为后来人的阅读、考证增加困难。当然章学诚也了解，人物名号的难以统一是《左传》《史记》就已存在的问题。但他同时认为这是这两部经典著作"义例不纯"所致，也是后人"不复相师"②的地方。章学诚曾为汪辉祖《三史通姓名录》《史姓韵编》两部史籍人名工具书写序，极力推崇一种简洁、高效的文本阅读方式，自然不愿因人物别号问题而浪费过多精力。所以最后他感慨道："苟有寓意，不得不然，一已足矣。顾一号不足，而至于三且五焉。噫！可谓不惮烦矣！"③ 而基于同样理由，章

---

① （清）章学诚著，仓修良编注：《文史通义新编新注》，第162—163页。
② （清）章学诚著，仓修良编注：《文史通义新编新注》，第161页。章氏在另一处还称："左氏称人民、氏字、谥爵、封邑，全无定例，断不可学。"［（清）章学诚著，仓修良编注：《文史通义新编新注》，第483页］
③ （清）章学诚著，仓修良编注：《文史通义新编新注》，第181页。

学诚亦对文集"巧立名目"的现象大加排击:

> 集部之兴,皆出后人缀集,故因人立名以示志别,东京迄于初唐,无他歧也。中叶文人自定文集,往往标识集名,《会昌一品》、元、白《长庆》之类,抑亦支矣。然称举年代,犹之可也。或以地名(杜牧《樊川集》、独孤及《毗陵集》之类),或以官名(韩偓《翰林集》),犹有所取。至于诙谐嘲弄,信意标名,如《锦囊》(李松)、《忘筌》(杨怀玉)、《披沙》(李咸用)、《屠龙》(熊曒)、《聱书》(沈颜)、《漫编》(元结)纷纷标目,而大雅之风不可复作矣。
>
> 子史之书,因其实而立之名,盖有不得已焉耳。集则传文之散著者也。篇什散著,则皆因事而发,各有标题,初无不辨宗旨之患也。故集诗集文,因其散而类为一人之书,则即人以名集,足以识矣。上焉者,文虽散而宗旨出于一,是固子史专家之遗范也。次焉者,文墨之佳而萃为一,则亦雕龙技曲之一得也。其文与诗,既以各具标名,则固无庸取其会集之诗文而别名之也。人心好异而竞为标题,固已侈矣。至于一名不足,而分辑前后,离析篇章,或取历官资格,或取游历程途,富贵则奢张荣显,卑微则酝酿寒酸,巧立名目,横分字号。遂使一人诗文,集名无数,标题之录,靡于文辞,篇卷不可得而齐,著录不可从而约;而问其宗旨,核其文笔,黄茅白苇,毫发无殊。是宜概付丙丁,岂可猥尘甲乙者乎!①

与人物的繁称类似,文集的繁称同样渊源有自"子史之书",也同样寄寓了作者的某种情怀。但是,由此产生的末流之失同样让章学诚感到难以忍受。类似"一名不足",而以各种理由"横分字号",最终造成"一人诗文,集名无数"的做法不仅无法完整体现作者的一

---

① (清)章学诚著,仓修良编注:《文史通义新编新注》,第163—164页。

家之学，还给后人的编辑、著录带来巨大困扰。有鉴于此，章学诚无论在人物的别号问题上，还是在文集的命名问题上，都主张以简驾驭繁，以直代曲①。省繁称，就是章学诚站在注重简直的史家立场之上，针对文士之文弊病所开出的一剂药方。

其二，远俗情。唐宋以降，多数文士别集中的都存有大量的应酬之作。友朋相知送别有赠序，生日有寿序，著述有书序，优游雅集有记，生老病死有传、有墓铭、有行状。这类文章因写作目的的关系，作者往往不能随意所致，而要照顾到请托者的诸多要求，这就导致应酬之作常常成了"心口不一"之作。以书序而论，大量中国文学批评史的材料集中在文集的书序之中，但对相关文献的使用却需慎之又慎。因为在书序中，作者为了满足请托者的期待，不时会挪用，甚至发明一种文学观念，以抬高该集的文学价值。这样做的一个结果就是同一个文集里的书序不时出现不同甚至互相矛盾的观点。墓志铭、行状等叙事文类的问题则更为直接。正史《奸臣传》中不会看到多少取自墓志铭、行状的传主资料，因为在这些文体里，对主人公的描述总是偏向于其符合正统道德观的一面。这显示了人情对文章公正性的伤害。章学诚以古文辞自负，一生亦有过不少应酬之作。但站在史家之文力求公正的立场上，他主张这类写作也要"适如其事与言"②，而有意抵制俗情的各种干扰。《文史通义》中的《古文十弊》《俗嫌》就讲了这方面的问题③。在这两篇文章中，章学诚列举了诸多实例，以说明世俗人情是如何干扰应酬之文的创作，并最终导致记载失实的。原文甚长，但为了更好展示章学诚的观点，

---

① 因此，章学诚主张一种直接、简洁且辨识度高的文集命名方式，《章格庵遗书目录序》谓："又以文集之名起于后世，而楼、亭、轩、馆名其集，则宋元以后文人所为，不能得立言旨趣及校雠流别之义，故直题为《章格庵遗书》。"［(清)章学诚：《章氏遗书》卷21，第19页a］

② (清)章学诚著，仓修良编注：《文史通义新编新注》，第662页。

③ 其中区别，在于《古文十弊》多以他人所作举例，《俗嫌》则更多是个人经验的总结。

仍引其名篇《古文十弊》数例于下，并稍加解说：

> 江南旧家，辑有宗谱。有群从先世，为子聘某氏女，后以道远家贫，力不能婚，恐失婚时，伪报子殇，俾女别聘，其女遂不食死，不知其子故在。是于守贞殉烈两无所处，而女之行事实不愧于贞烈，不忍泯也。据事直书，于翁诚不能无歉然矣。第《周官》媒氏禁嫁殇，是女本无死法也。《曾子问》，娶女有日，而婿父母死，使人致命女氏，注谓恐失人嘉会之时，是古有辞昏之礼也。今制，壻远游，三年无闻，听妇告官别嫁，是律有远绝离昏之条也。是则某翁诡托子殇，比例原情，尚不足为大恶而必须讳也。而其族人动色相戒，必不容于直书，则匿其辞曰："书报幼子之殇，而女家误闻以为壻也。"夫千万里外，无故报幼子殇，而又不道及男女昏期，明者知其无是理也，则文章病矣。人非圣人，安能无失？古人叙一人之行事，尚不嫌于得失互见也。今叙一人之事，而欲顾其上下左右前后之人皆无小疵，难矣！是之谓"八面求圆"，又文人之通弊也。①

这是所谓"十弊"中的第二点，与之前的"剜肉为疮"一样，都属子弟为亲情考虑，在他们认为的有可能损害长辈形象的事件叙述中做手脚。但"剜肉为疮"毕竟只是尊重事实基础上的曲折回护，"八面求圆"则直接歪曲了整个事实。正如章学诚所说："人非圣人，安能无失。"以宗谱、家谱为载体的人物传记却因人情因素，孜孜不倦地塑造一个又一个人道德完善的圣贤。这在子孙看来或许是一种荣耀，但在史家看来全无可取。章学诚亦曾遭遇过类似无奈："又尝为人撰《节妇传》，则叙其生际穷困，亲族无系援者，乃能力作自给，抚孤成立。而其子则云：'彼时亲族不尽穷困，特不我母子怜耳。今若云云，恐彼负惭，且成嫌隙，请但述母氏之苦，毋及亲

---

① （清）章学诚著，仓修良编注：《文史通义新编新注》，第149—150页。

族不援。'"① 好在，这位节妇之子的请求只是隐去部分事实，尚未导致不实记载的窜入。

为长者讳尚可以亲情为借口，高自标榜就缺乏辩护的理由了：

> 称人之善，尚恐不得其实；自作品题，岂宜夸耀成风耶？尝见名士为人作传，自云："吾乡学者，鲜知根本，惟余与某甲为功于经术耳。"所谓某甲，固有时名，亦未见必长经术也。作者乃欲援附为名，高自标榜，恧矣！又有江湖游士，以诗著名，实亦未足副也。然有名实远出其人下者，为人作诗集序，述人请序之言曰："君与某甲齐名，某甲既已弁言，君乌得无题品？"夫齐名本无其说，则请者必无是言。而自诩齐名，藉人炫己，颜颃不复知忸怩矣！且经援服郑，诗攀李杜，犹曰高山景仰；若某甲之经，某甲之诗，本非可恃，而犹藉为名，是之谓"私署头衔"，又文人之通弊也。②

> 昔有夸夫，终身未膺一命，好袭头衔，将死，遍召所知筹计铭旌题字。或徇其意，假藉例封、待赠、修职、登仕诸阶，彼皆掉头不悦。最后有善谐者，取其乡之贵显，大书勋阶师保殿阁部院某国某封某公同里某人之枢，人传为笑。故凡无端而影附者，谓之"同里铭旌"，不谓文人亦效之也，是又文人之通弊也。③

好名乃人之常情，但好名以至"私署头衔"和"同里铭旌"，则失之夸张甚至无聊。章学诚在《黠陋》中还举过一种"称述其亲，乃为自诩"④的例子，足见好名之习在当时的古文创作中存在着多种表现方式。而章学诚多次提到，好名正是学术走向衰落的

---

① （清）章学诚著，仓修良编注：《文史通义新编新注》，第187页。
② （清）章学诚著，仓修良编注：《文史通义新编新注》，第150—151页。
③ （清）章学诚著，仓修良编注：《文史通义新编新注》，第152页。
④ （清）章学诚著，仓修良编注：《文史通义新编新注》，第182页。

一大诱因①，所以除在《古文十弊》中对其大加鞭挞外，他还专门撰有《针名》一篇，对这一问题做更深入的理论探讨。

上述举例均涉及世俗人情对古文创作的影响，《古文十弊》其他要点，如"画蛇添足"论金石考据之风对传记文体的干扰，"井底天文"批评时文对古文文法观念的反影响，广义上亦属"俗情"之列，但一时学术风气的裹挟毕竟与人际关系的干扰不可同日而语，一味否认亦非正论，此处就不赘述了。章学诚主张史家之文"记言记事，必欲适如其言其事而不可增损"②，一般文士"惟其文而不惟其事"③ 的倾向是错误的。这就要求作者时时注意下笔的公正性，掌握好写作的分寸感，自觉抵御人情世故，有时甚至是学术风气带来的干扰。而值得再次说明的是，《古文十弊》《俗嫌》《黠陋》中所举的文例绝大多数集中在叙事文类，这印证了我们之前反复提到的一个结论："史家之文"与"文士之文"的对立主要发生在古文领域之内，且集中于被章学诚推举为古文辞大宗的叙事文。

其三，从时制。这是章学诚文章中多次提及的一点，用《古文公式》的话总结就是："文辞可以点窜，而制度则必从时。"④ 古文，尤其是叙事文类因叙及个人生平行迹，不可避免要使用官名、地名等与王朝制度相关的名词。而官名、地名历代皆有定制，本不应成为写作时的争论焦点。但是，由于中国的文学创作长期处在复古风气的笼罩之下，在涉及地名、官名时换用古称，某种程度上成为用典的一种特殊形式，成为提升文学作品美感的一种特殊手段。但显而易见，这种美感的获得多少是以牺牲叙述的准确性为代价的。当代官名往往难以在古代的政治制度中找到精确对应，古今之间的转译仅能得到一个似是而非的结果。而历代政区的沿革更是一个复杂

---

① 章学诚《文史通义》中如《所见》《针名》《砭异》《说林》等篇均讨论了这个问题。
② （清）章学诚著，仓修良编注：《文史通义新编新注》，第406页。
③ （清）章学诚著，仓修良编注：《文史通义新编新注》，第195页。
④ （清）章学诚著，仓修良编注：《文史通义新编新注》，第145页。

的历史过程，两个朝代之间，即便地名未做更改，所辖政治区域却可能大不相同。更遑论在涉及官名、地名时使用古称，还有导致读者错误判断主人公所处时代的危险。由于使用古官名、地名的风气在明代中晚期的文学复古运动中达到了高潮，清人学术又建立在批判明人的基础之上，这就导致了官名、地名的使用问题在清前中期文论中占据了前所未有的重要位置。

从现有文献看，清代的言论在某种程度上都是支持遵从时制的。对清代学术文章均有开山之功的顾炎武就认为："以今日之地为不古，而借古地名；以今日之官为不古，而借古官名；舍今日恒用之字，而借古字之通用者，皆文人所以自盖其俚浅也。"① 到了清中叶，朴学风气裹挟下的作者更是纷纷响应顾炎武的号召。李绂评韩愈《新修滕王阁记》谓："散体古文，学史法者也，故地理职官，必用时王之制，使后世读者得据而考焉。骈体词章，古所谓俗体也。词取衬贴，故兼用古官名地名，以资华侈而已。"② 钱大昕《答友人书》则谓："昨偶读足下文，篇末自题'太仆少卿'，仆以为不当脱漏'寺'字，足下殊不谓然。足下所据者，唐宋石刻；仆谓惟唐宋人结衔不得有'寺'字，自明以来，官制与唐宋异，不当沿唐宋之称……自明中叶，古文之法不讲，题衔多以意更易，由是学士大夫之著述，转不若吏胥文移之可信。"③ 焦循《属文称谓答》有："官名地名，不必强作古称也。"④ 而在这批主张官名、地名应该遵从，或者部分遵从时王之制的作者当中，又以章学诚的讨论最为全面、深入。乾嘉学人大多缺乏文学方面的理论热情，他们乐于指出创作

---

① （清）顾炎武著，黄汝成集释，栾保群、吕宗力校点：《日知录集释》卷19，中册，第1100页。

② 李绂：《穆堂别稿》卷37，载《清代诗文集汇编》编纂委员会编《清代诗文集汇编》，第233册，第358页。

③ （清）钱大昕著，陈文和主编：《嘉定钱大昕全集》（增订本），第9册，第547页。

④ （清）焦循著，刘建臻点校：《焦循诗文集》，第225页。

中出现的具体问题，但不作过多阐发。而如本书所反复论证的，在这种时候，章学诚往往会成为他们的阐释者。相反，坚决为遵从古制辩护的仅方苞等寥寥数人，力量相当薄弱。但这种批评上的不对称并不足以说明创作中的真实情况。翻检时人别集，可以发现地名、官名的以古代今乃是当日古文写作中一个非常普遍的现象。章学诚自己，也有《陈东浦方伯诗序》《上朱大司马书》等文章。这说明使用古代官名以为尊称，已经成为深入文人日常应酬之中的一种习惯。争论的核心其实是，在讲求真实的叙事之文写作中①，要不要严格遵从现行制度？章学诚作为支持一方的大将，对此有非常充分的论述。首先，他强调古文中制度名词的使用问题是一个极其严肃的问题，不可草草视之。《又答朱少白》谓：

> 弟《辨地志统部》之事，为古文辞起见，不尽为辨书也。洪、孙诸公，洵一时之奇才，其于古文辞，乃冰炭不相入，而二人皆不自知香臭，弟于是乎谓知人难，自知尤不易也。诗与八股时文，弟非不能一二篇差强人意者也，且其溯流派别，弟之所辨，较诗名家、时文名家转觉有过之而无不及矣。然生平从不敢与人言诗言时文者，为此中甘苦未深，漆雕氏所谓于斯未能信耳。故其平日持论关文史者，不言则已，言出于口，便如天造地设之不可摇动。②

这里所提及的"辨地志统部之事"，主要指洪亮吉与章学诚关于清代乾隆时期省一级行政单位应使用"布政使司"还是"部院"标名的争论。此事肇因于乾隆五十二年（1787）章学诚对好友洪亮吉的造访。在那次交谈中，章学诚认为洪亮吉所辑《乾隆府厅州县志》

---

① 比如李绂的"学史法者也"、钱大昕的"史家叙事"和章学诚所谓"史家之文"。
② （清）章学诚著，仓修良编注：《文史通义新编新注》，第778页。

第五章 "史家之文"：章学诚的叙事之学　169

"以布政使司分隶府厅州县"①与现实情况不相牟，"布政使司"应改为"总督巡抚，始符体制"。洪亮吉不同意章氏的观点，乃作《与章进士学诚书》进行反驳，并将其收入公开出版的《卷施阁文甲集》中。这一做法刺激了章学诚，在看到洪亮吉的文章后，他于嘉庆二年（1797）写作《地志统部》，作为对这一问题的最终回应。可以看到，此事本限于地志体例的争论。但章学诚在给朱锡庚的信中特别强调，他是"为古文辞起见，不尽为辨书也"。然后表达了对于自己议论的自信。据此，章学诚是将与制度名词的准确与否视作古文写作的重要一环的。这可以其对相关问题所作辨析之细、标准之严为证。

仍然以《地志统部》为例。在这篇文章中，章学诚批评古文称统部为"省"而不称"使司"的现象，谓："今之为古文辞者，于统部称谓，亦曰'诸省'，或曰'某省'。弃现行之制度，而借元人之名称，于古盖未之闻也。"②行省为元代制度，明清习惯上虽沿用其称，但实际制度已不相同。因此，章学诚肯定了《大清一统志》用"使司"而不用"省"的做法，认为这是严格遵从现行制度的典范。可当洪亮吉所辑《乾隆府厅州县志》延续这一体例时，章学诚又表示了反对，因为在他看来，乾隆时期省一级的行政单位的实际管理者已经发生变化，总督、巡抚成为新的领导者，布政使则隶属其下。所以此时统部应称"部院"，而非"使司"："故余于古文辞，有当称统部者，流俗或云'某省'，余必曰'某部院'，或节文称'某部'；流俗或云'诸省'及'某某等省'，余必曰'诸部院'或'某某等部院'，节文则曰'诸部''某某等部'；庶几名正为言顺耳。"③他还特别言明这是"今日"的情况，洪亮吉做法放到康熙、雍正年间，完全是可以成立的："使非今日制度，则必曰'使司'，

---

① （清）章学诚著，仓修良编注：《文史通义新编新注》，第865页。
② （清）章学诚著，仓修良编注：《文史通义新编新注》，第868页。
③ （清）章学诚著，仓修良编注：《文史通义新编新注》，第868页。

或节文称'司',未为不可,其称'省'则不可行也。"① 既具体到某一朝代的某一皇帝,又充分考虑到名实是否相符,如此细致入微,足见章学诚面对相关问题时的严肃态度。

除此之外,章学诚还追问官名、地名使用古称这一风气的来源。他曾将其上溯至明代复古运动:"夫官名地名,必遵当代制度,不可滥用古号以混今称。自明中叶王李之徒相与为伪秦汉文,始创此法,当日归震川氏已斥为文理不通矣,近因前人讲贯已明,稍知行文者,皆不屑为也。"②"四曰'优孟衣冠,摩仿秦汉',此自明嘉靖后,王、李、归、唐分争门户,早有此说,今则三家村塾蒙师,舌烂口臭久矣。此犹矜作创义,大可嗤也!然李穆堂之《辞禁》则犹及之,盖以王、李摩古,并改后世官名地名皆同于古,实于事理犹窒,至今作者尚多犯此,故李氏谆谆戒也。"③ 复古运动最响亮的文学口号是"文必秦汉,诗必盛唐"④。虽然在实际批评中,前后七子均"长于论诗而短于论文"⑤,未对古文如何模拟秦汉有系统的阐发,也没有对古代官名、地名的使用发表实际的议论。但在"模辞拟法"⑥ 思想的指导下,李攀龙、王世贞等人在相关问题上都有明显的以古为尚的倾向,也给追随者造成了一定影响。因此章学诚表彰与后七子同时的归有光,是他指出了这一做法的荒谬之处。当然,章学诚也清楚,复古运动对官名、地名使用古称更多起的是推波助澜的作用。它远不是这一问题的真正起源。《评沈梅村古文》中章学诚指出,韩愈《滕王阁记》《女挐圹志》已出现"以刑部侍郎为少秋官,以潮州为揭阳"⑦ 的以古代今

---

① (清)章学诚著,仓修良编注:《文史通义新编新注》,第868页。
② (清)章学诚著,仓修良编注:《文史通义新编新注》,第573页。
③ (清)章学诚著,仓修良编注:《文史通义新编新注》,第389页。
④ (清)张廷玉等撰:《明史》卷286《李梦阳传》,中华书局1974年版,第7348页。
⑤ 郭绍虞:《中国文学批评史》下册,商务印书馆2010年版,第36页。
⑥ 屠隆:《由拳集》卷23《文论》,《续修四库全书》编委会编:《续修四库全书》,上海古籍出版社2002年版,第1360册,第294页。
⑦ (清)章学诚著,仓修良编注:《文史通义新编新注》,第482页。

现象。而在《古文公式》中,他又发现苏轼的《表忠观碑》存在"前后不尊公式"①的问题。事实上,官名、地名使用古称是一个古已有之的问题,找出其确切起源是困难的②。前文已经论及,在很多时候,它被视作一种类似用典的修辞方式而习焉不察。从这个角度看,清代对这一问题的反省恰恰是一种新变。在一种新的学术眼光的检验下,以前不称其为问题的习惯成了问题。这正是章学诚并未得出确切结论的溯源工作所带来的启示。

无论是作为写作基本方式的"因袭成文""点窜涂抹",还是更为具体的"省繁称""远俗情""从时制",章学诚对"史家之文"义例的阐释体现了他对真实性的极端追求。凭借这一点,他在"史家之文"与"文士之文"之间划分出清晰的界限。只是在传统文论中,真实性和文学性远非二元对立的关系,事实上,没有人会否认叙事应该"恰如其事"。关键在于章学诚为"恰如其事"制定了极高的标准,并指出了"文士之文"在相关问题上的种种不足,这增强了其言论的说服力。文士在文辞的修饰上浪费了太多精力,并因此损害了文章的准确性。他多次从这一角度出发批判"文士之文":"所贵文章,贵乎如其事也,乃文士兴而事实亡。"③"……凡此诸弊端,皆是偏重文辞,不求事实之过。"④ 古文应该追求的是真实。判断一篇古文好坏的标准在于它是否准确地记述了其所欲述之事。章学诚甚至以官吏治理簿书和文士作文相比:

---

① (清)章学诚著,仓修良编注:《文史通义新编新注》,第146页。
② 除章学诚外,恽敬亦认为文章中官名、地名使用古称,是唐代以后的习惯。《大云山房文稿·凡例》:"集中序文地名,据今时书之,官名亦然。其或书古官者,自唐以后人多称古官,至今沿之,存当时语也。碑志文述人言,书古官者,亦存当时语也。书上书言事,皆与序文同。记文不书古官,纪实也。"〔(清)恽敬著,万陆等标校,林振岳集评:《恽敬集》,上海古籍出版社2013年版,第12页〕
③ (清)章学诚著,仓修良编注:《文史通义新编新注》,第502页。
④ (清)章学诚著,仓修良编注:《文史通义新编新注》,第558页。

> 古文之道如治簿书尔。度君必曰：何以如簿书也？则将应之曰：如其事之起讫，而不以我意增损其言，是簿书之定体，古文之极则也。凡治官府文书，不如其事之起讫，而或以己意增损其间，则必干上官驳诘，而事不能行，故治簿书无不有法度也。文士为文，不如事之起讫，而以私意雕琢其间，往往文虽可观，而事则全非，或事本可观，而文乃不称其事。盖无有部院、司府、长官为之驳诘，而其事亦无关一时行与不行，此其所以无法度也。①

为了文章的真实性，可以牺牲掉一般作者所追求的美感。因此，文士牵于世情也好，貌求古雅也好，甚至只是为了炫耀文才也好，都不应得到鼓励、纵容。这就是章学诚所孜孜追求的文体之洁。而"因袭成文"可以从材料来源层面为叙事的真实性提供最大的保证。"省繁称""远俗情""从时制"则为具体操作提供技术性支持，以确保关键信息不会在转述过程中丢失。最后需要说明的是，章学诚为"史家之文"所定的义例也有一定弹性。比如在具体的文法上，他支持作者的灵活变化："文因乎事，事万变而文亦万变。"② 无论是严于律文还是主动求变，都只为真实性服务。换言之，真实性才是章氏衡文的最高原则。这一看法贯串于章学诚有关"史家之文"的阐发中，是"史家之文"的核心要义，也是其古文批评最显著的特色。而与之相应，章学诚在《文德》《史德》《质性》中讨论创作者的心性问题，认为临文须"敬恕"③"尽其天而不益以人"④，在《知难》中坚决批判鉴赏者"爱憎由己"⑤，这些主张配合本章所论的"史家之文"，构成章学诚主于求真的史家文论的完整面貌。

---

① （清）章学诚：《章氏遗书》卷19《庚辛之间诸亡友列传》，第11页a。
② （清）章学诚著，仓修良编注：《文史通义新编新注》，第95页。
③ （清）章学诚著，仓修良编注：《文史通义新编新注》，第136页。
④ （清）章学诚著，仓修良编注：《文史通义新编新注》，第265页。
⑤ （清）章学诚著，仓修良编注：《文史通义新编新注》，第233页。

第六章

章学诚与明清时期的"私人作传"之争

自顾炎武《日知录》明确提出"古人不为人立传","私人作传"便成此后百余年间备受瞩目的文学议题。在时人的反复论难中,私传作为"传"之一体的发展历程、体制特性、作者权限以及自身合法性都得到深入有效的讨论。方苞、姚鼐诸人"私人不为国史人物立传"的观点将"辨职"之说具体化为对"国史"的敬畏;章学诚的《文史通义·传记》则通过对"传记"名称的历史考察及对"辨职"之说与官方权威之间关系的指认,出色地完成了对"私人作传"合法性的辩护,成为明清"私人作传"之争最后一篇重要的文献,是值得研究者深入探讨的篇目。但近代以来,因时易世变造成的语境隔膜,《传记》的潜在意蕴并未得到深入有效的考量。本章拟结合中国古代传记理论和创作实践,为其内涵及文章学意义作一发覆。

第一节 《传记》写作时间及动机

《传记》之被忽略,直观表现在研究者对其编年考订的疏漏上。胡适《章实斋先生年谱》、钱穆《实斋文字编年要目》，均未著录《传记》。当代在章氏文集编年上有较大突破的仓修良《文史通义新编新注》，亦谓本篇"写作年代不详"。其实，联系章学诚生平及相关创作，是可以对《传记》的写作时间做大致推测的。

《传记》的结尾部分提及章学诚和陈熷在《湖北通志》问题上的分歧。考《章实斋先生年谱》，《湖北通志》完成于乾隆五十九年（1794）。这一年三月，志事的赞助人湖广总督毕沅赴天津入觐。临行前，他将志局托付给湖北巡抚惠龄。惠龄不喜章学诚的方志理论，另嘱浙籍进士陈熷对《湖北通志》进行修正。陈遂趁机大变旧规。后来毕沅返回，又命章学诚为自己的观点做辩护。章于是写了《驳陈熷议》（即《章氏遗书》卷二十七《湖北通志辨例》）。这是章陈二人笔墨官司的由来。

本来事情至此已告终结。但到嘉庆二年（1797），由于毕沅的突然病故，《湖北通志》的出版变得遥遥无期。此时章学诚身在江南，尚有《湖北通志》的一部分稿件存于箧中。为避免这部耗费了自己大量心血且颇为自得的方志湮没无闻，章学诚在这一年勉力整理了《湖北通志检存稿》（以下称《检存稿》），同时撰写多篇文章，详细申说自己的方志理论①。而在这些文章中，与陈熷在修志问题上的分歧成为其反复论及的一大"公案"。陈熷最初是在章学诚的举荐下进入志局的，他的反戈一击不仅伤害了章的感情，而且客观上延误了《通志》的出版。这两个因素相叠加，使章学诚在《湖北通志》出版无望后对陈熷突然发难，不仅一再否定其学术观念，且对其言行、人品大加抨击。考虑到前此数年，章学诚虽已与陈熷有隙，但毕竟从未在文章中对其为人进行直接的攻击，此后两年，他又将攻击重点转向江南文士和吏治，已无余力再同陈氏呶呶不休，因此《传记》

---

① 计有《方志辨体》《又答朱少白书》及《丙辰札记》。

的写作时间，应该就是嘉庆二年①。这一年，章学诚在整理《检存稿》的过程中针对陈熷写了诸多批驳文字，《传记》则为其中之一。换句话说，《传记》最直接的写作目的，与章学诚和陈熷在方志理论上的分歧密切相关。

《传记》具体反驳陈熷的部分在文章结尾处：

> 时有佥人，穷于宦拙。求余荐入书局，无功冒餐给矣。值督府左迁，小人涎利构谗，群刺蜂起。当事惑之，檄委其人校正。余方恃其由余荐也，而不虞其背德反噬，昧其平昔所服膺者而作诪张以罔上。乃曰："文征例仿《文选》《文苑》，《文选》《文苑》本无传体。"因举《何蕃》《李赤》《毛颖》《宋清》诸传出于游戏投赠，不可入正传也。②

抛开其中个人的情绪发泄，引文所述陈熷的观点其实只有一条，即《文征》不当收正传。方志立三书，本是章学诚颇为自矜的方志理论。而在其中，"文征"部分又和传统方志的"艺文书（志）"相对应，两者貌同实异。传统方志的"艺文书"多蒐罗吟咏篇什，对了

---

① 章学诚《乙卯札记》有："《文苑英华》有传五卷，第七百九十二卷至第七百九十六卷也。公卿如兵部尚书梁公李岘，公卿则有兵部尚书梁公李岘，节钺则有东川节度卢坦，文学如陈子昂，节操如李绅，贞烈如杨妇、窦女，合于史家体例之传，凡十数篇。其排丽类碑志，自述非正体，立言有寄托，借名存讽刺，投赠类序引，俳谐为游戏，凡十余；篇，皆不与也。惜《文苑英华》混杂无别，如李汉编韩文，以《王承福》编于杂著，《毛颖传》编于杂文，则可谓有分别矣。"［（清）章学诚著，冯惠民点校：《乙卯札记 丙辰札记 知非日札》，第43页］这条札记后来被修改、吸收进《传记》正文中，让我们可以看到章学诚写作专题论文前的准备工作。据胡适考证，《乙卯札记》并非全部作于乙卯一年，事实上，它是乾隆五十六年（1791）到乾隆六十年（1795）间章学诚读书笔记的集合（胡适：《章实斋先生年谱》，载欧阳哲生编《胡适文集》7，第92页）。有关《文苑英华》的这条札记编排较后，基本可确定是乾隆六十年所做。这也从一方面佐证了《传记》不可能是作于乾隆五十九年（1794）章学诚、陈熷激烈交锋之际，而是嘉庆二年（1797）章学诚单方面向陈熷发难之时。

② （清）章学诚著，仓修良编注：《文史通义新编新注》，第282页。

解地方历史无大助益。章学诚所定义的"文征"则主要"辑诗文与志可互证者",同时不排斥"明笔佳篇……不尽合于证史"①。"艺文书"重视的是"文",而"文征"则重"史"。既重史,和地方史事密切相关的史传私传当然都在蒐罗的范围之中。陈煃不认同章学诚的创新。在他看来,"文征"收传记的做法有违常识。因为文章总集不入传,是《文选》《文苑英华》以来的老传统。这一观点实际包含了两个不同层面的倾向,一是回归传统方志编纂的老路,视"文征"为"艺文书"一类的文章总集;二则将源自正史的"传"体排除在文章总集之外。这种观点在章学诚看来当然是浅陋的,为此章氏在文中明确指出,《文苑英华》其实是有传的:

> 《文苑英华》有传五卷,盖七百九十有二至于七百九十有六,其中正传之体,公卿则有兵部尚书梁公李岘,节钺则有东川节度卢坦,文学如陈子昂,节操如李绅,贞烈如杨妇,窦女,合于史家正传例者凡十余篇,而谓《文苑》无正传体,真丧心矣。②

这一有力反驳令陈煃的议论显得疏阔可笑。可问题在于,假如仅仅是为了私人恩怨,章学诚至此便已大获全胜。他为何还要大费周章写作《传记》的其他部分?这是章学诚的敏锐之处。他意识到,像陈煃这样举证失当虽然不值一哂,但在背后支撑他提出总集"不可入正传"的理论却渊源有自。陈煃所言"正传",首先是一个与"游戏投赠"之作相区分的概念,它不仅写作手法要信守正史列传的矩矱,所叙人物事迹也必须具备史的精神,而非《毛颖传》之类想象的产物。但陈煃未能辨析的是,所谓"正传"其实也有"史传"

---

① (清)章学诚著,仓修良编注:《文史通义新编新注》,第830页。
② (清)章学诚著,仓修良编注:《文史通义新编新注》,第282页。

和"私传"之分①。史传指史籍之传,如《史记》《汉书》《后汉书》《三国志》诸列传便是。这类传,早已因为属史学专著,"方之篇翰,亦已不同"②,而被排拒在《文选》《文苑》一系的文章总集之外。私传却是以私人身份创作的单行散传。它的作者并非只限于史家,而只是和传主有现实关系或仅仅对传主有兴趣的能文之士。陈熷将这一类"正传"也排除到文集外,实际是否认了私人作传的权利。也正是在这一点上,他触及了明清时代有关"私人作传"问题的讨论。章学诚抓住陈熷看似荒谬的论证背后所隐藏的中心问题,所以在《传记》中,他一直致力于对"私人作传"问题做探源和辩护。

第二节 "私人作传"作为问题及其历史

《传记》第一次引出私人作传问题,是在第三段。在以"辨章学术,考镜源流"的方法指出后世记人叙事的传记乃源于依经起义的传记后,章学诚道:

---

① 最早在文体意义上使用"私传"这一称谓的应该是刘知几,其《史通·烦省》云:"降及东京,作者弥众。至如名邦大都,地富才良,高门甲族,世多髦俊,邑老乡贤,竞为别录;家谱宗谱,各成私传。于是笔削所采,闻见益多,此中兴之史所以又广于前汉也夫。"[(唐)刘知几著,(清)浦起龙通释,王煦华整理:《史通通释》卷9,第246页] 此处私传即指与专史相对的私人传记。其后明初徐一夔《跋衰镛传后》:"以国子生林右善叙事,请为私传,以补宋史之缺。"(徐一夔:《始丰集》卷14,《景印文渊阁四库全书》,第1229册,第376页)宋濂《题天台三节妇传后》:"盖国史当略,私传宜详,其法则然也。"(宋濂:《文宪集》卷13,《景印文渊阁四库全书》,第1223册,第653页)亦是在与史传相对的意义上使用私传概念。其后,当"私人作传"之争在清代兴起之时,也仍有毛奇龄、沈德潜、姚文田、邵晋涵、章学诚、王芑孙诸人采用"私传"之称。

② (南朝梁)萧统编,(唐)李善注:《文选》,上海古籍出版社2019年版,第1册,第4页。

> 明自嘉靖以后，论文各分门户，其有好为高论者，辄言传乃史职，身非史官，岂可为人作传？世之无定识而强解事者，群焉和之，以谓千古未之前闻。①

章学诚在此点出了私人不得作传观念兴起的时间，未及具体人物。从叶长青《文史通义注》开始，诸家注释都将此处的"好为高论者"坐实为顾炎武②。而事实上，顾炎武也确系第一位专门讨论私人作传问题的学者，《日知录》卷十九"古人不为人立传"条有：

> 列传之名始于太史公，盖史体也。不当作史之职，无为人立传者，考故有碑、有志、有状而无传。梁任昉《文章缘起》言传始于东方朔作《非有先生传》，是以寓言而谓之传。韩文公集中传三篇：《大学生何蕃》《圬者王承福》《毛颖》。柳子厚集中传六篇：《宋清》《郭橐驼》《童区寄》《梓人》《李赤》《蝜蝂》。《何蕃》仅采其一事而谓之传，王承福之辈皆微者而谓之传。《毛颖》《李赤》《蝜蝂》则戏耳而谓之传。盖比于稗官之属耳。若《段太尉》则不曰传，曰"逸事状"。子厚之不敢传段太尉，以不当史任也。自宋以后，乃有为人立传者。侵史官之职矣。③

正如章学诚所理解的，对史官与私人的"辨职"是顾炎武立论的基础。在顾炎武看来，传乃史体，作传自古为史家专职，不在其位的私人是没有权利任其事的。他还特意拈出作为古文典范的韩、柳集

---

① （清）章学诚著，仓修良编注：《文史通义新编新注》，第280页。
② 如叶瑛《文史通义校注》，罗炳良《文史通义》，严杰、武秀成《文史通义全译》等。
③ （清）顾炎武著，黄汝成集释，栾保群、吕宗力校点：《日知录集释》卷19，中册，第1106页。

中诸多以"传"为题的篇目，依次指出其不合正史体例之处，从而证明古人确实是不立传的。顾炎武意在通过对史实的考索表明自己的立场，但也正是在这个过程中，私传的定义得到了相对明晰的规范——所谓私传，是指以私人身份创作的、符合正传体例的散行之传。

顾炎武虽为第一位详细论证私人不可作传的学者，但注者引此释"好为高论者"，则仍隔一间。因顾氏一生行迹远在嘉靖之后，其《日知录》的出版更要到康熙年间。故章学诚此处措辞，显有上溯渊源的意图。与章同时代的另一文章大家袁枚也追究过这一问题的历史，巧合的是，他的结论同样语焉不详：

非史臣不应为人立传，昔人曾有此言。[1]

昔人是一个远比"嘉靖以后"更模糊的所指。不过从紧接着袁枚引归有光议论而言"此论出而纪事之例始宽"看，他所认为的有关私人作传辩论的兴起也是在明代中晚期，和章学诚相似。但两人均无法确指那时持私人不可作传观点的到底有哪些人，正说明"私人作传"作为一个问题在中国文学史上的模糊性。这里姑且依照《传记》提供的有关线索，并增补相关史料，对古代私人作传的历史作一简单梳理。

《传记》指出，裴松之《三国志注》里引用了东汉、魏、晋的私传达"数十家"[2]，这是正确的。作为纪人纪事的传，首见于《史记》。但那时候，一则纪传体还未被确定为官方正史的体裁，史官作传未成常例；二则文集观念未兴，不依附于著作而被视为文集一体的传基本无从谈起。直到汉末，这两项条件逐渐成熟之后，"私人作

---

[1] （清）袁枚著，周本淳标校：《小仓山房诗文集》卷首，上海古籍出版社1988年版，第3册，第1151页。

[2] （清）章学诚著，仓修良编注：《文史通义新编新注》，第281页。

传"始有了讨论的可能。而在当时，大量别传的出现证明私人作传是被允许的。别传既"分别于正传之外，与之异处"①，又是"单独的叙传之称"②，基本属本书所论的私传范畴。别传最初著录于《隋书·经籍志·史部·杂传类》，但数量不多，清章宗源撰《〈隋书·经籍志〉考证》时，从《三国志》《世说新语》《北堂书钞》《初学记》《艺文类聚》《太平御览》等史籍、类书中找出未被著录的别传184种，逯耀东在此基础上再做修订，将已知的别传数目最终确定为211种③。这211种别传主要是东汉魏晋的私人所作，传主均为政治、儒林、文苑中知名人物。魏晋以后，私传的创作减少，但并未绝迹④，如陶渊明集中就还有《孟嘉传》，江淹集中有《袁友人传》。

风气的转移发生在唐代。朱东润发现："在唐代，传叙文学开始衰颓。"⑤ 唐人不喜作传，与当时修史环境的变化相关。唐代是官方史学定于一尊的时代，亦是纪传体在官方史学内部定于一尊的时代。贞观年间，李世民诏令宰相房玄龄等监修《宋》《齐》《梁》《陈》《隋》《晋》六代史，开大一统王朝官修前代纪传体正史之例。同样在太宗朝，国史制度得以确立。国史"以适合断代史的纪传体行事写成，载录了迄于某个确定日期的当朝史事"⑥。作为当代史编纂的最后一个阶段，国史亦由宰相监修，体现某种明确的政治目的。王朝对纪传体史书的重视一方面提高了与事者的社会声誉，薛元超曾

---

① 王兆芳：《文章释》，载王水照编《历代文话》，第7册，第6271页。

② 朱东润：《中国传叙文学的过去与将来》，载朱东润《朱东润文存》，上海古籍出版社2014年版，第496页。

③ 参见逯耀东《魏晋别传的时代性格》，载逯耀东《魏晋史学的思想与社会基础》，中华书局2006年版，第71—98页。

④ 李山称："总体而言，南朝传记人物传的写作不如两晋，北朝这方面的写作就更不如。"（李山：《中国散文通史·魏晋南北朝卷》，安徽教育出版社2013年版，第457页）

⑤ 朱东润著，陈尚君整理：《中国传叙文学之变迁》，复旦大学出版社2016年版，第144页。

⑥ ［英］杜希德：《唐代官修史籍考》，黄宝华译，上海古籍出版社2010年版，第142页。

言:"吾不才,富贵过分。然平生有三恨,始不以进士擢第,不得娶五姓女,不得修国史。"① 把无缘修国史视为平生恨事,足见国史在时人心中地位之高。但另一方面,权力的干预无疑为纪传体史书的修纂增加了诸多禁忌。刘知几回忆与修国史的经历,感慨自己因意见每与当道诸公"凿枘相违,龃龉难入",最终只能"依违苟从"②。在这种情况下,私传作为直接承袭自纪传体之"传"的文体,自然也因其与正史的近亲关系而获得较特殊的地位,成为文人创作前需要慎重考量的对象。

以韩愈为例。韩愈是碑志文发展史上的革命性人物,他将史书传记的笔法引入原属金石流别的碑志文创作当中,从而激烈地变易了碑志文的文体③。可与此同时,韩愈集中所有以"传"命名的篇目,竟无一例外地偏离了史传正统。钱穆评价韩愈的传是"情存比兴,乃以游戏出之。名虽传状,实属新体"④。作为公认的史迁笔法的继承人,韩愈的碑志文和传体文创作何以出现如此吊诡的差异?结合其"作史者,不有人祸,必有天刑"⑤ 一语所传达出的对史官一职风险的忧虑,似不难体会韩愈在权力夹缝间避祸全身的艰辛。所以,他宁可将史才用于碑志文,也不写作与史传关系太近的私传。不唯韩愈,唐代的绝大多数文人其实都是不作传的。检《全唐文》,在韩愈之前,以私人身份作过传的只得王绩、李延寿、李华、陆羽、

---

① (唐)刘𫗧:《隋唐嘉话》,程毅中、赵守俨点校:《隋唐嘉话 朝野佥载》,中华书局1979年版,第28页。

② (唐)刘知几著,(清)浦起龙通释,王煦华整理:《史通通释》卷10《自叙第三十六》,第270页。

③ 黄侃《中国文学概谈》云:"韩退之以史为碑。"(黄侃:《文心雕龙札记》,华东师范大学出版社1996年版,第289页)章太炎《国故论衡疏证》云:"汉世碑文,本颂之别,虽有陈序,则考绩扬榷之辞,不增其事,文胜质,故不为史官所取,无害于方策。唐世渐失其度,其后浸淫变为序事,与别传同方。"(章太炎撰,庞俊、郭诚永疏证:《国故论衡疏证》,中华书局2008年版,第461页)则较明确地道出了这一转折。

④ 钱穆:《杂论唐代古文运动》,载钱穆《中国学术思想史论丛》卷四,第43页。

⑤ (唐)韩愈著,马其昶校注,马茂元整理:《韩昌黎文集校注》文外集上卷《答刘秀才论史书》,上海古籍出版社2014年版,第667页。

权德舆五人①。到社会变革的中晚唐，私传才稍稍增多，且出现吴讷所说"厥后世之学士大夫，或值忠孝才德之事迹，虽微而卓然可为法戒者，因为立传以垂于世"②的新动向。宋、元两代大体沿袭了晚唐的趋势，其时著名文家或少作传，或者直接不作传，且所传多非魏晋别传那样的名公巨卿③。但必须说明的是，唐、宋、元的少作传乃是一种未被明言的创作趋势。其时既乏明确禁止私人作传的制度或言论，作者亦无须如清人那般为自己侵史官之职辩解。因此《传记》推测当时主张私人不可作传者："挟兔园之策，但见昭明《文选》、唐宋八家鲜入此体，遂谓天下之书不复可旁证耳。"④是有一定道理的。

《传记》又认为，私人不可作传的言论是"持门户似攻王李者也"⑤。为什么"似攻王李"，就是因为作为后七子领袖的李攀龙、王世贞等人作传太多。李攀龙集中有私传10篇，王世贞则更多，仅《弇州四部稿》《续稿》就有私传96篇，数量空前。在中晚明，私人作传已经是普遍现象。在前七子之前领袖文坛的李东阳，集中有16篇私传；而在与后七子派针锋相对的唐宋派中，归有光集有传21篇，唐顺之、王慎中集也各有传7篇。考察这一时期私传大行的原因，似可从文化下移的角度切入。就需求者一面而言，中晚明私传的传主与唐、宋、元时期相似，多为无缘进入国史之中的平常人物。

---

① 《全唐文》所录韩、柳之前以"传"命名的篇目，尚有吕諲《霍山神传》及苏源明《元包首传》《元包五行传》。但《霍山神传》为志怪一类，《元包首传》《元包五行传》则是传注体，均不合史传体例。

② （明）吴讷、（明）徐师曾著，于北山、罗根泽校点：《文章辨体序说 文体明辨序说》，第49页。

③ 宋六家中，苏洵、王安石无传，欧阳修有1篇私传，苏辙、曾巩则都有2篇私传，苏轼则有5篇私传（以"传"命名者有11篇，其中6篇可确定为模仿韩、柳的游戏之作）。而在元代知名古文家中，姚燧有私传3篇，虞集有私传6篇，揭傒斯有私传1篇，柳贯有私传4篇，赵孟頫集无传。

④ （清）章学诚著，仓修良编注：《文史通义新编新注》，第281页。

⑤ （清）章学诚著，仓修良编注：《文史通义新编新注》，第281页。

第六章 章学诚与明清时期的"私人作传"之争　183

但他们往往并非"卓然可为法戒者",也无"忠孝才德之事迹",而属于在科举与商品经济发展过程中壮大起来的士绅和富民阶层。这些人的子孙(有时是他们本人)希望先人的生平事迹能够载诸笔端,显耀于世。这是中晚明私传开始大量出现"请为作传""谒余作传""乞予为传""请为传"[1] 之类表述的原因。李开先《何大复传》:"关中王渼陂、李崆峒、康对山、吕泾野、马谿田,河南何大复,同以文章命世,为人作传状碑志,可因而耀今信后。"[2] 就准确道出了请托之传背后"人以文贵"的心理动因。而就创作者一面来说,随着明代中后期拥有出仕资格者大大增多,在官位供不应求且薪俸低微的生存环境下,士人出于金钱、人情等方面的考虑,也乐于接受此类请求。两相结合,遂促成中晚明私传创作的繁荣。

中晚明私传既多为出自传主子弟们生之请的应酬文章,写作时自然容易流于敷衍客套。冯时可《雨航杂录》就曾引述时人评论云:"前见徐叔明云:'王元美为人作传志,极力称誉,如胶庠试,最乃至微细事,而津津数语,此非但汉以前无是,即唐宋人亦无此陋。'"[3] 私传之法全出史传,将叙述历史上重大人物的布局、语言用于叙述平常人物,难免浮夸过誉之嫌。出于对此类现象的不满,一些士人开始强调传作为一种文体的专门性和权威性。像钱谦益《刑部郎中赵君墓表》云:"余尝以谓今人之立传非史法也,故谢去不为传。"[4] 主张作传要严格遵循"史法",其实是强调私传写作的专门性。而他宁作墓表不作传的行为,本身又是对传的权威性的体认。就这两点而言,钱谦益延续了唐宋古文家的立场,而与中晚明

---

[1] 纪昀《汾阳曹氏族谱序》:"合谱传而一之,其殆自明以来乎。"[(清)纪昀著,孙致中等校点:《纪晓岚文集》,第1册,第172页]则从另一角度提示了这些请托之传的现实用途。

[2] (明)李开先著,卜键笺校:《李开先全集》(修订本),上海古籍出版社2014年版,中册,第607页。

[3] 冯时可:《雨航杂录》卷上,《景印文渊阁四库全书》,第867册,第336页。

[4] (清)钱谦益著,(清)钱曾笺注,钱仲联标校:《牧斋初学集》卷66,上海古籍出版社2009年版,下册,第1537—1538页。

的新风气异趣。虽其集中还有私传，但钱谦益"平生不为人作传"[①]的自白仍可视为顾炎武斩截之论的先声。

综上，自东汉以迄明代，私人作传的现象在中国文学史上一直存在。只是在各朝代中，有风气盛衰之别。顾炎武"自宋以后，乃有为人立传者"的看法，是对唐代私传不兴现象的绝对化表述，缺乏真正有力的根据。《传记》对私传发展历史的梳理则准确地击中了顾氏言论的偏颇处。而在这种情况下理解顾炎武的用意，就须做"世道人心"而非史实考据上的探究。据《日知录》卷一九，"古人不为人立传"后接续的是"志状不可妄作"。两相结合，可知顾氏的倡议乃是对中晚明文人集中传志猥滥现象的一种反拨。当然，对史官的"辨职"也反映出其与钱谦益相似的尊史倾向，凸显唐代以降官方史学的强势所带来的影响。更重要的是，"古人不为人立传"既经顾炎武这样的大学者提出，就难免为之后的私传作者带来压力，而成为清代"私人作传"问题的讨论基础。

第三节　从"不为人立传"到"不为国史人物立传"

进入清代，"私人作传"延续了中晚明的基本态势，其时文集例有私传，且颇多请托之作。可见顾炎武的倡议对这种创作趋向没有起到遏制作用。尽管如此，在批评层面，仍有一部分人支持顾炎武的说法，认为私人不当为人作传。除《传记》点到名的陈焯外，刘大櫆《郑之文传》云："余谓传者，史官之职业，余不可以侵其官。"[②] 龚

[①] （清）钱谦益著，（清）钱曾笺注，钱仲联标校：《牧斋初学集》卷70《程尚书传》，下册，第1584页。

[②] （清）刘大櫆著，吴孟复标点：《刘大櫆集》卷5，上海古籍出版社2008年版，第164页。

景瀚《郭孺人家传》亦云："余非史官，例不宜传人。"① 盛大士《黄伯玑传》："夫非史官而作传，非法也；为异姓作家传，非礼也。"② 吊诡的是，这些议论都是在他们作传之后发出的，充分体现了其私传创作和理论之间的尴尬。也许是为了避免类似的窘境，另有论者选择部分修正顾炎武的主张，以适应文章写作的实际需要。这方面比较有代表性的论点，是"私人不为国史人物立传"。

方苞《答乔介夫》云："家传非古也，必厄穷隐约，国史所不列，文章之士乃私录而传之。"③ 这里的"厄穷隐约"看似与顾炎武的"微者"有直接的承继关系，实则存在重大区别。首先，二者的问题导向根本不同。顾炎武的"微者而为之传"是和"仅采其一事而谓之传""戏耳而谓之传"等"稗官之属"并列的概念，所重在写作性质；而方苞的"厄穷隐约"则是一个与"国史所列"相对而言的概念，所重在传主身份。在顾炎武看来，韩、柳为王承福等人所立之传近乎小说家言，正可作为古人不作私传的根据；而在方苞看来，为"厄穷隐约"者所立之传乃是私传正宗，双方持论不啻水火。其次，就二者内涵而言，"微者"与"厄穷隐约"所指代的人群也不一致。顾炎武所说"微者"，乃姓名或出假托，行迹难以征实的引车卖浆者流；而方苞的"厄穷隐约"则是"国史所列"之外人物的泛称。有唐确立国史制度以降，历代对什么样的人物能进入国史都有基本的条件限制，即使在作为社会精英的官僚阶层，能为国史所关注者也是极少数。换句话说，方苞所谓的"厄穷隐约"其实涵盖了相当广阔的社会群体，并非仅指声名不彰的穷困之人。从"微者"到"厄穷隐约"，措辞相近，实际内涵却有天壤

---

① 龚景瀚：《澹静斋文钞》卷4，载《清代诗文集汇编》编纂委员会编《清代诗文集汇编》，第417册，第536页。

② 盛大士：《蕴愫阁文集》卷4《黄伯玑传》，载《清代诗文集汇编》编纂委员会编《清代诗文集汇编》，第501册，第288页。

③ （清）方苞著，刘季高校点：《方苞集》卷6《答乔介夫》，上海古籍出版社2009年版，第138页。

之别。由是，通过此类修辞上的微妙调整，方苞将顾炎武"古人不为人立传"的主张改头换面，进而提出"私人不为国史人物立传"的新观点。

方苞的新见很快得到部分士人的响应。胡虔《柿叶轩笔记》谓："古文章作家法，不得为达官立传，惧侵史官权也。间有为者，类皆畸行异节、山林枯槁及女妇圬者之流而已。"① 王芑孙《故知县朱君继妻蔡孺人家传》有："余惟私传之作，将以补史臣之阙。盖谓奇节伟行，有宜书而不及见书者则传之。"② 在其中，姚鼐的发言因为另辟蹊径，最能对前辈观点有所补充。《古文辞类纂·序目》谓：

> 刘先生云："古之达官名人传者，史官职之。文士作传，凡为圬者、种树之流而已，其人既稍显，即不当为之传；为之行状，上史氏而已。"余谓先生之言是也。虽然，古之国史立传，不甚拘品位，所纪事犹详。又实录书人臣卒，必撮序其平生贤否。今实录不纪臣下之事，史馆凡仕非赐谥及死事者，不得为传。乾隆四十年，定一品官乃赐谥。然则史之传者，亦无几矣。余录古传状之文，并纪兹义，使后之文士得择之。③

引文所述刘大櫆的言论不能在今存刘集中找到，但姚鼐"余谓先生之言是也"的表白至少能让我们了解其本人立场。姚鼐延续了方苞关于史传、私传之别的看法，但与后者不同的是，他注意到了"非达官名人"与"圬者、种树之流"二者内涵的区别。因此他以"虽

---

① 胡虔：《柿叶轩笔记》，《续修四库全书》编委会编：《续修四库全书》，第1158册，第40页。

② 王芑孙：《故知县朱君继妻蔡孺人家传》，载王芑孙《惕甫未定稿》卷9，《清代诗文集汇编》编纂委员会编：《清代诗文集汇编》，第442册，第397页。

③ （清）姚鼐著，黄鸣标点：《古文辞类纂》卷首《序目》，中华书局2022年版，第14页。

然"转折，试图从制度沿革角度确认私传的边界。姚鼐认为，古国史立传不甚拘泥品级，实录也承担了部分为人立传的功能，因此史官所传人物不仅数量多，且涵盖面广。但到了清代，一则实录不再传人；二则国史的遴选标准趋于严格，能被史官记录的人物已"无几矣"。姚鼐有关古今官史立传制度对比的潜台词在于，既然史传传主的范围在当代已较之前狭窄，那么相对地，私传传主的范围也应超越古代"圬者、种树之流"的局限，涵盖更为广阔的社会阶层。更进一步，在《方恪敏公家传》中姚鼐甚至说："唐时凡入史馆者，必令作名臣传一，所以觇史才。今史馆大臣传，率抄录上谕吏牍，谓以避党仇毁誉之嫌，而名臣行迹，遂于传中不可得见。然则私传安可废乎？"[1] 同样是拿古今官史立传制度作对比，这里已经质疑史官作传的权威性和专业性，提倡私人要为国史所列人物立传的倾向了。不过，从《古文辞类纂》的选文及其本人创作来看，这样的议论更像是具体情境下的有为而发。从总体上判断，姚鼐仍属"不为国史人物立传"的支持者[2]。

与"古人不为人立传"相较，"私人不为国史人物立传"不仅一反前者抵制应酬之传的初衷，且更加直白地表达了对王朝威权的恐惧。早在顾炎武高倡"古人不为人立传"之初，王猷定就曾去信提醒："史有时不在朝而在野，兰台不能守经，草莽自当达变。不然，天下之忠魂贞魄，幽蔽泉壤，而姓名不著于后世，于后死奚赖焉。"[3] 私人不侵史职，表面上看只是一个私人和史官的职业区分问题。但同为遗民的王猷定敏锐地意识到，既言史官，必定牵涉对史

---

[1]（清）姚鼐著，刘季高标校：《惜抱轩诗文集》卷5《方恪敏公家传》，上海古籍出版社1992年版，第312页。

[2] 姚鼐《古文辞类纂》"传状类"于唐宋以下只录归有光、方苞、刘大櫆三家文，其中以"传"命名者，传主均为社会底层人物，即所谓"微者"。姚鼐所作私传，亦只有《礼恭亲王家传》《方恪敏公家传》两篇的传主是当时显赫人物。

[3] 王猷定：《四照堂集》卷1《与顾亭林书》，载《清代诗文集汇编》编纂委员会编《清代诗文集汇编》，第12册，第5页。

官资格的认定。史官之权由谁赋予？是朝廷功令，还是作者的专业素养？若答案为前者，顾炎武的"辨职"之说难免沦为对朝廷权威的片面推崇。顾氏入清后以遗民自居，故其所认为的史官之权未必操于朝廷，即便是，清廷是否具有行使该权力的资格，亦须另当别论。但对顾炎武言论的受众——成长于"自古得天下之正莫如我朝"① 氛围中的清代士人来说，并不存在于清廷外寻求史官合法性的可能。所以顾炎武"辨职"之说中所包含的尊史倾向，在方苞、姚鼐等人那里很自然被具体化为对"国史"的敬畏，并为决心控制历史评判权的清代帝王所接受。《御选唐宋文醇》卷二《圬者王承福传》文后评语："史有二：记事，记言。《左传》记事也，《国语》记言也。韩集私传二，《何蕃传》记事也，《王承福传》记言也。其言有足警鄙夫之事君，明天之不假易，而民生之不可以媮，则不可以无传也。然而国史之所不得载，则义得私立传也。"② 方苞等人的意见最终得到了统治者的肯定。从这个意义上说，"私人不为国史人物立传"不仅是对中晚明"私人作传"新变所做的理论追认；亦是唐代官史定于一尊之后，朝野双方有关名公巨卿作传之权归属问题的最终"合谋"。

当然，"私人不为国史人物立传"毕竟是对"古人不为人立传"的修正，在坚持史官拥有作传优先权这一点上，它没有越出雷池一步。甚至在"史官"的定义上可能都比后者更加狭隘。说到底，它只是在官史无暇顾及处，为私人作传争取一定的生存空间。按照其思路，一旦官史足以涵盖足够多的社会阶层，私人仍将被剥夺作传

---

① 关于清代前中期士林精神之转变，参见姚念慈《康熙盛世与帝王心术：评"自古得天下之正莫如我朝"》，生活·读书·新知三联书店2015年版；杨念群《何处是"江南"：清朝正统观的确立与士林精神世界的变异》，生活·读书·新知三联书店2010年版；黄进兴：《优入圣域：权力、信仰与正当性》（修订版），中华书局2010年版，第75—106页。

② 清高宗御选，允禄等编：《御选唐宋文醇》卷2，《景印文渊阁四库全书》，第1447册，第152页。

的权力。而事实上，尽管"私人不为国史人物立传"顺应了唐代以降私传创作的基本态势，但溢出其规范的事情也时有发生。抛开易代之后遗民为前朝巨子所作大量私传不论，检钱仪吉所编《碑传集》，仅在为康、雍、乾三朝宰辅所作的五十六篇碑传文中，就有十篇私传。可知即便在"不为国史人物立传"观点得到朝廷支持的时代①，实际的创作状况也是相当复杂。更加激进的士人显然不愿意接受所谓的"辨职"之说，他们致力于为"私人作传"合法性做更为彻底的辩护，而章学诚，就是其中的佼佼者。

第四节 《传记》：为"私人作传"辩护

自顾炎武提出"古人不为人立传"后，相反的意见一直存在，且未因"私人不为国史人物立传"的修正而稍歇。王猷定在第一时间致信顾炎武："古人輶轩所采，每据家乘以为国史。故太史公以司马家传纂入《史记》，范史以邓禹传稿列于《汉书》。"② 邵廷采亦认为："古者太史、輶轩每采家乘、稗官纪载，实裨史宬。《庞娥》《高士》，初非国书也，而皆为传，传可也。"③ 全祖望《答沈东甫征君文体杂问》则通过对私人作传史实的系统整理，最终归纳出"古立传之例"，如谓：

> "史传"之外有"家传"，《隋书·经籍志》中所列六朝人"家传"之目，则"八家"以前多有之，盖或上之史馆，或存

---

① 这也提醒我们，清廷对"私人不为国史人物作传"的接受只代表了某种倾向，并不具备行政文件的强制效力。事实上，清代前中期帝王雅好文治，所编总集多矣，不宜过高估计一部官定总集中的评语的代表性和影响力。
② 王猷定：《四照堂集》卷1《与顾亭林书》，载《清代诗文集汇编》编纂委员会编《清代诗文集汇编》，第12册，第5页。
③ 章大来：《后甲集》卷上《邵念鲁先生传后》，载《清代诗文集汇编》编纂委员会编《清代诗文集汇编》，第220册，第739页。

之家乘者也。又有"特传",盖不出于其家之请而自为之,如欧公之《桑怿》、南丰之《徐复》《洪渥》是也。又有"别传",则或其事为正史所未尽,如《太平御览》所列古人别传之类;或举人一节以见其全鹄,如韩公于何蕃、东坡于陈慥是也。①

释名以彰义,选文以定篇,全祖望的梳理具有明确的辨体意识。在其所列出的六种传体中,上引"家传""特传""别传"都是作者以私人身份创作的、符合史传义例的单行之传,这有力地证明了私传存在的合理性。但王、邵、全等人的辩护毕竟是一种被动的姿态,缺乏论证的系统性、全面性。此时,赞成私人作传的阵营需要一个响亮的声音,来为他们的主张提供有力的理论支撑。正是在这样的大背景下,章学诚的《传记》应运而生。

前文已述,《传记》的写作和章学诚与陈熷在修志方面的分歧有关。陈熷主张私人不作传,不仅对"文征"部分收入私传造成影响,也造成了《检存稿》的尴尬。章学诚是将《检存稿》收入自己的文集中的,如果私人不可作传,他的这一行为就不合法度。而更深层的原因还在于,章学诚所致力的"文史之学"主于统合文史。而"私人不作传"则以"史官"和"私人"的"辨职"之说为基础,严于文史之别。两者观念是冲突的。所以无论是从作为其理论实践的方志编纂出发还是从作为其理论本原的文史之学出发,章学诚都不能接受加在私传之上的种种限制。也正是这种清代学者身上少见的理论自觉和热情,使得《传记》的论辩显得层次丰富而特具力度。

《传记》对私人作传的辩护。首先从对"传记"之名的考镜源流开始:

> 传记之书,其流已久,盖与六艺先后杂出。古人文无定体,

---

① (清)全祖望:《答沈东甫征君文体杂问》,载(清)全祖望撰,朱铸禹汇校集注《全祖望集汇校集注》,上海古籍出版社2000年版,中册,第1766页。

经史亦无分科,《春秋》三家之传,各记所闻,依经起义,虽谓之记可也。经礼二戴之记,各传其说,附经而行,虽谓之传可也。其后支分派别,至于近代,始以录人物者为之传,叙事迹者为之记……后世专门学衰,集体日盛,叙人述事,各有散篇,亦取传记为名,附于古人传记专家之义尔。①

传记一开始是六经的衍生品,且在"传""记"之间,不存在明显的差异。后来经流于史,传才成了"录人物者",而记则成为"叙事迹者",二者分途。至于文集中的私家传记,则更是文集兴起之后史家传记的私人化结果。所谓:"子不专家,而文集有议论,史不专家,而文集有传记。"② 由经学的传记到史著的传记再到私家文集中的传记,章学诚在此很明白地勾勒出了"传记"所具内涵的历史变迁。而一旦经学中的传记和私家传记的血缘关系被确立,经学中的传记的某些原则就可以名正言顺地影响到私家传记的创作了:

> 周末儒者,至于汉初,皆知著述之事,不可自命经纶,蹈于妄作;又自以立说当禀圣经以为宗主,遂以所见所闻各笔于书而为传记。③

从周末到汉初,儒者写作传记的原因,只是因为他们不敢僭经,而非出于职业的考虑。是否为经师并不重要,只要是儒者,都可以为经典作传记。所以:

> 今必以不居史职,不宜为传,试问传记有何分别,不为经

---

① (清)章学诚著,仓修良编注:《文史通义新编新注》,第280页。
② (清)章学诚著,仓修良编注:《文史通义新编新注》,第440页。
③ (清)章学诚著,仓修良编注:《文史通义新编新注》,第280页。

师,又岂宜更为记耶?记无所嫌而传为厉径,则是重史而轻经也。①

此处巧妙地运用了普遍存在于中国士人中的尊经心态。经学中的传记既然根本不存在"非经师不作传"一说,渊源于经之传记的叙人之传又何得被规定为史官专职?所谓"重史轻经",乃是任何一个古代士人都负担不起的大帽子。无论是"不为人立传"的支持者,还是"不为国史人物立传"的支持者,都试图以史官的权威限制私人作传,《传记》择以彼之道,还施彼身,用经学的权威来否认限制的合理性。章学诚在这里展示的不仅是他过人的论辩技巧,还有其对话语权力在"辨职"之说中作用的洞彻幽微。

《传记》为私人立传辩护的第二步,是直接指认"辨职"之说与官方权力的关系:

辨职之言,尤为不明事理。必拘拘于正式列传而始可谓传,则虽身居史职,苟非专撰一史,又岂可别自为私传耶?一似官府文书之须印信然者。②

这里提出了一个有趣的问题:史官可不可以写作私人性质的传?在章学诚看来,如果身为史官就可以写作私传,那史官之职就如胥吏手中的印信,只是某种权力的象征而已。这一论断背后隐含着对另一个问题的认识,即当论者主张作传为史官专职时,他们侧重的,是史官的专业性还是官方性?如果是专业性,这专业性又从何而出?由于宋代以后史官多由古文家担任,两者作传也都以《史记》《汉书》等史籍为揣摩和学习的对象。论证史官的专业性无疑相当困难。力主私人不可作传者也从未就此有过详细的说明。倒是"侵""不

---

① (清)章学诚著,仓修良编注:《文史通义新编新注》,第280—281页。
② (清)章学诚著,仓修良编注:《文史通义新编新注》,第281页。

得"等措辞,透露了他们对官方权力的惕惧。章学诚通过反诘指出了私人不作传的实质——不是文体自身的要求,而是赤裸裸的权力的要求。权力为行动盖章,本是政治生活中人的"常识",可一旦将这一"常识"移置到文学创作中,马上成了对现实的有力反讽。毕竟,古代士人热衷于言说的永远是"道",是"情",而非"权"。

至此,从对"传记"之名的考镜源流,对"辨职"之说与权力关系的指认,再加上第二节列举的对古人写作私传事实的系统梳理,《传记》从三个方面完成了对私人作传的辩护。从篇幅上看,章学诚将主要精力用在了前两方面。这不仅因为史实上的辩护已有王献定、全祖望等人的成说在前。更因为如前所述,当顾炎武郑重提出"古人不为人立传"时,本就侧重于扶植"世道人心"而非史实考订。而它之所以在清代仍得到响应,也主要是因为它反映了其时部分士人的心态。虽然随着相关修正理论的出现,顾炎武抑制请托之传创作的本意是落空了,但其尊史意图却得到延续。"私人作传"问题涉及文史之分,也涉及私人与官方权力的微妙关系。因此,《传记》从经、史、文的关系入手,从"辨职之说"背后的权力作用入手为私传辩护,可谓切中要害。当章学诚抛出"重史轻经""一似官府文书之须印信然者"等说法时,主张"私人不作传"者无疑被置于难堪的境地。"辨职"之说中对史官专业性的强调被解构了,剩下的只是赤裸裸的权力意志。这就是《传记》的出彩之处。章学诚不像王献定、全祖望般多据史实为私传作被动辩护,他致力于从理论上摧毁"私人不作传"的基础。而"辨职"之说一旦被否定,私传的写作空间也就彻底打开。无论是"私人不立传",还是"私人不为达官贵人作传""不为生人立传",这些建立在"辨职"基础上的对私传的限制都无法成立了。也正是在这个意义上,《传记》终结了自顾炎武以来关于"私人作传"问题的讨论。

《传记》的写作缘于章学诚与陈熷在方志理论上的分歧,但从更广阔的视角看,它主要是明清"古人不为人立传"及相关言说背景下的产物，是对私人作传最系统、最全面的辩护。章学诚还身体力行，创作大量私传，并尝试在文集中注入子史的精神，进一步探索文集作为一种后起的私人著作载体的表现力。值得注意的是，在章学诚去世之后的嘉、道年间，直至晚清民国，很少看到关于"私人作传"问题的继续讨论①。从时间上说，在传统文论的范畴，章氏《传记》一文已经标志着"私人作传"之争的终结。其中原因极其复杂，笔者仅在此提出与此论题相关的两点思考。

首先是古代官方权力与文体的关系问题。政治对文学的影响，本来是中国文学批评史上一个老生常谈的话题。具体到文体学研究中，当我们处理如诏、册、表、章、奏疏、弹文等公文的相关问题时，都会把政治纳入考察范围。而"私人作传"一般被认为是一个纯粹的文史分科问题。本章通过对顾炎武、方苞、姚鼐、章学诚等人言论的分析，体现了隐藏在"辨职"等表述背后的朝廷阴影。官方权力对"私人作传"的影响亦可从相关讨论在嘉、道之后的消歇中得到验证。彼时士人对"私人作传"的态度似乎回到了顾炎武之前的状态，他们一方面不会在私传中为自己侵史官之职而辩护；另一方面也不再讨论顾炎武等人所论之得失。换言之，"私人作传"已具有不言自明的合法性。若从时局、官方权力层面看这个问题，则道光年间恰恰是清政府的权威遭遇重大挑战的开始。朝野力量对比发生逆转，为人作传的权利很自然地从朝廷向草野倾斜，官方的认定不再成为史权的唯一来源。到革命成为诸多士人诉求的光绪年间，更是每一位当朝宰相都有人为其写作私传②。当然，官方权力对"私人作传"的影响始终是隐性、潜在的。历朝历代，很少有功令明

---

① 其中恽敬、李元度的讨论较为重要，但他们的观点基本处在章学诚的笼罩之中。
② 缪荃孙编《续碑传集》卷六、卷七所收"光绪朝首辅"五人均有传。其中有四篇可以确定是私传：朱孔彰《左文襄公别传》，传主左宗棠；朱孔彰《李文忠公别传》，传主李鸿章；匡辅之《文文忠公别传》，传主文祥；匡辅之《宝文靖公别传》，传主宝鋆。参见周俊富辑《清代传记丛刊》，明文书局1985年版，第115册，第317—394页。

确干涉私人作传的权利。士人们不作传也好，不为国史人物作传也好，大多是自我选择的结果，主要体现的是官方权力的"毛细管作用"。从这个角度看，对"私人作传"的讨论可以为我们认识古代官方权力与文体之间的关系提供一个较新颖的视角。

其次是古今文体观念的差异问题。"私人作传"是明清时期诸多大学者讨论过的话题，却没有得到现代传记文学研究者的充分关注①。考察其中原因，古今传记观念的不同可能是一个较大的影响因素。中国现代的传记文学理论乃自西方转手而来。1901年，梁启超在《李鸿章传》"序例"中说："此书全仿西人传记之体。"② 这宣告了"中国具有现代意义的传记文的诞生"③。对于西方传记文学和中国传统传记的区别，汪荣祖曾言："西人史传若即若离、和而不合。传可以辅史，而不必即史。传卒能脱颖而出，自辟蹊径，蔚为巨观矣。包斯威尔传乃师约翰逊之生平，巨细靡遗，栩栩如生，煌煌长篇，俨然传记之冠冕也。反观吾华，史汉而后，绝少创新，殊乏长篇巨制，类不过千百字为一传。……虽以纪传为正体，独乏包斯威尔传人之大作，抑传为史体所囿欤？……明人有'传乃史职，身非史官，岂可为人作传'之说，包斯威尔固非史官也，宜乎明人之无包斯威尔也。"④ 西方的传记文学早早与史学分道扬镳，故能发展出独立的文学传统。而中国传记则长期处于官方史学的笼罩之下，饱受诸多制约。两者所关注的问题和写作的方式都有极大差异。拿"私人作传"涉

---

① 朱东润明确指出传叙在唐宋之后的衰颓（参见朱东润著，陈尚君整理《中国传叙文学之变迁》，第144—158页），对本章的写作有指导性的意义。另外在文体学研究方面，吴承学指出史传与文传传主的差异在宋代文章总集中"基本属实"（吴承学：《中国古代文体学研究》，人民出版社2011年版，第323页）。

② 梁启超：《李鸿章传》，百花文艺出版社2000年版，第1页。

③ 夏晓虹：《觉世与传世——梁启超的文学道路》，中华书局2006年版，第130页。

④ [美]汪荣祖：《史传通说——中西史学之比较》，中华书局1989年版，第97—98页。

及的传主问题来说，西方的作者作传时只需考虑如何把传写得精彩而有意义，故其传主多为伟大人物，因为"人物要伟大，作起来才有精彩"①。而如前所述，中国的私传作者所要考虑的问题则复杂得多。所以从西方的传记文学理论出发看中国的私传，就会得出中国"没有崇拜伟大人物的风气"②的错误印象。事实上，西方传记文学理论和中国传统的传、状、墓志理论之间存在着巨大的文化隔阂。一个笼统的"传记文学"概念既无法解释这些文体内部具体的差别，也很容易忽略他们和传统史学，特别是和官方史学的巨大纠葛。

---

① 梁启超撰，汤志钧导读：《中国历史研究法》，第186页。
② 胡适：《胡适文存三集》卷8《南通张季直先生传记序》，载欧阳哲生编《胡适文集》4，第542页。

第 七 章

章学诚与清代"凡为文辞宜略识字"风潮

在清代，韩愈"凡为文辞宜略识字"是一个重要的文论命题。翻检其时文献，可以发现，以乾嘉汉学家为中心，清代文章之士频繁引述"凡为文辞宜略识字"，以示自己对小学的重视。可以说，"凡为文辞宜略识字"的流行是乾嘉汉学对于中国文论的重要贡献。因为在此之前，小学从未在中国的文论中占据如此显赫的地位。作为汉学风潮的亲历者，章学诚在肯定"凡为文辞宜略识字"合理性的同时，通过对其中"略"字内涵的发挥，指出汉学家所要求的"识字"专业程度过高，并不符合韩愈的原意。他还从自己独特的学术史观出发，论证在春秋战国以降学术分流的大背景下，汉学家的主张已不具备现实的可行性。由于观点的通达，章学诚对汉学家再阐释的修正事实上预言了"凡为文辞宜略识字"在晚清民初的命运。晚清民初，各派文士均乐于将"凡为文辞宜略识字"视为文章写作的常识，但其指向，更侧重于要求文章家需具备一定的小学基础，而非强调文章家的小学家化。本章拟对"凡为文辞宜略识字"的提出、流布以及其内涵变异的过程做系统的梳理。从此一案入手，揭橥章学诚与乾嘉汉学之间错综复杂的关系，以及他与对清代文学论争的介入。

第一节　清代之前的"凡为文辞宜略识字"

"凡为文辞宜略识字"语出韩愈《科斗书后记》。文不甚长，今节录其相关者如下，并略为解说：

> 愈叔父当大历世，文辞独行中朝，天下之欲铭述其先人功行取信来世者，咸归韩氏。于时李监阳冰独能篆书，而同姓叔父择木善八分，不问可知其人，不如是者不称三服，故三家传子弟往来。贞元中，愈事董丞相幕府于汴州，识开封令服之者，阳冰子。授予以其家科斗《孝经》，汉卫宏《官书》，两部合一卷，愈宝蓄之而不暇学，后来京师，为四门博士，识归公。归公好古书，能通之。愈曰："书得其依据，不可讲。"因进其所有书属归氏。元和来，愈丞不获让，嗣为铭文，荐道功德，思凡为文辞宜略识字，因从归公乞观二部书。①

朱熹《韩文考异》于"凡为文辞宜略识字"句注："'识'下或有'古'字。"② 联系上文"嗣为铭文，荐道功德"，可知在原始语境中，"凡为文辞宜略识字"的"文辞"专指碑铭之文，而"识字"则特指辨识以"科斗文"为代表的古文奇字，内涵是明确的。古代碑铭的制作，士人参与度较高的主要是撰文、书写、篆额三个环节。这三个环节可由一人完成，但更多的时候则如《科斗书后记》所述，仰赖韩云卿、李阳冰、韩择木等专精一能者的分工协作。而在唐代，无论是书写还是篆额，都习惯于使用区别于当时流行书体

---

① （唐）韩愈著，马其昶校注，马茂元整理：《韩昌黎文集校注》，第105—106页。
② （唐）韩愈著，马其昶校注，马茂元整理：《韩昌黎文集校注》，第106页。以下陈耆卿、孙觌的引文亦可为证。

的古字体，这是《科斗书后记》所记三家往来密切的基础，也是阳冰之子李服之会把科斗文《孝经》、卫宏《官书》送给韩愈的原因①。但在贞元年间，韩愈一无大量写作碑铭文的需要，二乏对古文字的真正兴趣，因此对这部合卷只是"宝蓄之而不暇学"，此后又转借给乐于此道的友人归登。等到元和年间，文名渐著的韩愈开始接受各方的碑铭文请托，出于了解古文奇字的需要，才将其取回研习。因此，"凡为文辞宜略识字"最初只是一个专门针对碑铭写作的论题，作为其关键词的"文辞"和"识字"，内涵都很具体，并非关于一般文章写作的泛泛之谈。

宋代奠定了韩愈一代文宗的崇高地位。在古文运动的推动之下，韩愈文集中的奇辞奥旨不仅为一时士人所习诵，更成为他们述学论文的有力依托。在这样的背景下，"凡为文辞宜略识字"开始受到部分士人的关注，其具体内涵也随之发生了多方面的变异。

宋人一方面扩展了韩愈的思路，正式将"凡为文辞宜略识字"运用到了广义的文学批评中。陈耆卿《代跋钱君韵补》提到："韩退之云：'凡为文辞当多识古字。'夫多识古字，未足为文也，然不识则无以为文。"② 这是把整句话从原来专论碑铭文写作的具体语境中剥离出来，转变为对为文的一般要求；而"略识字"悄悄转换为"多识字"，要求也明显地更高了。又邵博《邵氏闻见后录》有：

---

① 在唐代，碑文的书写字体主要为楷书、八分书两种，前者自属流行字体，后者则与古字体相关。"篆额"，顾名思义，一般以篆书为之，而篆书在唐代，无疑属古字体。因此在碑铭的制作中，韩云卿的角色是撰文者，韩择木的角色是书写者，李阳冰则为篆额者，这是他们被时人称为"三服"的原因。所谓"三服"，《汉书》颜师古注引李斐说云："齐国旧有三服之官，春献冠帻縰，为首服；纨素，为冬服；轻绡，为夏服。凡三。"[（汉）班固：《汉书》卷9，中华书局1962年版，第286页] 强调的是三者分工协作的特性。屠隆《攷槃馀事》有："《茅山元靖先生碑》。一颜鲁公楷书并文。一唐柳投文，张从申书，李阳冰篆额，世号'三绝'。"[（明）屠隆撰，秦跃宇点校：《攷槃馀事》卷1，凤凰出版社2017年版，第19页] 此处"三绝"亦可与"三服"互相发明。

② 陈耆卿：《筼窗集》卷7，《景印文渊阁四库全书》，第1178册，第65页。

"杜子美诗:'将军只数霍嫖姚'对'苑马总归春苜蓿','嫖姚'字如律当读平声。又云'杖黎妨跃马,不是故离群','离'字如律,当读平声。《汉书音义》'嫖姚'字皆读去声,音鳔鹞。《檀弓》'离群索居',《释文》'离'字读去声,力智反,音利。退之云:'凡为文辞宜略识字。'有以也。"① 这是将韩愈之说挪用到诗歌批评领域,着重强调写作者对文字声韵特征的了解。

另一方面,宋人还尝试在小学的视域下定义"凡为文辞宜略识字"。洪迈《容斋四笔》卷十二"小学不讲"谓:"古人八岁入小学,教之六书,《周官》保氏之职,实掌斯事,厥后浸废。萧何著法,太史试学童,讽书九千字,乃得为吏。以六体试之。吏人上书,字或不正,辄有举劾。刘子政父子校中秘书,自《史籀》以下凡十家,序为'小学'……韩子曰:'凡为文辞宜略识字。'又云:'阿买不识字,颇知书八分。'安有不识字而能书? 盖所谓识字者,如上所云也。"② 洪迈罗列了古代统治者、学者重视小学的实例,最后以韩愈的"凡为文辞宜略识字"作结。在解释"识字"的内涵时,他又引证了韩愈《醉赠张秘书》中的"阿买不识字,颇知书八分",借此否认"识字"仅指辨认字形。既然能写隶体但无法通晓字意的阿买已被韩愈明确指认为"不识字",那么所谓的"识字"自然"如上所云",指的是对小学的专门研习。在这里,韩愈作为重视小学的代表为洪迈所提及。而"凡为文辞宜略识字"则被阐释为对小学的提倡。洪迈之外,宋代另一位同样以博闻著称的学者王应麟也在《困学纪闻》中对"凡为文辞宜略识字"作了相似的阐释③。

宋人既在"为文"层面扩展了"凡为文辞宜略识字"的适用

---

① 邵博撰:《邵氏闻见后录》,上海师范大学古籍整理研究所编:《全宋笔记·第四编·六》,大象出版社 2008 年版,第 130 页。
② (宋)洪迈著,穆公校点:《容斋随笔》,上海古籍出版社 2015 年版,第 425 页。
③ (宋)王应麟著,(清)阎若璩等注,栾保群、田松青校点:《困学纪闻》,上海古籍出版社 2015 年版,第 281—282 页。

范围,又对"识字"做了必要的概念厘清。这两方面的努力,为之后清代考据学家以研习小学来定义"识字",进而以"凡为文辞宜略识字"为其文学主张张本做了基本的理论准备。但仅就宋代而论,"凡为文辞宜略识字"内涵的变异大体呈现各自为战的局面,邵博、陈耆卿所理解的"识字"固与韩愈有异,但他们都不曾尝试在理论上明确"识字"的内涵。洪迈、王应麟以研习小学定义"识字",但他们有意无意间,忽略了韩愈此语本为"为文"而发的原始语境。那些看似能将这两方面的论述有机结合,从而把"凡为文辞宜略识字"的阐释上升到小学与文学关系层面的论述,也存在似是而非之处,典型如孙觌《切韵类例序》:

> 余少时读司马相如《上林赋》,间遇古字,读之不通,始得颜师古音义,从老先生问焉。累数十口而后能一赋……流传数百岁后,班孟坚删取其要,颜师古为之训解,学者读之,往往不通,此六书韵学之废,而士大夫不识古字之过也。韩吏部云:"凡为文辞宜略识字。"而世溺于所习,履常蹈故,读书缀文,趣了目前,不求甚解。[1]

此处以司马相如《上林赋》在后世的流传为例,说明"六书韵学"之于文章读写的重要性,如果由此深入,提出明确主张,无疑将在"凡为文辞宜略识字"的阐释史上具有重要意义。但孙觌对"凡为文辞宜略识字"的肯定建立在有限的个案举例之上,缺乏更深层次的学理推演,这多少削弱了其结论的有效性。而对与之密切相关的其他问题,比如怎样"识字",以及"识字"的程度等,孙觌也未给出建设性意见。与后来的清代诸儒相比,其论述的粗糙是显而易见的。说到底,宋人对"凡为文辞宜略识字"的关注

---

[1] 孙觌:《鸿庆居士集》卷30,《景印文渊阁四库全书》,第1135册,第300—301页。

是有限的，在当时，文学批评者更热衷于讨论的问题是"文"与"道"，是诗法与文法，而非小学。这就决定了他们对"凡为文辞宜略识字"内涵的发掘是分散而随意的，并未形成一套有共识、有体系的说法。元明时期，在普遍不重视小学研习的风气之下，士人更少道及"凡为文辞宜略识字"。吴澄、袁桷等人虽有征引，也只是重复了宋人的言论，没有更进一步的思考①。只有到了清代，当汉学思潮席卷学界之时，"凡为文辞宜略识字"才真正得到知识界的广泛关注，并最终成为一个具有相当影响力的文学命题。

第二节 汉学家的再解读

清代汉学与宋代学术实有千丝万缕的关联。就某种角度而言，它其实是清人在清算明人学术的思想指导下，通过发展宋人学术中为明代学术话语所遮蔽的某些面相而最终形成的一套学术体系。章学诚《朱陆》篇有云："朱子求一贯于多学而识，寓约礼于博文，其事繁而密，其功实而难，虽朱子之所求，未敢必谓无失也。然沿其学者，一传而为勉斋、九峰，再传而为西山、鹤山、东发、厚斋，三传而为仁山、白云，四传而为潜溪、义乌，五传而为宁人、百诗；则皆服古通经，学求其实，而非专己守残，空言性命之流也。……生乎今世，因闻宁人、百诗之风，上溯古今作述，有以心知其意，此则通经服古之绪又嗣其音矣。"②

---

① 吴澄：《吴文正集》卷31《赠郑子才序》："古之治经者先小学，唐昌黎韩子亦言：'为文宜略识字。'盖不通字义，则训诂失真，用字失当，此治经为文者之所以尚字学也。"（《景印文渊阁四库全书》，第1197册，第334页）袁桷：《清容居士集》卷22《陈元吉吉韵海序》："小学废已久，言六书皆本于许慎。或者谓扬雄《太玄》奇字与许氏不合，皆其私臆，殊不知屈氏而下，若司马诸赋，其不易解辨，岂亦其所自制？故昌黎韩子谓：'凡为文宜略识字。'则世所为许学者，苟趋省易，实秦相斯之学也。"（《景印文渊阁四库全书》，第1203册，第300页）

② （清）章学诚著，仓修良编注：《文史通义新编新注》，第128页。

把朱子学的特点归结为"求一贯于多学而识，寓约礼于博文"，在此前提下，作为汉学先驱的顾炎武、阎若璩对多学、博文的追求，恰落在朱子之学的范围内，而奉二人为宗师的乾嘉汉学，也自应置于朱子之学的延长线上。章学诚对汉学与朱子之学关系的论证也许不够全面，却颇具洞见①。宋人在清代汉学著述中的形象的确是复杂甚至矛盾的：他们被指认为空谈性理之风的开启者，又同时是实事求是之学的引路人。在"凡为文辞宜略识字"的阐释上，汉学普遍承袭备受其推崇的《容斋随笔》《困学纪闻》②的观点，将"识字"理解为研习小学。如孔广森《与裴编修谦论篆第一书》云：

> 昌黎所言"为文宜略识字"，固非识其点画，学其偏旁而已，必将探六义之根源，审八体之因造。③

明确否定"识字"仅指"识其点画"，转而提倡具有穷根究底意味的"探六义之根源，审八体之因造"，这是洪迈、王应麟思路的延续，亦是汉学立场的必然要求。在汉学家心中，"经之义存乎训，

---

① 胡适在《戴东原的哲学》中有言："自顾炎武以下，凡是第一流的人才，都趋向做学问的一条路上去了；哲学的门庭大有冷落的景况。接近朱熹一脉的学者，如顾炎武，如阎若璩，都成了考证学的开山祖师。接近王守仁一派的，如黄宗羲自命为刘宗周的传人，如毛奇龄自命为得王学别传，也都专注在史学与经学上去了。"（欧阳哲生编：《胡适文集》7，第217页）与章学诚所论可谓一枚硬币的两面。钱穆《中国近三百年学术史》则直接沿袭章学诚的思路，在"朱陆"之争的视域内考察清代前期汉学家在考证训诂背后的义理诉求，其中偏向"程朱"者为顾炎武、阎若璩，偏向"陆王"者则为黄宗羲、毛奇龄。

② 凌廷堪《校礼堂文集》卷27《权经斋札记序》："自宋以来，为考核之学者所著书，以洪野处《容斋笔记》，王深宁《困学纪闻》为最。"［（清）凌廷堪撰，纪健生校点：《凌廷堪全集》，黄山书社2009年版，第3册，第249页］

③ 孔广森：《骈俪文》卷1，《续修四库全书》编委会编：《续修四库全书》，第1476册，第375页。

识字审音，乃知其义"①，治经须"由字以通其词，由词以通其道"②，从小学入手，方是正途。在这种情况下，已经被宋人赋予了研习小学的内涵的"凡为文辞宜略识字"自然成为支持其观点的重要依据。而与洪迈、王应麟等人不同的是，在借"凡为文辞宜略识字"为其推崇小学造势的同时，汉学家们始终没有忽视韩愈此言本为"为文"而发的原始语境。相反，通过对"识字"与"为文"关系的指认，他们把对小学的重视贯彻到文学批评中，从而使"凡为文辞宜略识字"成为一个标识性的文学口号，对有清一代文坛产生了重要影响。

在清代初期，汉学家对"凡为文辞宜略识字"中的"为文"与"识字"关系的解释尚延续宋人的思路。阎若璩《四书释地》"见音现"条有：

> 韩昌黎曰："凡为文辞宜略识字。"若作时文者何须识字，但取热闹以悦观者之目，斯足矣。③

陈祖范《字辨序》亦云：

> 杜子美云："读书难字过。"韩退之云："士大夫宜略识字。"苏子瞻暇则勤看字书。古贤达且犹若兹，况吾党哉？假令日识十字，一岁可遍识眼前习用字，非甚难事也，患不为耳。夫帖括之文，语助相缀，词章之学，粉饰为工，小学之不讲，其于哗世取宠无害也。然欲求进乎古之立言者根柢坚深、尔雅

---

① （清）惠栋：《松崖文钞》卷1《九经古义述首》，载（清）惠周惕等著，漆永祥点校《东吴三惠诗文集》，台北"中央研究院"中国文哲研究所2006年版，第300页。
② （清）戴震著，杨应芹编：《东原文集》（增编），第240页。
③ 阎若璩：《四书释地又续》卷下，《景印文渊阁四库全书》，第210册，第429页。

茂密之学，必于是乎始矣。①

两家都强调识字之于著述的重要性，并对康雍年间时文、古文领域中普遍存在的忽略小学的现象深致不满。而从论述策略上看，两家均认为识字可以避免创作上的用字、用韵之误，所以应重视小学。说法可谓直截，然失之粗率。因为类似"遍识眼前习用字"这样的表述，实在难以让人将其与汉学的专门之学联系起来。正如《四库全书总目》"小学类序"所揭示的，清代汉学家眼中的小学，实谨守班固《汉志》之例，只包括了"韵书""字书""训诂"三个分支，属经部。而传统上被认为与诗文写作关系极大的，如《佩文韵府》《声律发蒙》等"属隶故事、以便记诵者"②之作，则被划归为"类书"，属于子部。换句话说，研习小学意义上的"识字"，与清代之前一般文学创作所认为的"识字"，实为两个同中有异的概念。对汉学家来说，如果只在传统文学创作的领域内谈论"凡为文辞宜略识字"，不免有混淆概念之嫌，在一定程度上也削弱了这一口号的冲击力。而如果想要凸显"识字"的小学内涵，则须正视作为专家之学的"识字"与日常文学创作需要的"识字"间的差异，重新论证"识字"与"为文"的关系。这一富于挑战性的课题，在汉学鼎盛的乾嘉年间得到了有效的处理。

乾嘉时期，倡导"凡为文辞宜略识字"说最力，对"识字"与"为文"关系论证最为明晰的，应属多年典学在外的汉学护法朱筠。其《劝学编序》谓：

> 唐韩愈氏曰："士不通经，果不足用。"又曰："为文须略识字。"今汉儒之书颁在学官者，则有毛苌氏、何休氏、赵岐

---

① 陈祖范：《陈司业文集》卷2，载《清代诗文集汇编》编纂委员会编《清代诗文集汇编》，第236册，第629—630页。

② 《四库全书总目》卷40，第338页。

氏、郑康成氏，其书见传于世者，则有许慎氏。诸生不读许氏书，无以识字，不读毛、何、赵、郑氏书，无以通经。诸生应使者试为文，不如此，其求合于诏令清真雅正之指者盖难矣。夫清真者非空疏之谓，雅正者非庸肤之谓，诸生将求免于空疏庸肤以仰符诏旨，其必不能外乎识字以通经矣。①

朱筠将韩愈所言"为文须略识字"与"士不通经，果不足用"作为立论的纲领性语句置于文段开头。以下论述，基本围绕这两句话中"识字""通经""为文"三个关键词渐次展开。首先，"识字"是"通经"的基础，"识字以通经"，这是考据学一贯主张的重申。然后，"识字"又和"通经"一起构成了"为文"的必要前提。朱筠从汉学家专重"汉儒之书"的立场出发，主张广泛阅读汉代经注以通经，专门阅读许慎《说文解字》以识字。在这个基础之上，才有可能写出好的文章。由于乾嘉汉学所景慕的经学主要是古文经学，而《说文解字》恰恰保留了大量两汉时期古文经学的观点、成果，这就使它超越了其他小学著作，而成为清代小学第一大书，王鸣盛甚至宣称："读遍天下书，不读《说文》，犹不读也。但能通《说文》，余书皆未读，不可谓非通儒也。"② 所以朱筠虽仅以《说文解字》为例，实际显示的，却是对整个小学的重视。朱筠更进一步指出，以上"识字以通经"的做法正是使诸生应试文"合于诏令清真雅正之指"的不二法门。因"清真者非空疏之谓，雅正者非庸肤之谓"，只有提倡"识字""通经"，作者才有可能达到"清真雅正"的境界。"清真雅正"乃清代中期雍正、乾隆等帝王对于文风的共同要求，"通经服古"亦是其时表达尊经意图时的习用之语。朱筠通过在"识字—通经—为文"的阐释框架中引入这些语录，使

---

① 朱筠：《笥河文集》卷5，载《清代诗文集汇编》编纂委员会编《清代诗文集汇编》，第366册，第482页。
② 陈鸿森辑：《王鸣盛西庄遗文辑存》卷上《说文解字正义序》，载陈文和主编《嘉定王鸣盛全集》，中华书局2010年版，第11册，第430页。

自己的文学主张与当朝功令紧密结合起来,充分体现了这篇文章的官方色彩。在《劝学编序》中,"凡为文辞宜略识字"说并非汉学家对文章写作的门户之见,而是贯彻、落实朝廷正统文化政策的必然要求。朱筠亦以更具体、有效的行动,宣扬自己的主张,乾隆三十六年(1771),他提督安徽学政,即有重刻《说文解字》之举,其叙云:

> 大清乾隆三十有六年冬十一月,筠奉使者关防,来安徽视学。明年,按试诸府州属,辄举五经本文,与诸生月日提示讲习。病今学者无师法,不明文字本所由生,其狃见尤甚者,至于"謟""谄"不分,"锻""锻"不辨,"据"旁著"处","适"内加"商",点画淆乱,音训泯棼,是则何以通先圣之经,而能言其义邪?既试岁且一周,又明年春,用先举许君《说文解字》旧本重刻周布,俾诸生人人讽之,庶知为文自识字始。①

朱筠对当日生员小学基础之薄弱深感痛心,遂立意以《说文解字》的讲习转移学风,推广"为文自识字始"的理念。而在同时期的汉学家中,以"凡为文辞宜略识字"为论文口号,并使用"识字—通经—为文"模式为之解说者在在皆是。王鸣盛《问字堂集序》即言:"夫学必以通经为要,通经必以识字为基。自故明士不通经,读书皆乱读,学术之败坏极矣,又何文之足言哉……韩昌黎文起八代之衰,其名'愈',说文无此字,新附亦无。然其言曰:'凡为文章宜略识字',又曰:'羲之俗书趁姿媚',是亦深有意乎识字者。"②在"识字""通经""为文"三者关系的认识上与朱筠同调。洪亮吉

---

① 朱筠:《笥河文集》卷5,载《清代诗文集汇编》编纂委员会编《清代诗文集汇编》,第366册,第476页。
② 陈鸿森辑:《王鸣盛西庄遗文辑存》卷上,载陈文和主编《嘉定王鸣盛全集》,第11册,第452页。

《北江诗话》则有："诗人之工，未有不自识字读书始者……以韩文公之俯视一切，而必谆谆曰：'凡为文辞宜略识字。'杜工部诗家宗匠也，亦曰：'读书难字过。'可知读书又必自识字始矣。"① 虽以"读书"易"通经"，实际上仍是以广义的学术作为中介，为"识字"与"为诗"搭桥。

上述朱筠、王鸣盛、洪亮吉等人在"凡为文辞宜略识字"阐释策略上的相似性表明，乾嘉时期的部分汉学家已就如何弥缝经学话语与文学话语的罅隙达成了共识。在此前的文论语境中，重视小学的声音确显微弱，主张写诗作文应该以学问为根基者却代不乏人。而经学，正是中国传统学问的核心所在。所以，只需严守汉学的基本立场，着力申明"识字"乃"通经"之根本，借由"通经"与"为文"的关系，"凡为文辞宜略识字"将很容易渗入"夫文章者，原出五经"②"文之致极于经"③ 等经典文论命题当中，催动其内涵的变异。就像王昶所指出的："文以载道，而道备于经。"④"识字所以读经。"⑤ 既然"文本于经"是古代中国最为根本的文学观念之一，而读经又必须仰仗小学，那么，"凡为文辞宜略识字"的合法性就是不言自明的事情了。可以说，正是"识字—通经—为文"这一阐释方式的确立，最终使得考据学家的"凡为文辞宜略识字"成为一个立场鲜明、逻辑自洽的文学口号。

总结起来，乾嘉汉学家对"凡为文辞宜略识字"的阐释与前人相比有两点显著的差异。首先，他们在将"凡为文辞宜略识字"确立为自身文学口号的过程中始终保持着充分的理论自觉。在汉

---

① 洪亮吉：《北江诗话》卷3，载（清）洪亮吉撰，刘德权点校《洪亮吉集》，中华书局2001年版，第5册，第2271页。

② 王利器撰：《颜氏家训集解》（增补本），中华书局1993年版，第237页。

③ （明）焦竑撰，李剑雄整理：《澹园集·澹园续集》卷1《刻两苏经解序》，中华书局1999年版，第750页。

④ （清）王昶著，陈明洁等点校：《春融堂集》卷36《壬子顺天乡试录后序》，上海文化出版社2013年版，第676页。

⑤ （清）王昶著，陈明洁等点校：《春融堂集》卷32《答许积卿书》，第622页。

学的语境里,"识字"的意思就是专门的小学研习。所谓:"读书必本识字。六书明,然后六经如指诸掌矣。"① 以这一共识为前提,汉学家尝试建立起"识字"与"为文"之间的联系,并最终采用了"识字—通经—为文"这一论述策略。其次,汉学家对"凡为文辞宜略识字"的提倡是一种群体行为,具有显著的"规模效应"。除本节的直接引用,翁方纲诗"识字与为文,万古水赴壑"②,周寿昌诗"作文谓宜略识字,六书五音祛淆讹"③,也属对韩愈名言的化用。可以说,"凡为文辞宜略识字"已近于汉学中人的"口头禅"。这两点,前者见其探讨之深入,后者见其范围之广大。它们都有效地增强了"凡为文辞宜略识字"作为一个文学主张的影响力。

在不遗余力地鼓吹"凡为文辞宜略识字"的同时,汉学家也不忘在创作中实践其主张。一方面,他们多以古文奇字作文。王宗炎《晚闻居士集》、王念孙《王光禄遗文集》中,大规模地出现以复杂的异体字形代替常见字形的情况。另一方面,他们写作了大量考证字词的文章,并收入个人文集当中。翻检其时汉学家的文集,可以发现"训诂之文"不仅数量众多,创作范式也已相当成熟,隐然与叙事之文、议论之文呈三足鼎立之势④。由于汉学中坚纪昀、朱筠、钱大昕等人长期执掌文衡,应试士子为了投其所好,往往"摭拾《竹书》《路史》等文字,自炫新奇"⑤,或"以《说文》内不经见

---

① 岑振祖:《延绿斋诗存》卷7《考古台》,载《清代诗文集汇编》编纂委员会编《清代诗文集汇编》,第439册,第327页。

② 翁方纲:《复初斋集外诗》卷9,载《清代诗文集汇编》编纂委员会编《清代诗文集汇编》,第382册,第448页。

③ 周寿昌:《思益堂集》卷6《敬书先光禄公字册后并忆先五叔父中宪公》,《续修四库全书》编委会编:《续修四库全书》,第1540册,第635页。

④ 参见林锋《作为文集一体的考据之文》,《华南师范大学学报》(社会科学版)2020年第3期,第171—181页。

⑤ 《清实录·仁宗睿皇帝实录》卷68,中华书局2008年版,第28册,第903页。

之字，钞写一二"①，这与陈祖范所言康雍时代士子不重识字的风气相比，已不啻为霄壤之别。如果说上述例子还仅涉及用字的生僻怪异，那么文章内容的变化，更昭示了汉学风气浸润之深。纪昀《丙辰会试录序》云："至经义之中，又分二派。为汉儒之学者沿溯六书，考求训诂，使古义复明于后世，是一家也。为宋儒之学者，辨别精微，折衷同异，使六经微旨不淆乱于群言，是又一家也。"② 经义文自其诞生之日起即以推阐义理为主，但到此时，文字训诂已能与其分庭抗礼，成为士子最热衷的写作题材之一，足见"凡为文辞宜略识字"说影响之深，牵涉之广。

第三节　章学诚对汉学家的修正

汉学家通过对"凡为文辞宜略识字"的宣扬，有意识地拔高了小学在文章写作中的地位。这一动向引起诸多汉学阵营外学人的关注，章学诚亦不例外。

作为历史的亲历者和观察者，章学诚与乾嘉汉学之间的关系本就微妙。一方面，他相当有力地批评了汉学中的某些过分倾向，其所标举的"文史之学"，更直接对立于汉学的"训诂之学"而存在。自钱穆在《中国近三百年学术史》中将章学诚与戴震并举，着重发掘其汉学批判者的面向后，章学诚即作为乾嘉汉学的对立面，而为现代学术研究者所重视。但另一方面，章学诚浸淫于汉学风潮造成的重视学问的氛围之下。他用来对抗汉学的"文史之学"，同样注重学问，而没有走向专重玄想一路。胡适在《戴东原的哲学》与《章实斋先生年谱》中，着力表彰戴震、章学诚学术

---

① 参见（清）梁章钜著，陈居渊校点《制义丛话　试律丛话》，上海书店出版社2001年版，第31页。

② （清）纪昀著，孙致中等校点：《纪晓岚文集》，第1册，第149页。

的"科学性",已揭示出二人的相通之处。落实到人际交往中,章学诚与汉学家的关系同样微妙。他确因学术的不合时流而为"通人所弃置而弗道"①,但寻绎其一生交游,又不难发现,汉学家已然是与章学诚关系最密切的士人群体。给予章学诚学术重要帮助的朱筠、毕沅、阮元、谢启昆幕府,正是其时知名的汉学幕府。而邵晋涵、洪亮吉、孙星衍等汉学中人,亦是章学诚切磋学问的益友。可以认为,章学诚其实是在汉学家的圈子内进行自己的独立思考的。

而在其中,与朱筠的关系又尤其影响深远。章学诚于乾隆三十年(1765)投入朱筠门下,跟随他学习古文写作。此后,通过朱筠引介,章学诚得以进入学术圈的核心,与并世第一流学者往来。这无疑对他学问与文章的养成都有巨大的帮助。因此终其一生,章学诚都对自己的这位老师感念备至。而有趣的是,朱筠在安徽学政任上倡导"凡为文辞宜略识字"时,章学诚正在其幕府当中,因此,他不可能不知道朱筠的观念和举措。而他对这汉学家从小学角度推广"凡为文辞宜略识字"的回应,恰典型地呈现在与朱筠有关的《朱先生墓志书后》一文中:

> 今之攻小学者,以为六书不明,则言语尚不可通,况乎义理。然韩子曰:"凡为文辞宜略识字。"略识云者,未如今之辗转攻取,毕生莫能殚也。以其毕生莫殚,故终其身而无可属辞之日,然不应妨他人之属辞也。韩子立言,如"五原"《禹问》诸篇,昔人谓与孟扬相表里者,其中仁义道德诸名,修齐治平诸目,不知于六书音画,有何隐奥未宣究也。②

这篇《朱先生墓志书后》的写作有特殊的背景,即章学诚在《郑

---

① (清)章学诚著,仓修良编注:《文史通义新编新注》,第817页。
② (清)章学诚著,仓修良编注:《文史通义新编新注》,第577页。

学斋记书后》批评清代汉学家墨守郑玄、许慎等汉儒师说。有人于是牵扯到《朱先生墓志铭》中他对朱筠"至于文字训诂，象数名物，经传义旨，并主汉人之学，以谓与作聪明，宁为墨守"① 的评价，认为若照《郑学斋记书后》的观点，章学诚说朱筠"主汉人之学""宁为墨守"，实为贬低之论，有不满老师的嫌疑。章学诚当然不会接受这样的指责，遂撰《朱先生墓志书后》进行反驳。其核心论点是，朱筠乃古文家，他重视小学训诂，是"为文章家言"②，理应与专门治经者采取不同的评价标准。治经墨守是不对的，但为文取汉学家言，用以"疏证立言宗旨"③ 则没有问题。而他对当时已成流行语的"凡为文辞宜略识字"的再解读，则作为治经与为文有别的又一例证。

　　章学诚的论证紧紧扣住一个"略"字。针对汉学中人主导的不习小学便无法著书立说的言论，章学诚指出，韩愈所说，乃"凡为文辞宜略识字"，"略"，就是大概、大体的意思，而非像后世汉学家那样，穷尽毕生精力去作专门、精深的攻求研习。韩愈本人的传世之作，如《原道》《原性》《原毁》《原人》《原鬼》《对禹问》等篇，并不以对古文奇字的使用著称，相反，其中所论仁义道德、修齐治平等内容，都与小学关系不大。不难发现，章学诚对"识字""为文"的理解与汉学家其实大体相同。但他把自宋代以来就被无数阐释者轻轻放过的"略"字拈出，从而使这句话的语义发生倒转。这正切中汉学家理论的偏狭之处。如前所述，韩愈《科斗书后记》原仅限于讨论碑铭写作中的古字识别问题。以"文辞"为一切文章，以"识字"为覃研小学，是从宋代开始的；将两者有机地整合起来，更是清代汉学家的有意为之。章学诚深得可谓入室操戈之妙。汉学家希望通过对"凡为文辞宜略识字"的再阐释，借助韩愈的文宗地

---

① （清）章学诚：《章氏遗书》卷16，第34页b。
② （清）章学诚著，仓修良编注：《文史通义新编新注》，第577页。
③ （清）章学诚著，仓修良编注：《文史通义新编新注》，第577页。

位，在文章学传统内部推行自己的主张。而章学诚则顺势抓住原文"略"字的语义问题，质疑汉学家立论的有效性。当然，如此处理也并非没有尴尬之处：章学诚显然将朱筠视为与韩愈相似的古文家，而非汉学家。这与同时期及之后士林对朱筠的评价存在差异，也未必符合朱筠本人的自我体认①。朱筠作为主张为文需通小学的关键人物，却被自己的学生用来证明文章写作并不需要专门的小学研习，细究之下，倒有几分历史的反讽意味②。

除了《朱先生墓志书后》，章学诚在其他地方也时常发表对

---

① 江藩《汉学师承记》即以朱筠为汉学中人，收入卷四中。《清史稿》本传称："筠博闻宏览，以经学六书训士。谓经学本于文字训诂，周公作《尔雅》，'释诂'居首；保氏教六书，《说文》仅存，于是叙《说文解字》刊布之，视学所至，尤以人才经术名义为急务，汲引后进，常若不及，因材施教，士多因以得名，时有'朱门弟子'之目。好金石文字，谓可左证经史。诸史百家，皆考订其是非同异。为文以郑孔经义，迁固史书为质，而参以韩苏。诗出入唐宋，不名一家，并为世重。"（赵尔巽等撰：《清史稿》卷485，中华书局1977年版，第13393页）也显然更重视朱筠的汉学成就。

② 章学诚《朱先生五十初度屏风题辞》曾分别从"学术"与"文学"两端评价朱筠："自两汉以还，学者无专门师授，南宋以后，有志之士始得以资之所近，掇拾于残编断简以专其业而名其家者，于今为盛，而攻取既深，闻见为囿，则入主出奴，势不能一，先生兼收并蓄，有以窥乎其大而略其锱铢杪忽之微也。文章自唐宋以来，言八家者多不究其立言之旨，而选青妃紫，饰色作态，又多溺于时文家风，先生独谓有意于文，未有能至焉者，不为难易而惟其是，庶几古人辞达之义矣。"[（清）章学诚：《章氏遗书》卷23，第14页b] 据章学诚回忆，朱筠看到这段评价后"顾而颔之"[（清）章学诚：《章氏遗书》卷16，第33页b]。因此朱筠死后，章学诚在《朱先生墓志铭》中延续了这一做法。但比较微妙的是，文章方面，章学诚在论述朱筠的为文取向后，对老师还有"有宋欧阳氏以来，未有能媲者"的赞誉。于学术则只论其"于学无所不窥，取给为文，咸得大旨""文字训诂，象数名物，经传义旨，并主汉人之学"，此外并无赞誉，且特意强调其"不名流别，听治专家"[（清）章学诚：《章氏遗书》卷16，第34页b]。足见章学诚于朱筠"文章"与"学问"，内心确实是有所轩轾的。而在此后的绝大多数场合里，章学诚都只推崇朱筠的古文成就，视其为自己的古文导师。如《家书三》："吾于古文辞……其讨论修饰，得之于朱先生，则后起之功也，而根柢则处邵氏，亦庭训也。"[（清）章学诚著，仓修良编注：《文史通义新编新注》，第819页]《徐尚之古文跋》："近日辞章盛，而鲜为古文辞者。大兴朱氏，教人古义法，所言在至浅近，而人犹诋不信，盖为者少，知之者愈难也。"[（清）章学诚著，仓修良编注：《文史通义新编新注》，第595页]

"凡为文辞宜略识字"的见解。《报谢文学》有言：

> 古人学问文章出于一，后世多不能兼。《文选》扬、马诸赋，非通尔雅善小学不能为之，后代辞章之家，多疏阔于经训，韩昌黎文起八代之衰，乃云："凡为文辞宜略识字。""略识"云者，不求甚解，仅取供文辞用也。又云："尔雅注虫鱼，定非磊落人。"又苦《仪礼》难读，盖于经学不专家也。然当时如孔、贾、徐、陆诸君，有功诸经文，即不少概见。非古今人不相及，去古久远，音义训故，再失师传，非终身专力于是，不能成家，是以不可兼也。然能文之士，略知大意，而不能致精可矣。必附韩公之意而轻小学，非也。专门之家能抉深微，而不长于文，可矣。必抗大言而讥世人为不识字，亦不可为训也。①

同样抓住"略"，同样以韩愈为例，章学诚着意区分了两种"识字"语境，一种是专门的小学研习，一种是作文所需的小学基础，两者有关联而不同一。表面看起来，章学诚所作乃调停之论，既反对文论中轻视小学作用的观点，也反对夸大小学作用的观点，但考虑到在当时，"附韩公之意轻小学"的"能文之士"几乎不存在②，这段话的指向性就非常明显了。而与《先生墓志书后》相比，《报谢文学》还提供了另一重信息，即章学诚为什么要反对汉学家对于"凡为文辞宜略识字"的再解读。章学诚首先回顾了历史事实，指出在远古时代，学问、文章曾经同出一源，相当多的文章之士拥有出色

---

① （清）章学诚著，仓修良编注：《文史通义新编新注》，第638页。
② 就连袁枚，也只是在与好友洪亮吉的《答洪华峰书》中主张："韩昌黎云：'欲作文必先识字。'所谓识者，正识其宜古宜今之义，非谓捃撦一二，忍富不禁，而亟亟暴章之。"［（清）袁枚著，周本淳标校：《小仓山房诗文集》，第3册，第1567页］所谓宜古宜今，同样不否认对于文字训诂的基本了解。高举"性灵"大旗以反对"考据"如袁枚者尚如此，他人更不论。

的小学造诣。《文选》中扬雄、班固等人的辞赋，非小学专家无以为之。但那毕竟已经成为历史，在韩愈说出"凡为文辞宜略识字"的唐代，文章与学问已有分科的现象。韩愈本人长于文章，而于经学则不专家；孔颖达、贾公彦诸人有功经学，而文名则不如韩愈。这就用历史的眼光，将汉学家的主张定位在了复古的位置上。然后，章学诚进一步认为，这种复古是不现实的。因为"音义训故，再失师传，非终身专力于是，不能成家"，经典写就的年代实在太久远了，音义故训因为师徒授受的断裂已然失传，后世学者需付出一生的精力，才可能成为某门学问的专家。而这同时意味着，他没有办法分心于文章的锤炼。换句话说，由于学术文章的分科趋势，两者兼容变得异常困难。汉学家的提倡，不可行也不必行。

  章学诚对学问与文章不可兼得的论述，突出地反映了他独特的学术史观。《原道》《原学》《易教》等篇章中，章学诚建构了一个"治教无二，官师合一"①的理想社会。在这个社会里，所有学术都起于行政的需要，官员同时承担着教师的职责。这就决定了，没有脱离于行政事务而存在的学问，更没有单纯为辞藻之美而写作的文章。作为后世著述典范的六经，就是此种状态下圣人体"道"的具体记录。但随着周衰文弊，治教、官师分离，原本通过严格的官师授受进行统一传承的各门知识从官府流向了民间。诸家并起，学问、文章脱离行政实践，而呈现出多样的色彩，并最终导致学术的分途。章学诚受其他学者的影响，也以当时最为流行的"义理、考据、辞章"，来区分不同的学术路径。《原道下》："义理不可空言也，博学以实之，文章以达之，三者合于一，庶几哉周、孔之道虽远，不啻累译而通矣。"②《原学下》也有："学博者长于考索，侈其富于山海，岂非道中之实积？而骛于博者，终身敝精劳神以徇之，不思博之何所取也。才雄者健于属文，矜其艳于云霞，岂非道体之发挥？而擅于文者，终身苦心

---

① （清）章学诚著，仓修良编注：《文史通义新编新注》，第100页。
② （清）章学诚著，仓修良编注：《文史通义新编新注》，第105页。

焦思以构之，不思文之何所用也？言义理者似能思矣，而不知义理虚悬而无薄，则义理亦无当于道矣。"① 有时候，他也会对三者作层次的划分，把"考据"和"辞章"视为基础，而将义理视为建立在两者之上的更进一步思考："考订、辞章、义理，虽曰三门，而大要有二：学与文也。理不虚立。则固行乎二者之中矣。"② 章学诚强调，三者间没有优劣之分，有志闻道之士不可偏执一端，应该综合运用它们，以接近周公、孔子思想的本源。而若以此为准，汉学家对"凡为文辞宜略识字"的宣扬，就是"考据"对于"辞章"的侵入。因为表面上看，这种观点代表了一种全面的追求，即为文亦需通小学，但在"义理、考据、辞章"已然分途并且高度专业化的前提之下，其归宿必然是"考据"而非"辞章"成为文章好坏的标准。章学诚感到自己处在一个"考据"占据势的时代，分途而行的"义理、考据、辞章"有归于"考据"一途的风险。汉学家纷言"凡为文辞宜略识字"，不过是此种风气之一端：

> 风会所趋，庸人亦能勉赴；风会所去，豪杰有所不能振也。汉廷重经术，卒史亦能通六书，吏民上书讹误辄举劾。后世文学之士，不习六书之义者多矣（羲之俗书，见讥韩氏。韩氏又云：为文宜略识字）。岂后世文学之士，聪明智力不如汉廷卒史之良哉，风会使然也。……而托一时风会所趋者，诩然自矜其途辙，以谓吾得寸木，实胜彼之岑楼焉。其亦可谓不达而已矣（尊汉学，尚郑、许，今之风尚如此，乃学古非即古学也，居然唾弃一切，若隐有所恃）。③

这里章学诚仍然在自己的立场上理解"凡为文辞宜略识字"。在他看

---

① （清）章学诚著，仓修良编注：《文史通义新编新注》，第112页。
② （清）章学诚著，仓修良编注：《文史通义新编新注》，第714页。
③ （清）章学诚著，仓修良编注：《文史通义新编新注》，第226页。

来，韩愈所言，即为文只需略明小学之意，章学诚在论述中从来不提汉学家对"凡为文辞宜略识字"的再阐释，而所针对者无非汉学家。由于朱筠的关系，章学诚显然难以正面驳斥老师对"凡为文辞宜略识字"的阐释。但他以自出新解的方式，相当执着地为文士不必专研小学辩护。在"考据"强势的环境中，专研小学者卑视普通文士，看不起他们的文学成就，但这不过是风气之中的偏见。有识者则能不为风气所动，坚持肯定三者的独立价值：

> 由风尚之所成言之，则曰考订、词章、义理；由吾人之所具言之，则才、学、识也；由童蒙之初启言之，则记性、作性、悟性也。考订主于学，辞章主于才、义理主于识，人当自辨其所长矣；记性积而成学，作性扩而成才，悟性达而为识。虽童蒙可与入德，又知斯道之不远人矣。夫风气所趋，偏而不备，而天质之良，亦曲而不全，专其一则必缓其二，事相等也；然必欲求天质之良而深戒以趋风气者，固谓良知良能，其道易入，且亦趋风气者未有不相率而入于伪也。其所以入于伪者，毁誉重而名心亟也。①

所谓"义理、考据、辞章"分途，有其历史的因素，亦有其人性的根基，生在此学术分途的时代，正确的做法是"专其一"而"缓其二"，无论取何种道路，都有可能体"道"，因此也就没有理由卑视其他。值得注意的是，章学诚这里说的是"缓其二"，而不是彻底放弃"其二"。讲"考据"者需要注意"辞章"，讲"辞章"者也需要注意"义理""考据"。否则就会陷入盲目自大的境地。所以我们会看到，虽然章学诚不取汉学家对于"凡为文辞宜略识字"的整体看法，但他不反对将"识字"解释为研习小学。相反，在他写给应举学生的《清漳书院留别条训》三十三则中，有四则专门讨论小学

---

① （清）章学诚著，仓修良编注：《文史通义新编新注》，第713页。

的意义及《说文解字》的学习。其中第八则云:

> 诸生无不为文,亦知文之所由来乎?夫集段成篇,集句成段,集字成句,集画成字,然则篇章虽云繁富,未有不始于集画成字者也。诸生轩然而为大篇之文,曾未尝稍究心于字画之间,又何怪篇无善句,句无善字也哉?古人八岁而入小学,教之数与方名,亦书文字,隶于保氏,六艺之教,书有定体,体有定义,推之四方而准,传之先后而通,书之所以同文,道之所以合一也。后世师法失传,文字履变,而经传典训之文,时异势殊,不可强通以时俗言语。于是经师章句,专门训诂,世业名家,相为授受,盖不啻一线之引千钧矣。……韩愈氏曰:"出为文辞,宜略识字。"韩氏亦近世之通儒,不曰"出为文辞,精究六书",而曰"宜略识字",盖自问不能专门名家,则文字训诂,略识大旨,度其不谬古人,足以给己施用,而不敢自为绝学以诏人焉,抑亦可以为学者之取法已。今诸生之业,无论奇文奥旨,未遑期许,即如通俗文字所论"商商""函亟""滔韬""暇锻"之属,犹且混而不分,则字义固未明悉,何由遂通古人文辞乎?今愿诸生即所诵习经书,句析其字,字审其音,音辨其义,而于字通形体相近音韵通转甚微而于训诂意义全别者,分类推求,加意别白。则行文措语,俱有本源,而缮卷结体,亦无讹谬。①

章学诚希望学生们以韩愈"凡为文辞宜略识字"为榜样,虽不能为小学名家,但对文字训诂有基本的认识。这样的观点,可说是"专其一则必缓其二"的具体表达。由于"义理、考据、辞章"分途而

---

① (清)章学诚著,仓修良编注:《文史通义新编新注》,第609—610页。此处"即如通俗文字所论'商商''函亟''滔韬''暇锻'之属……"所举的例子与朱筠的《说文解字序》高度相似,足见朱筠对章学诚的影响。

同归于道，习"辞章"者必须对"考据"有所了解，才能使"辞章"本身更上层楼。而在《定武书院教诸生识字训约》《答大儿贻选问》，也反复论及"识字"之于"为文"的意义，这显示他接受了汉学家再阐释的合理成分。元明以来，传统的时文练习并不重视研讨《说文解字》，将小学提高到通经为文的根本地位，并要求专门研习，乃是清代汉学的主张。章学诚一方面通过强调"略识字"中的"略"字，努力使自己与"今之攻小学者"划清畛域；但另一方面，他的学术观决定了不会为了反对汉学而排斥学问。这就使得他的理念成为考据学家主张的修正，而非完全否定。在清代文论特定的历史视野中，章学诚事实上是以一种独特的方式介入提倡"凡为文辞宜略识字"的浪潮里。

第四节　乾嘉之后的"凡为文辞宜略识字"

乾嘉以下，"凡为文辞宜略识字"逐渐走出汉学家的圈子，得到了来自敌对阵营和普通士人的认同。既出于汉学名家陈寿祺门下，又受桐城派姚莹赏识的张际亮感慨："凡为文章宜识字，昌黎此语岂我欺。"[1] 晚清桐城派巨子吴汝纶《高田忠周古籀篇序》谓："韩退之有言：'凡为文章宜略识字。'世有治文术者，得高田君之书而研习之，庶几其有益于多识也乎？"[2] 吴敏树《罗念生古文序》则以自己"尝喜学为文，而未能识字"[3] 为憾，希望向罗汝怀讨教训诂声音方面的知识。类似的言论，在其桐城前辈方苞、刘大櫆、姚鼐那

---

[1]　张际亮著，王飚校点：《思伯子堂诗文集》卷12《伊阙访碑图为方彦闻大令题》，上海古籍出版社2007年版，第452页。

[2]　（清）吴汝纶著，朱秀梅校点：《吴汝纶文集》卷3，上海古籍出版社2017年版，第242页。

[3]　吴敏树：《柈湖文集》卷3《罗念生古文序》，载《清代诗文集汇编》编纂委员会编《清代诗文集汇编》，第620册，第332页。

里是见不到的。刘大櫆论文讲"音节",姚鼐继承之,而有"格、律、声、色"之说,但他们都没有再进一步,由重视文章的格律、声调问题而强调小学在写诗作文中的基础作用。张际亮、吴敏树、吴汝纶等人的改变,无疑受到汉学风潮的影响。这既体现在他们对于"凡为文辞宜略识字"的引用,也体现在他们对"识字"定下的较高标准。乾嘉之后,桐城派欲讲格律、声调,已不能仅仅向几本韵书、类书讨生活,而必须对在戴震、段玉裁、王念孙、王引之等人手中高度发达的小学研究给予理论上的回应。这是其文论最终与汉学合流的重要原因。"凡为文辞宜略识字"还渗透到一般文士的观念当中。施补华在《姚子展墓志铭》中称其:"为诗古文词,若有天得……以古文写五经,讲求六书、声音、训诂,曰:'吾非能为经师。韩愈氏有言:凡为文章宜略识字。将以治吾文也。'"[①] 姚子展的自我体认完全是一个文人,但他对识字通经的看法与朱筠、王鸣盛等人竟如出一辙。可见,"为文"之前需要先读经,读经需要先"讲求六书、声音、训诂",已成为当时知识界的某种"共识"。

而等到古文遭遇千年变局的民国时期,"凡为文辞宜略识字"更借助西方学说,戏剧性地进入当时的课本当中,成为名正言顺的文学常识。正如陈广宏所指出的:"晚清以来有关'中国文学'的建构,其最初框架实在不同程度上受到西方古典语文学之语法、修辞学的影响,而我国传统的文章学似亦更适应于与之对接。"[②] 西方古典语文学讲究字词、重视语法,这与此时已为各文派所接受的"凡为文辞宜略识字"恰好有相通之处。林传甲按照学部章程的相关要求所撰写的《中国文学史》,前三篇分别题为"古文籀文小篆八分草书隶书北朝书唐以后正书之变迁""古今音韵之变迁""古今名义训诂之变迁"。而黄人《中国文学史》在论及文学起源时,也有

---

① 施补华:《泽雅堂文集》卷6,《续修四库全书》编委会编:《续修四库全书》,第1560册,第351页。

② 陈广宏:《中国文学史之成立》,上海古籍出版社2016年版,第49页。

"文学定义""文字之起源""音韵""书体"等专节。新兴文学史对于研习字词的重视，自然与当时知识界对西学的接受相关，但也未尝不可视为对过去百余年间"文章家不可不通小学"①议论的继承。中西在这一问题上的共识，使得讲文学首先由小学说起成为章程制定者与文学史撰写人的必然选择。

于是，在中国文学的转折时刻，诸多大家继续在他们的文学教育中倡扬"凡为文辞宜略识字"。汉学殿军章太炎在苏州向他的听众宣称："昌黎云：'作文宜略识字。'七子不能，故虽高谈秦汉，终不能逮。湘绮可谓识字者矣，故其文优于七子也。"②"识字"程度的高低，在章太炎那里成为造成不同时代、不同流派文学高低的关键因素。桐城派的姚永朴则干脆把"凡为文辞宜略识字"写进其北大讲义《文学研究法》中："试观古今文家，如李斯有《仓颉》七章，司马长卿有《凡将》篇，扬子云有《训纂篇》八十九章，班孟坚（固）复续十三章，而段氏玉裁《说文注》引其中所载孔子以下数十家之说，皆深于文事者。唐韩退之尤兢兢于此，故其言曰：'凡为文辞，宜略识字。'……可见欲文章之工，未有可不用力于小学者。"③ 在文学教育的转型期，后来被新文化人目为旧文学代表的汉宋双方，不约而同地把"凡为文辞宜略识字"视为作文的基本常识。通过演讲与著述，他们最终将这一其实并不古老"常识"传授给新时代的学生们。

不过，"凡为文辞宜略识字"的常识化并非意味着汉学家的完全胜利。从创作实际看，乾嘉以后，朱筠、王芑孙、王宗炎等人惯以

---

① 文廷式：《纯常子枝语》卷21，《续修四库全书》编委会编：《续修四库全书》，第1165册，第309页。
② 上海人民出版社编，章念驰编订：《章太炎全集·演讲集》（下），上海人民出版社2015年版，第1045页。章太炎又有："诗人当通小学。明时七子，宗法盛唐，徒欲学其风骨，不知温醇尔雅之风，断非通俗常言所能刻画。"（虞云国、马勇整理：《章太炎全集·菿汉雅言札记》，上海人民出版社2015年版，第189页）
③ 姚永朴著，许结讲评：《文学研究法》，凤凰出版社2009年版，第7页。

古文字体为文的形式偏好并未得到广泛的追捧。时文方面，"考求训诂"的风潮也随着新学风的兴起而有所回落。考据之文虽已隐然成为文集中的三大文类之一，但其普及性到底不如议论之文，更难与在整个清代占据优势的叙事之文相较。也就是说，不同于"凡为文辞宜略识字"口号的流行，和与其密切相关的各类创作实践在乾嘉以后实有退潮之势。盖以一种新文学主张提出时，往往伴随着较为激进的创作实验和学理推阐，而当它被普遍接受后，其理论底色往往趋向温和，与之相关的激进试验也会逐渐归于沉寂。汉学家对"凡为文辞宜略识字"的提倡在当时士人圈中造成震动，导致乾嘉之后的文章之士需要在心理和行动上应对来自汉学家的挑战。而他们的选择，是在接受"凡为文辞宜略识字"的基础上寻找新的平衡。所以我们看到，无论是否身处汉学阵营，乾嘉之后的文章之士重视提高自己的小学素养，但是，他们中的绝大多数并未以小学名家。"辞章"从"考据"中汲取养分，仍只是别为一事，并未走到完全以"考据"为"辞章"的地步①。汉学家成功将"凡为文辞宜略识字"植入了清代的文论当中，但其内涵，已不如乾嘉时期汉学家所主张得那么极端。"文章家不可不通小学"的新共识被建立起来，"文章家"不必成为"小学家"的旧共识也没有被推翻。似乎正如章学诚所预言的，那种"抗大言而讥世人为不识字"的时代风气早晚会过去，"辞章"与"考据"分途的结果是两者可以互为辅助，但不会归于一途。汉学家解读"凡为文辞宜略识字"的激进一面被淡化，合理的部分则被接受了下来。

---

① 乾嘉之后的清文选本，如李祖陶《国朝文录》《国朝文录续编》、吴翌凤《国朝文征》、王先谦《续古文辞类纂》等，在选及乾嘉时，都比较少关注戴震、钱大昕、王芑孙等考据学家。这固然与桐城派流行之后门户的偏见有关，但更本质的还是诸选家都坚持以"辞章"而非"考据"作为评判文章好坏的标准。因此进入他们视野的是朱仕琇、袁枚、姚鼐、恽敬等人。连肯定"订证之文"与"议论之文""叙述之文"（参见朱琦《小万卷斋文稿》卷11《研六室文钞序》，载《清代诗文集汇编》编纂委员会编《清代诗文集汇编》，第494册，第195页）同为重要文类的朱琦，也有将《国朝古文汇钞》和《国朝诂经文钞》区而选之的做法。

而所谓的合理部分，本质上是指其学理上的必然性。文章由字词构成，这一观念在先唐曾得到反复强调。《释名·释言语》有："文者，会集众彩以成锦绣，会集众字以成辞义，如文绣然也。"①《文心雕龙·章句》谓："夫人之立言，因字而生句，积句而为章，积章而成篇。"② 先唐的文章家相当重视小学的研习，其中如李斯、司马相如、扬雄、班固等甚至有专门的小学著作，只是没有在文论中进行阐述罢了。章学诚谓："六朝以前辞章必善小学"③，就是见到了当时小学与文章的这层联系。其后曾国藩也指出："余观汉人词章，未有不精于小学训诂者。"④ 可是自唐宋古文运动之后，一方面是在"文以载道"思想的指导下，中国文论的重点明显朝内容方面转移，文家每每以"载道"与否品评文章优劣，文字修辞的讨论则被贬入较低的层次；另一方面，则是"文从字顺"的风格在宋之后渐成古文的主流，所谓"韩、柳犹用奇字重字，欧、苏唯用平常轻虚字"⑤，辨识古文奇字不再是写作文章的必要技能。两个要素叠加，使小学难以得到能文之士的重视。从这个角度看，汉学家对"凡为文辞宜略识字"的再解读，其实是回到古文运动之前，上接先唐传统，而能对唐宋以降文章学发展的偏颇之处有所矫正，这也是这一口号最终得到士林认可的根本原因。

在这里，我们也可以看到章学诚修正的精彩之处。章学诚一方面认可汉学家将"凡为文辞宜略识字"中的"识字"解读为研习小学，这是肯定了提升文章之士小学修养的必要性；但另一方面，他又强调对于小学的研习程度是"略"，而非成为专门名家，这是清楚

---

① （东汉）刘熙撰，（清）毕沅疏证，王先谦补，祝敏彻、孙玉文点校：《释名疏证补》，中华书局2008年版，第109页。
② （南朝梁）刘勰著，范文澜注：《文心雕龙注》（下），第570页。
③ （清）章学诚著，仓修良编注：《文史通义新编新注》，第813页。
④ （清）曾国藩：《曾国藩全集·家书之二》第二十一册，岳麓书社2011年版，第23页。
⑤ （宋）罗大经撰，王瑞来点校：《鹤林玉露》卷5"韩柳欧苏"，中华书局1983年版，第93页。

地看到了"考据"与"辞章"不同科,不可强合的现实。章学诚可谓"凡为文辞宜略识字"命运出色的观察者和预言者。事实上,这也是我们今天重视章学诚文论的意义之一。由于非汉非宋的学术取向,章学诚的主张并未受到当时主流学人、文士的重视。但在巨大的理论热情下,他介入了许多时兴话题的讨论。又由于章学诚早早将自己置于学术史的裁判位置,他对主流学风的批判和修正,就具备了宽广的视野和通达的态度。某种程度上,章学诚是我们观察清代文论的重要窗口。

附　　录

章学诚与阳明学派渊源关系考论

　　章学诚于嘉庆五年（1800）写成《浙东学术》，这被认为是他对自家学术地位的"盖棺论定"之作。在这篇文章中，章学诚对故乡浙东地区的学术传统进行了系统的梳理，并表达了自己希望以浙东学派的接武者为后世所铭记的强烈愿望。由于具备"晚年定论"的特殊性质，《浙东学术》长期以来受到钱穆、山口久和等思想史家的特别关注。但前辈的重心多放在章学诚的写作动机以及文中所述"浙东学派"能否真正成立等问题之上①。本章则关注其对研究章学诚思想渊源的价值。《浙东学术》准确地勾勒了阳明学中蕺山一脉由明代到清代、由"心性之学"转向"经史之学"的发展理路，这是章学诚家族与阳明学长期互动的结果。章学诚向来被认为是清代最特立独行的思想家之一，有关其思想渊源的讨论一直众说纷纭，难得确证。内藤湖南、倪德卫等人认为他与宋学关系紧密，胡适等人则认为其与汉学家存在某种精神上的相似性，岛田虔次正确地指出，

---

　　① 参见［日］山口久和《章学诚的知识论：以考证学批判为中心》第二章第一节"围绕浙东学派的诸问题"，王标译，第29—51页；［美］余英时《论戴震与章学诚：清代中期学术思想史研究》内篇第五节"章实斋的'六经皆史'说与'朱、陆异同'论"，第49—90页。

章学诚的思想是阳明学式的思想在清代的"积极表现"①，但他们都没有为自己的观点提供充分的史实和文献证据。依靠《俍山章氏智九公分祠支谱》及其他文献，本章将对阳明学巨子刘宗周、邵廷采等人与章学诚所在的道墟章氏的交游情况进行追踪，借此探明，阳明学说如何逐渐成为道墟章氏家族传承的一部分，并最终左右了章学诚的思想倾向。

第一节 《浙东学术》：一个阳明学派的谱系

章学诚写作《浙东学术》，最直接的目的，就是为他的故乡浙东地区建立属于自己的学统，其文章开篇有云：

> 浙东之学，虽出婺源，然自三袁之流，多宗江西陆氏，而通经服古，绝不空言德性，故不悖于朱子之教。至阳明王子揭孟子之良知，复与朱子抵牾。蕺山刘氏本良知而发明慎独，与朱子不合，亦不相诋也。梨洲黄氏出蕺山刘氏之门，而开万氏弟兄经史之学，以至全氏祖望辈尚存其意，宗陆而不悖于朱者也。②

这段话宣告了学术史上"浙东学派"这一概念的诞生。章学诚从他的浙东前辈中精心挑选出袁燮、袁肃、袁甫、王守仁、刘宗周、黄宗羲、万氏兄弟、全祖望等人，从而构建了一个从南宋绵延至清代的学术谱系。在章学诚看来，这些人物除了籍贯相同之外，还有"言性命者必究于史"③的一致倾向，这是浙东之学区别于其他地区

---

① ［日］岛田虔次：《中国思想史研究》，邓红译，上海古籍出版社2009年版，第370页。
② （清）章学诚著，仓修良编注：《文史通义新编新注》，第121页。
③ （清）章学诚著，仓修良编注：《文史通义新编新注》，第121页。

学术传统的最大特色。而此处关注的是，虽然章学诚所认定的浙东学术是一个滥觞于南宋，且在之后的历史过程中得到出色延续的传统。但是，在他所选取的人物里，只有"三袁"属于南宋时人，其余均为明代中后期以下人物。而实际上，正如何炳松《浙东学派溯源》所言，南宋时期，浙东学术的主要代表至少有"永嘉学派"与"金华学派"两派①，其中颇多"言性命者必究于史"一流人物。他们在清代，也仍然受到某些浙东籍学人的推崇，黄百家《宋元学案》评"永康之学"及"永嘉之学"云：

> 伊洛之学，东南之士，龟山、定夫之外，惟许景衡、周行己亲见伊川，得其传以归。景衡之后不振；行己以躬行之学，得郑伯熊为之弟子，其后叶适继兴，经术文章，质有其文，其徒甚盛。②

> 永嘉之学，薛、郑俱出自程子。是时陈同甫亮又崛兴于永康，无所承接。然其为学，俱以读书经济为事，嗤黜空疏，随人牙后谈性命者，以为灰埃。亦遂为世所忌，以为此近于功利，俱目之为浙学。③

全祖望《淳熙四先生祠堂碑文》则有：

> 吾乡远在海隅，隋唐以前，儒林阙略，有宋奎娄告瑞，大儒之教徧天下，吾乡翁南仲始从胡安定游，高抑崇、赵庇民、童持之从杨文靖游，沈公权从焦公路游。四明之得登学录者，自此日多。然其道犹未大也。淳熙四先生者出，大昌圣学于句

---

① 何炳松：《浙东学派溯源》，广西师范大学出版社2004年版，第147—161页。
② （清）黄宗羲原著，全祖望补修，陈金生、梁运华点校：《宋元学案》卷32，中华书局1986年版，第1133页。
③ （清）黄宗羲原著，全祖望补修，陈金生、梁运华点校：《宋元学案》卷56，第1832页。

余间，其道会通于朱子、张子、吕子而归宿于陆子，四明后进之士，方得了然于天人性命之旨。①

三则材料中说到的叶适、陈亮，以及"淳熙四先生"中除袁燮之外的杨简、舒璘、沈焕，都可称得上南宋时期浙东地区的知名学者，但他们最终都未能出现在章学诚的浙东学术谱系之中。更有甚者，即使是被章学诚写入《浙东学术》的南宋"三袁"，在浙东学术的谱系中也相当特殊。他们除了为学基本精神上与明清时期的浙东后学类似，并未与后者存在更为紧密的学缘关联。而从明清时期的第一位代表人物王守仁开始，浙东学术诸人的师承关系、学术渊源却是历历可考的。刘宗周在王守仁"良知"说的基础上提出了"慎独"说，黄宗羲是刘宗周最有影响力的门生，以万斯大、万斯同为代表的万氏兄弟又是黄宗羲的门生。全祖望虽与黄宗羲生不同时，未能亲炙其教，但私淑之意，多曾表露。他不仅续作黄宗羲、黄百家父子未完的《宋元学案》，还相当自觉地继承了黄氏的经史之学。

为何浙东学术谱系的南宋部分会有如此显而易见的粗糙之处？与人物众多且环环相扣的明清部分相比，南宋部分不仅选入人物较少，仅以"三袁之流"笼统带过，且缺乏与后学之间的直接联系，以之作为浙东学术谱系的组成部分，未免启人疑窦。山口久和从心理层面出发，认为章学诚之所以摒除叶适、陈亮诸人，一个重要的原因是这两位人物曾经受到朱子的否定，这当然有一定道理②。叶适、陈亮与朱熹同时，双方曾在义利、心性等问题上发生过激烈争

---

① （清）全祖望撰，朱铸禹汇校集注：《全祖望集汇校集注》，上海古籍出版社2000年版，中册，第1004页。

② ［日］山口久和：《章学诚的知识论：以考证学批判为中心》，王标译，第49页。山口久和还以王应麟为例，论证章学诚不把南宋时期的其他浙东籍学者选入《浙东学术》，是因为他们学问没有"宗主"，这是不正确的。在章学诚《朱陆》篇中，王应麟被归入朱子一系，他当然不可能在以陆子为主的浙东学术中占据一席之地。

论。把他们作为南宋浙东学术的代表人物，在朱子学成为官定学说的清中叶显然不是一个明智的选择。可是，"淳熙四先生"中的杨简、舒璘、沈焕等人既与袁燮齐名，又同属"会通于朱子、张子、吕子而归宿于陆子"者，为何也未入章学诚的法眼？更合理的解释是，章学诚在《浙东学术》的开篇看似展示了浙东学术从南宋至清代的历史过程，但其内心所系，实在阳明学。他之所以将浙东学术的传统远溯至陆九渊、朱熹，并引入"三袁"作为浙东学术在南宋时期的代表人物，无非是为了延展浙东学术的历史，使其显得比以顾炎武为代表的浙西之学更为"源远流长"。事实上，他对浙东地区的南宋前辈，既无兴趣，也缺乏真正的了解。这从《章氏遗书》的其他篇章里即可得到印证。章学诚不仅从未专门讨论过叶适、陈亮、杨简等人的学说，就连"三袁"，也是在《浙东学术》中才首次郑重道及。而作为对比，《浙东学术》所涉及的王守仁以下诸人，都曾被章学诚反复评论。因此，《浙东学术》中对叶适、陈亮、杨简等人的视而不见也好，对"三袁"处理的含糊也好，都应从章学诚事实上并未将南宋作他考察重点这一层面加以解释。章学诚所建构的浙东学术谱系，主要是阳明学的谱系。这在《浙东学术》的另一处论述中有非常直接的表露：

> 浙东之学，虽源流不异而所遇不同。故其见于世者，阳明得之为事功，蕺山得之为节义，梨洲得之为隐逸，万氏兄弟得之为经术史裁，授受虽出于一，而面目迥殊，以其各有事事故也。①

为了说明浙东之学不空言性命而"各有事事"的特性，章学诚在这里依次指出了浙东学术各代表人物的一生志业所在。值得注意的是，在这次举例中，此前作为南宋浙东学术唯一代表的"三袁"也被直

---

① （清）章学诚著，仓修良编注：《文史通义新编新注》，第 122 页。

接撇开,浙东学术的谱系完全变成了阳明学蕺山一派的谱系。不仅如此,章学诚在涉及其他问题时,亦表现出对阳明学人特别的欣赏,《与吴胥石简》有:

> 自来评选之家,类多不解古文原委,岂敢轻加责备?但知亭林而不知梨洲,知愚山、尧峰、湛园、竹垞而不知西河、念鲁,且方望溪选至二十,而李穆堂寥寥七篇,已骇人矣。[①]

章学诚质疑吴敬斋所编《国朝二十四家古文》,认为其在清代古文大家的去取之间,有诸多不如人意之处。而这里他为之鸣不平的所有古文家,统统是清代阳明学的重要传人。且除李绂之外,均出生于浙东地区。章学诚论文坚执"文以载道"。因此,此处对阳明学诸公古文成就的肯定,其实就是对他们学术成就的肯定。这也进一步证明,章学诚是亲近阳明学人的,其内心深处,认同自己是浙东地区阳明学传承的一分子。

那么,到底是什么契机使章学诚亲近阳明学,并促使他在晚年建构了以阳明学为中心的浙东学术谱系?由于章学诚在谈及自身学术渊源时,多远溯至汉代刘向、刘歆父子,以及宋代的郑樵等人,这多少导致后人在探究相关问题时对那些"近在眼前"的影响的忽视。事实上,章学诚少年时代一直生活在老家会稽,后又随父到任湖北应城。在二十三岁辞父入都之前,章学诚一直没有获得与并世学者交流的机会。因此其诸多思想的最初来源,主要就是他所在的家族——道墟章氏。阳明学亦不例外。正是章氏族人与刘宗周及其后学长达百年的互动,使得这一风行于明代的学说在道墟扎下根基,并最终成了章学诚思想的重要基因。

[①] (清)章学诚著,仓修良编注:《文史通义新编新注》,第642页。

第二节　刘宗周与道墟章氏

　　章学诚所在家族自宋代起即定居于会稽道墟。会稽与王守仁故家余姚虽同属绍兴府，相隔甚近，但在王守仁及阳明学第二代巨子王畿、钱德洪、黄绾、徐爱等人的追随者中，并未找到章氏族人的身影。这可能是因为彼时章氏走的还是以耕读求仕进的路子[1]，对阳明学这种新兴的、不为正统所限的学说不感兴趣。道墟章氏与阳明学的"亲密接触"，始于晚明阳明学巨子刘宗周。

　　刘宗周，世称"念台先生""蕺山先生"，是明代阳明学最后一位重要人物。其学以"慎独""诚意"为宗，早年并不服膺阳明学，反因其师许孚远、高攀龙的关系，而与朱子学亲近。中年以后，刘宗周的思想逐渐向阳明学靠拢。其注重经典阅读和阐释的为学路径为清代阳明学的演变指示了方向。刘宗周门人众多，在其中得力者如黄宗羲、张履祥、陈确等人的大力宣扬下，蕺山一脉事实上成了清代影响力最大的阳明学分支。

　　刘宗周与道墟章氏的关系非比寻常。他的母亲章为淑就是道墟章氏族人。不仅如此，由于刘宗周自小父亲亡故，他的外祖父章颖出于对女儿的爱护，就把她和她的子女们都接到自己家中生活。刘宗周《先考诰赠通议大夫顺天府府尹秦台府君暨先妣诰赠淑人贞节章太淑人行状》对此曾有详细记述：

　　　　先生素爱女，而杨安人又日夜怼先生之择婿也，仅恃此甍诸孤，虑谁为依命者？因趣返太恭人于家。太恭人则念舅氏在

---

[1] 刘宗周《江西宁州知州竹渠章公暨配俞宜人子孟嘉妇何孺人两世合葬墓志铭》："嘉、隆间，会稽章氏联蝉起科第者六七公。"（戴琏璋、吴光主编，钟彩钧编审：《刘宗周全集·文编》卷13，台北"中央研究院"中国文哲研究所筹备处1997年版，第893页）

堂，不得尽妇职，岁时往来，起处不遑。顷之，水澄之居舍又鬻他人，大父去而依所亲韩氏。太恭人尚往来韩不绝。逾年。韩见却，大父乃挟两叔氏投山庄，而听太恭人大归母家矣。①

章颖的这一决定对刘宗周的生活产生了决定性影响。可以说，青少年的刘宗周是在外祖父、舅父舅母的爱护下成长的。多年以后，他仍对此感怀不尽，《文林郎广西梧州府郁林州北流县知县萃台章公暨配孺人宋氏合葬墓志铭》记二舅章为汉："宗周以遗腹称孤，太淑人立孤难于殉死，致烦杨夫人日夜絮泣。公承二人志，亟携养母子于家，视宗周推湿就燥以往，饥而食，寒而衣，稍长入塾从师，又长而婚，及遣嫁吾姊，无不先二人志，一一以身任。"②《伯舅母司马氏章太夫人七十寿序》记其大舅母司马氏："昔者先慈寡而贫，养孤于外氏，安人实分襁褓之役，孤与诸兄弟更衣而衣，共盂而食，忘其身之非安人出也。"③ 不仅如此，在母亲的安排下，刘宗周还娶自己的表妹为妻，而刘宗周的姐姐，也嫁给了母族中的章养仁。传统中国的母亲偏好在自己家族的内部为子女寻找良配，从而亲上加亲。章氏又是一个聚族而居的大族，族人之间彼此过从甚密，所以，早年的刘宗周与章氏许多族人都有较深的交往，这在他为这些人所作的墓志铭中有相当充分的反映。如《征士印台章公墓志铭》云："予少孤，养于外家，年十七从塾师，假馆于印台公。"④《北渠章公暨配顾安人合窆墓志铭》有："会稽章氏，予母族也。而北渠翁为先外祖族叔，予太公行也。忆予少孤，依于章，已乃析翁舍而居之，奉翁父子间最久，是以知翁最悉。"⑤ 翻检刘氏文集，可以发现他不仅为自己的章姓亲戚写

---

① 戴琏璋、吴光主编，钟彩钧编审：《刘宗周全集·文编》卷14，第988页。
② 戴琏璋、吴光主编，钟彩钧编审：《刘宗周全集·文编》卷13，第897页。
③ 戴琏璋、吴光主编，钟彩钧编审：《刘宗周全集·文编》卷11，第777页。
④ 戴琏璋、吴光主编，钟彩钧编审：《刘宗周全集·文编》卷13，第933页。
⑤ 戴琏璋、吴光主编，钟彩钧编审：《刘宗周全集·文编》卷13，第885—886页。

作了大量纪念文字，也为道墟章氏历史上的一些知名人物创作传记，足见其对抚育他的母族情感之深、之切。

生活上的紧密联系，决定了刘宗周与道墟章氏在学问上亦多有互动。刘宗周是在道墟完成自己的知识启蒙的，他入章氏宗族的私塾，并在十岁那年正式到外祖父章颖所设的塾馆读书。章颖别号南洲，是当时道墟章氏中比较有名的读书人。陶望龄《寿尊师南洲先生序》谓其："早岁与其二兄俱以才气著名，号为'章氏三杰'。"① 而根据刘宗周的回忆，章颖颇重经学，并"以《易》名家"②。因此，刘宗周跟随章颖读经，主要学习的就是《易》："予年十四五时，从先外祖南洲先生受《易》，先生每脱略章句，独擅所见，时于前辈讲义中弹射不遗力，则以己意朱书附之，以勖予小子。予小子唯唯而已，不识为何语也，然亦稍能记忆一二焉。"③ 他后来之所以有《周易古文钞》的撰述，和这段经历直接相关。

但是除此之外，章颖也好，道墟章氏的其他人也好，对刘宗周的学问没有进一步的影响。作为刘宗周学问核心的"诚意"之学与"慎独"之学，都与章氏族人缺乏直接关联。因此，无论是章学诚所说的"族祖南洲先生通经服古，以文章楷模后学，历聘公卿而老于文学，然蕺山刘子以'慎独'宗旨，绍文成极学，渊源实自先生"④，还是另一章氏族人所说的"南洲公脉延圣线，实绍文成"⑤，都不免言过其实。不过，类似的表述倒可让我们一窥章氏后人的心态转变。它意味着由于刘宗周的巨大成就和影响力，道墟章氏的后人开始有意以阳明学为中心，重塑道墟章氏的宗族传统。一个显然

---

① 陶望龄：《歇庵集》卷6，《续修四库全书》编委会编：《续修四库全书》，第1365册，第293页。
② 戴琏璋、吴光主编，钟彩钧编审：《刘宗周全集·文编》卷14，第1003页。
③ 戴琏璋、吴光主编，钟彩钧编审：《刘宗周全集·经术》，第933页。
④ （清）章学诚：《章氏遗书》卷23，第20页a。
⑤ （清）章贻贤重辑：《偁山章氏智九公分祠支谱》卷6，山西省社会科学院家谱资料研究中心编：《名人家谱丛刊》，北京燕山出版社2013年版，第184册，第337页。

的事实是，在陶望龄、刘宗周等亲历者的纪念文字中，都未提到章颖与阳明学的关系。但到了章学诚的年代，章颖上接王阳明而下开刘蕺山的地位，已然成了章氏族人的共识。可以想象，当到了清代，连道墟章氏之外的人都能很自然地说出"南洲公讳颖……研精理学，为隆庆间大儒"① 时，包括章学诚在内的章氏后人们会感到何等的骄傲。刘宗周毫无疑问提升了道墟章氏在读书人中的地位，使其得以参与到阳明学这一浩荡大潮之中。所以在学问上，与其说是道墟章氏影响了刘宗周，不如说是刘宗周影响了道墟章氏。正是在刘宗周的引领下，道墟章氏开始出现真正的阳明学人物。比如章正宸，章学诚《章格菴遗书》称其"出刘先生宗周之门，粹然为当世醇儒"②，后累官至史科都给事中，在明廷危亡之际坚持抵抗清军的入侵，事败后遁入空门，云游四方，是明末蕺山传人中典型的气节之士。黄宗羲对他有很高的评价，谓：

> 余尝念阳明之学，得门人而益彰，吾刘夫子之学，尚未大行于天下，由门人之得其传者寡也。已而思之，彰阳明之学者，不在讲席遍天下之门人，而在孤高绝俗之门人，如两峰、念庵之徒是也。吾夫子之门人，当金石变声，金铉、吴麟征、祁彪佳、叶廷秀、王毓蓍死为列星，而先生力固首阳，又参错于其间，他日追溯渊源，以求其学，即无龙溪、心斋一辈，庸何伤？③

而也正是在此之后，道墟章氏开始吸引有志于发扬阳明学的士人。道墟章氏养育了刘宗周，而刘宗周也在道墟章氏的宗族史上投下了自己的长影，涵养、鼓励着一代又一代的章氏族人走上阳明学的道

---

① （清）章贻贤重辑：《偁山章氏智九公分祠支谱》卷5，第69页。
② （清）章学诚：《章氏遗书》卷21，第19页b。
③ （清）黄宗羲著，吴光主编：《黄宗羲全集》，第10册，第552页。

路。因此在道墟章氏和浙东阳明学的互动中，刘宗周的出现具有里程碑式的意义。

第三节　邵廷采与道墟章氏

进入清代之后，章氏人文渐盛。康熙年间，又有一位知名的浙东籍的阳明学者造访道墟，此即来自阳明故乡的邵廷采。

邵廷采是清代阳明学中的重要人物，其名声虽不及黄宗羲、万斯同，但在学问上渊源甚深。他二十岁那年曾至证人讲会，亲炙黄宗羲等人之教，还在那里结识了年少气盛的毛奇龄，并师事之。后来，邵廷采主讲位于阳明故乡的姚江书院。有关这座书院的宗旨，其《姚江书院传》有简要介绍："崇祯末，沈、管、史诸公特起姚江书院，讲阳明之学。"①在给李塨的信中，他还自承："弟于明儒，心服阳明而外，独有蕺山。"②则邵廷采阳明后学之身份，殆无可疑。邵廷采出于余姚，与道墟章氏本无来往。但据《章氏宗社诗序》，他青少年时期曾有过一段在道墟章氏族中读书的经历：

> 追惟庚戌、辛亥间，余年二十二，读书章氏，与因培、芬木昆弟游。因培少余才一岁，芬木三岁，持弟子礼，祝撰弥谨。余愧退，则谢曰："齿让久不立，愿先生因而示之。"此时泰占尚未生也。无何，于今三十二年矣。余子子同因培、芬木皓首一经，无所获。③

---

① （清）邵廷采著，祝鸿杰点校：《思复堂文集》卷2《姚江书院传》，浙江古籍出版社2010年版，第52页。
② （清）邵廷采著，祝鸿杰点校：《思复堂文集》卷7《采答蠡县李恕谷书》，第310页。
③ （清）邵廷采著，祝鸿杰点校：《思复堂文集》卷6，第294页。

邵廷采为什么特地到道墟读书？他本人没有给出解释。但会稽与余姚既同属绍兴府，道墟章氏又与刘宗周渊源如此之深，刚刚在证人讲会领略过蕺山学说之精微的邵廷采自然可能到道墟追寻先辈的足迹。他还特别推崇上文提到的刘宗周弟子章正宸，一则曰："余初至会稽道墟，登格庵先生之堂，及其子若孙游宗党，往往谈述格庵里居事。"① 再则曰："章氏多杰人，余梦依格庵先生，曾为述传以致因培、泰占，附登《家乘》。"② 这可能是其造访道墟的原因之一。据邵廷采的回忆，他在道墟的主要经历就是与章氏族人一起读经。与此同时，他进行了一定程度的史学训练。《答陶圣水书》谓："辛亥，在俌山，仿《史》《汉》论赞，著《读史百则》。"③ 这无疑对他之后的学问取径有所影响。两年的读书时光使邵廷采与章氏族人结下深厚的情谊。因此在三十多年之后，当章泰占请他为章氏族人所作的《道墟十八咏》题序时，邵廷采才会不加推辞，欣然命笔，对他与道墟章氏的交游进行了富有感情的追忆。

章泰占（又称太颛、太詹、太占），名大来，号对山。在章学诚之前，章大来是道墟章氏中声名较为显赫的人物。乾隆年间修《绍兴府志》说他撰有《玉屏山房集》④，但今已不存。《清代诗文集汇编》则收录了他的《后甲集》，这是其康熙五十三年（1714）至康熙五十六年（1717）间的作品⑤。除此之外，他尚有《会稽俌山章氏家乘》《俌阳杂录》传世。和邵廷采一样，章大来也是毛奇龄的门生。而与邵廷采不同的是，他虽追随毛奇龄学习经学，但一生志

---

① （清）邵廷采著，祝鸿杰点校：《思复堂文集》卷2《明侍郎格庵章公传》，第127页。

② （清）邵廷采著，祝鸿杰点校：《思复堂文集》卷6《章氏宗社诗序》，第295页。

③ （清）邵廷采著，祝鸿杰点校：《思复堂文集》卷7，第316页。

④ 《（乾隆）绍兴府志》卷78，《绍兴丛书》编辑委员会编：《绍兴丛书·第一辑》，中华书局2006年版，第6册，第1939页。

⑤ 章锺：《后甲集序》，载《清代诗文集汇编》编纂委员会编《清代诗文集汇编》，第220册，第719页。

业，主要在诗文。邵廷采《章氏宗社诗序》称赞他"年弱冠便为诗，诗即工"[1]。毛奇龄《答章泰占问方百里书》也提道："接札，阅近文五首，甚佳，此正时俗所称第一流文，即此已足颉颃庐陵，且方驾曾王而上之矣。"[2] 可知即便在毛奇龄眼中，章大来的出彩处也是诗文创作。章大来还积极参与本地的诗歌唱和，是一位在当地颇有影响力的人物。乾隆年间修《绍兴府志》云：

> "诗巢"在鉴湖中，建屋数椽，掩映于红蓼白苹之处，集郡中诗人联吟其内。始于商和、何嘉玥、钱为鼐、徐之炽、厉煌、朱悦仁、王佺龄、田易、鲁国书、刘正谊，继以薛载德、李登瀛、王鹤龄、施敞、余懋杞、鲁士、章大来、章琦、章钟，共二十人，四方能诗者至越，必过"诗巢"而问焉。巢中祀乡先生六人，曰贺知章，曰秦系，曰方干，曰陆游，曰杨维桢，曰徐渭，此巢始于康熙间，雍正时犹盛，今已废。[3]

文中所言"诗巢"乃康熙、雍正年间浙东知名的风雅胜地。章大来不仅亲身参与到"诗巢"的唱和活动，还带上自己的族孙章锜、章锺。而章锜、章锺，正是刘宗周外祖父章颖的直系后人[4]。两人亦以诗文名。章锜，字湘维，号白坡，《偁山章氏智九公分祠支谱》称其："与对山公等数十人结诗社于墟中，共相酬唱，著有《白坡诗选》。"[5] 章锺，初字刻华，后改字华甫，傅仲辰《题章华甫〈鹤泉

---

[1] （清）邵廷采著，祝鸿杰点校：《思复堂文集》卷6，第295页。
[2] 毛奇龄：《西河合集》，载《清代诗文集汇编》编纂委员会编《清代诗文集汇编》，第87册，第168页。
[3] 《（乾隆）绍兴府志》卷79，《绍兴丛书》编辑委员会编：《绍兴丛书·第一辑》，第6册，第1979页。
[4] 据《偁山章氏智九公分祠支谱》，从章颖到章锺、章锜的世系为：章颖—章为汉—章凤竹—章正国—章立德—章有士、章锜、章锺、章镰。
[5] （清）章贻贤重辑：《偁山章氏智九公分祠支谱》卷6，第287页。

诗〉》有"海内群推老阮亭,于今华甫令名馨"① 之句。在章学诚所撰《效川公八十寿序》中,此兄弟二人与章大来一起被视为道墟章氏史上的能文之士获得了表彰。

章大来虽然在经史、性理之学方面无甚建树,但他家族风雅主持人的地位却非常有利于邵廷采的学问传入道墟。同在毛奇龄门下,邵廷采毕竟比章大来大了三十多岁,且与其父辈早有来往。因此,章大来在自己的文章里一般称邵廷采"先生"。除了请邵廷采为《道墟十八咏》写序外,他还替邵廷采写过《祭朱博成先生文》,而邵廷采去世后,章大来又有《邵念鲁传后》,其小序谓:"来交先生晚,然与先生上下千百年,论史传颇悉,又熟其行事,有人未识者。先生没五年,故人长老日就凋谢,疑事无可质,嘉言懿行,亦不尽表章,故以所闻见杂次为传后。"② 这篇《邵念鲁传后》记录了邵廷采对于史传写作的诸多看法,其中就涉及清代文人多番讨论的"私人作传"问题。而这显然直接影响了章学诚《传记》篇的写作。经由章大来的表彰,道墟章氏的后辈们开始接触邵廷采的学术。其中章锜为《明侍郎格庵章公传》,以及章世法为《祭忠台恸哭记》所作的识语,至今保留在光绪二十年(1894)徐友兰重刊的《思复堂文集》中。而年龄与章锜相仿的章学诚之父章镳,也是"生平极重邵思复文"③。这些史实都证明了康熙之后,《思复堂文集》在道墟章氏的流传程度。而到了乾隆年间,章学诚更是早在二十九岁所作的《与族孙汝楠论学书》中就已援引了邵廷采的学说,且于清代文集中,唯独对《思复堂文集》青睐有加,说它:"此乃合班、马、韩、欧、程、朱,陆、王为一家言,而胸中别具造化者也。"④ 这无疑与邵廷采和章大来等人的密切交往是分不开的。

---

① 傅仲辰:《心孺诗选》卷5,载《清代诗文集汇编》编纂委员会编《清代诗文集汇编》,第235册,第533页。
② 章大来:《后甲集》卷上,载《清代诗文集汇编》编纂委员会编《清代诗文集汇编》,第220册,第739页。
③ (清)章学诚著,仓修良编注:《文史通义新编新注》,第819页。
④ (清)章学诚著,仓修良编注:《文史通义新编新注》,第704页。

第四节 《浙东学术》的源流

道墟章氏与阳明学的互动渊源自刘宗周，又在邵廷采与章大来的交往中得到进一步的发展。道墟章氏聚族而居的特性，非常有利于在宗族内部形成稳定的学术传统。所以，一旦阳明学的种子在道墟落地生根，就开始对其子弟产生无远弗届的影响。章正宸、章大来，这些在刘宗周之后相继登上历史舞台的道墟章氏族人，都带有明显的阳明学印记。身处于这样的家族环境之中，章学诚之推崇阳明学者，并以阳明学中的蕺山学派为基础建构起浙东地区的学术传统，乃成为一种其来有自的选择。

章学诚对阳明学的接受，除了表现在对阳明学中人的表彰之外，也体现在对阳明学思想的有意继承。在《博约下》中，面对"子言学术功力必兼性情，为学之方不立规矩，但令学者自认资之所近与力能勉者而施其功力，殆即王氏良知之遗意也"的疑问，章氏答曰："王氏'致良知'之说，即孟子之遗言。良知曰致，则固不遗余力矣。朱子欲人因所发而遂明，孟子所谓察识其端而扩充之，胥是道也。"[1] 明白承认了他的博约论与良知说之间的联系。至于其"六经皆史"与王守仁"五经亦史"的相似性，也早经钱锺书、张舜徽、倪德卫、山口久和等人的抉发；其论学论文专重"性情"与阳明学思潮之间的关系，则有岛田虔次的专门论述[2]。此外不容忽视的一点是，由于刘宗周和邵廷采对于阳明学的阐发各

---

[1] （清）章学诚著，仓修良编注：《文史通义新编新注》，第119页。
[2] 前者参见钱锺书《谈艺录》，生活·读书·新知三联书店2007年版，第656—660页；张舜徽《史学三书平议》，中华书局1983年版，第179—180页；[美]倪德卫《章学诚的生平及其思想》，杨立华译，第148—149页；[日]山口久和《章学诚的知识论：以考证学批判为中心》，王标译，第113—126页。后者参见[日]岛田虔次《中国思想史研究》，邓红译，第361—370页。

有特色，通过他们之手输入道墟章氏的阳明学思想也不可避免地打上其烙印，这同样影响了章学诚，并体现在《浙东学术》对阳明学思想的接受上。

　　首先，是学宗陆王而不悖于程朱。这一取向主要来自刘宗周。在明清思想史上，刘宗周某种程度上是一位调和论者，他推尊陆王之学，但并不反对程朱之学。其《宋儒五子合刻序》云："阳明先生损朱子诸书之最要者为《晚年定论》，周海门先生又取《程氏遗书》，类为节略，曰《程门微旨》。二先生之勤勤恳恳，不啻朱子之于周、张也。"①《重刻王阳明先生传习录序》又有："先生特本程、朱之说而求之，以直接孔、孟之传。"②两处论述都将阳明视为朱子的传人，而非论敌。这种试图把阳明学与朱子学整合到同一学统之中的做法，和刘宗周身处晚明混乱之世，亲身感受到阳明学末流的弊端，而思有所矫正的心态有关。《浙东学术》在有关王守仁与朱熹关系的论断上没有采纳刘宗周的意见，而仍然将良知之学定义为"与朱子抵牾"。但是，章学诚接受了刘宗周的学术立场。《浙东学术》开宗明义，指出南宋时期的浙东学人"多宗江西陆氏"，但同时"不悖于朱子之教"。也即是说，浙东学术在成型之初就是一个立足于陆氏之学，又从朱子学中汲取营养的学派。接下来，他又以"与朱子不合，亦不相诋"的刘宗周和"宗陆而不悖于朱者"的黄宗羲、万斯同、全祖望等浙东王学后人，缓解了陆王之学的代表人物王守仁与朱熹之间的冲突。《浙东学术》还特别对清代初期"以尊王而斥晦庵"③的毛奇龄提出批评，谓："西河毛氏，发明良知之学，颇有所得；而门户之见，不免攻之太过，虽浙东人亦不甚以为然也。"④毛奇龄一方面是清初阳明学的有力支持者，另一方面还是邵廷采、章大来等人的老师，如此人物，本应该在《浙东学术》中

---

　　① 戴琏璋、吴光主编，钟彩钧编审：《刘宗周全集·文编》卷11，第723页。
　　② 戴琏璋、吴光主编，钟彩钧编审：《刘宗周全集·文编》卷11，第727页。
　　③ 钱穆：《中国近三百年学术史》（一），第255页。
　　④ （清）章学诚著，仓修良编注：《文史通义新编新注》，第121页。

占据重要位置。但由于他过分热衷于排击朱子学，章学诚没有把他纳入浙东学术的正统谱系当中，而是单独列出，在肯定其功绩的同时指出其带有门户之见，这是章氏"宗王而不悖于朱"立场的突出表现。

其次，是以学术史梳理的方式确立阳明学的思想史地位。这一取向的直接来源则是邵廷采。邵廷采虽为阳明学蕺山一脉的传人，但在为学方法上已与刘宗周有显著的不同。后者虽用力于经史考证，但所作更多辨析性理之言，如全祖望《梨洲先生神道碑》所言："蕺山之学，专言心性。"[①] 而前者对阳明学的表彰主要是通过史家的方式完成的，这某种程度上反映了蕺山一脉为学路径的转变。王汎森《清初思想趋向与〈刘子节要〉——兼论清初蕺山学派的分裂》一文指出，在刘宗周去世后，对其学术思想的阐释可分为倾向于"由王返朱"的刘汋、张履祥，倾向于维护王学的黄宗羲及其弟子，以及特立独行的陈确等三派。而如上节所述，邵廷采无疑属于黄宗羲一派。而这一派的一个突出特点，是以史学代理学，通过学术史的撰述，确立王守仁、刘宗周在明代思想史中的地位。黄宗羲《明儒学案·蕺山学案》谓：

> 识者谓五星聚奎，濂、洛、关、闽出焉；五星聚室，阳明子之说昌；五星聚张，子刘子之道通，岂非天哉！岂非天哉！[②]

在这里，黄宗羲把宋代周、程、张、朱诸公，明代王守仁，以及其师刘宗周视为儒学发展史上的三大高峰，已逗以蕺山绍继阳明之意。而整部《明儒学案》，事实上就是将这一观点的具体落实。邵廷采则直接把刘宗周当成了"王门"功臣，其《答蠡县李恕谷书》有云：

---

① （清）全祖望撰，朱铸禹汇校集注：《全祖望集汇校集注》，上册，第215页。
② （清）黄宗羲著，沈芝盈点校：《明儒学案》，中华书局2008年版，第1514页。

夫学术各有沿流，固非作者之过。阳明之后，惟钱绪山、邹东郭、欧阳南野能守师传，再传弥失。如李贽之狂僻，亦自附于王学。而斯时密云、湛然，宗教炽行，高明罔知裁正，辄混儒、佛为一，托于"四无"宗旨。以故蕺山先生承其后，不肯称说良知，是实因衰激极、补偏起废之道，正可谓之王门功臣，未尝相左。①

针对有关刘宗周是否为阳明后学的质疑，邵廷采断然予以了回击，他指出刘氏之所以"不肯称说良知"，乃是为了"补偏起废"。在另一处，他还说："蕺山之所谓慎独，盖即良知本体、道心之微，与朱子殊，不与文成殊。"② 再观邵廷采的《思复堂文集》，其首卷开篇即为《明儒王子阳明先生传》《名儒刘子蕺山先生传》《王门弟子所知传》《刘门弟子传序》《姚江书院传》，则邵氏的学问大体，实在以史家的视野，合证人书院与姚江书院二派为一。这具体表现为通过历史传记的写作，于明儒中推重王守仁，再以刘宗周为阳明后学中能补偏起废，自成一系者。这种对明代学术脉络的梳理，与黄宗羲《明儒学案》的宗旨可谓相当接近。更进一步，邵廷采还在蕺山门人中独取黄宗羲，撰《遗献黄文孝先生传》，表彰其"发明蕺山刘子诚意慎独之说"之功，且表示"东南学者推为刘门董常、黄干"③。这事实上成了《浙东学术》所建立学术谱系的直接来源。《浙东学术》在以王守仁作为明代思想第一位重要人物，以刘宗周、黄宗羲作为阳明学后续发展的两大关键人物，以及关于三人思想渊源的认知上，都与邵廷采一般无二。只是更加突出了黄宗羲在阳明学由"心性之学"转向"经史之学"过程中的重要作

---

① （清）邵廷采著，祝鸿杰点校：《思复堂文集》卷7，第311页。
② （清）邵廷采著，祝鸿杰点校：《思复堂文集》卷7《候毛西河先生书》，第306页。
③ （清）邵廷采著，祝鸿杰点校：《思复堂文集》卷7，第165页。

用。如此，在《浙东学术》乃至整个《章氏遗书》中，我们既可发现道墟章氏始于刘宗周时代的对阳明学的热诚，又可看到邵廷采所长之"讲性命者多攻史学"为学路径的延续①。通过章颖、章正宸、章大来等数代人百余年的传承，道墟章氏的阳明学最终在章学诚身上开花结果。

---

① 不过，由于邵廷采在清代声名不彰，《浙东学术》在谈到黄宗羲传人时，只罗列了更为时人所知的万氏兄弟、全祖望等人，而未将邵氏收入其中。但在同年写作的《邵与桐别传》里，他明白地宣称："南宋以来，浙东儒哲讲性命者多攻史学，历有师承……至君从祖廷采，善古文辞，著《思复堂文集》，发明姚江之学，与胜国遗闻轶事，经纬成一家言，蔚然大家。"[（清）章学诚：《章氏遗书》卷18《邵与桐别传》，第6页a]可见，章学诚是把邵廷采当成浙东学术的正统传人的。

参考文献

一 古籍

（晋）陆机著，张少康集释：《文赋集释》，人民文学出版社2002年版。

（汉）班固：《汉书》，中华书局1962年版。

（梁）钟嵘著，曹旭集注：《诗品集注》（增订本），上海古籍出版社2011年版。

（南朝梁）刘勰著，范文澜注：《文心雕龙注》（上、下），人民文学出版社1958年版。

（南朝梁）萧统编，（唐）李善注：《文选》，上海古籍出版社2019年版。

（唐）韩愈著，马其昶校注，马茂元整理：《韩昌黎文集校注》，上海古籍出版社2014年版。

（唐）刘知几著，（清）浦起龙通释，王煦华整理：《史通通释》，上海古籍出版社2009年版。

（唐）魏征等撰：《隋书》，中华书局1973年版。

（宋）洪迈著，穆公校点：《容斋随笔》，上海古籍出版社2015年版。

（宋）黄庭坚著，刘琳等校点：《黄庭坚全集》，四川大学出版社2001年版。

（宋）王应麟著，（清）阎若璩等注，栾保群、田松青校点：《困学纪闻》，上海古籍出版社2015年版。

(宋) 郑樵撰，王树民点校：《通志二十略》，中华书局1995年版。

(明) 归有光著，周本淳校点：《震川先生集》，上海古籍出版社2007年版。

(明) 李开先著，卜键笺校：《李开先全集》（修订本），上海古籍出版社2014年版。

(明) 屠隆撰，秦跃宇点校：《考槃馀事》，凤凰出版社2017年版。

(明) 王守仁撰，吴光等编校：《王阳明全集》，上海古籍出版社2011年版。

(明) 吴讷、(明) 徐师曾著，于北山、罗根泽校点：《文章辨体序说 文体明辨序说》，人民文学出版社1998年版。

(明) 袁宏道著，钱伯城笺校：《袁宏道集笺校》，上海古籍出版社1981年版。

(清) 戴震著，杨应芹编：《东原文集》（增编），黄山书社2008年版。

(清) 方苞著，刘季高校点：《方苞集》，上海古籍出版社2009年版。

(清) 顾炎武著，黄汝成集释，栾保群、吕宗力校点：《日知录集释》，上海古籍出版社2006年版。

(清) 洪亮吉撰，刘德权点校：《洪亮吉集》，中华书局2001年版。

(清) 黄宗羲原著，全祖望补修，陈金生、梁运华点校：《宋元学案》，中华书局1986年版。

(清) 黄宗羲著，沈芝盈点校：《明儒学案》，中华书局2008年版。

(清) 黄宗羲著，吴光主编：《黄宗羲全集》，浙江古籍出版社2012年版。

(清) 惠周惕等著，漆永祥点校：《东吴三惠诗文集》，台北"中央研究院"中国文哲研究所2006年版。

(清) 纪昀著，孙致中等校点：《纪晓岚文集》，河北教育出版社1991年版。

(清) 江藩、(清) 方东树著，徐洪兴编校：《汉学师承记》（外二种），中西书局2012年版。

（清）焦循著，刘建臻点校：《焦循诗文集》，广陵书社2009年版。

（清）凌廷堪撰，纪健生校点：《凌廷堪全集》，黄山书社2009年版。

（清）刘大櫆著，吴孟复标点：《刘大櫆集》，上海古籍出版社2008年版。

（清）钱澄之撰，彭君华校点，何庆善审订：《田间文集》，黄山书社1998年版。

（清）钱大昕著，陈文和主编：《嘉定钱大昕全集》（增订本），凤凰出版社2016年版。

（清）钱谦益著，（清）钱曾笺注，钱仲联标校：《钱牧斋全集》，上海古籍出版社2003年版。

（清）全祖望撰，朱铸禹汇校集注：《全祖望全集汇校集注》，上海古籍出版社2000年版。

（清）阮元撰，邓经元点校：《揅经室集》，中华书局1993年版。

（清）邵晋涵著，李嘉翼、祝鸿杰点校：《邵晋涵全集》，浙江古籍出版社2016年版。

（清）邵廷采著，祝鸿杰点校：《思复堂文集》，浙江古籍出版社2010年版。

（清）孙星衍撰，骈宇骞点校：《问字堂集　岱南阁集》，中华书局1996年版。

（清）王昶著，陈明洁等点校：《春融堂集》，上海文化出版社2013年版。

（清）王鸣盛著，黄曙辉点校：《十七史商榷》，上海书店出版社2005年版。

（清）王芑孙著，王义胜整理：《渊雅堂全集》，广陵书社2017年版。

（清）翁方纲等著，吴格、乐怡标校：《四库提要分纂稿》，上海书店出版社2006年版。

（清）吴汝纶著，朱秀梅校点：《吴汝纶文集》，上海古籍出版社2017年版。

（清）姚鼐编，黄鸣标点：《古文辞类纂》，中华书局2022年版。

（清）姚鼐著，刘季高标校：《惜抱轩诗文集》，上海古籍出版社1992年版。
（清）姚鼐撰，卢坡点校：《惜抱轩尺牍》，安徽大学出版社2014年版。
（清）袁枚著，周本淳标校：《小仓山房诗文集》，上海古籍出版社1988年版。
（清）恽敬著，万陆等标校，林振岳集评：《恽敬集》，上海古籍出版社2013年版。
（清）曾国藩：《曾国藩全集》，岳麓书社2011年版。
（清）张廷玉等撰：《明史》，中华书局1974年版。
（清）章学诚原著，严杰、武秀成译注：《文史通义全译》，贵州人民出版社1997年版。
（清）章学诚著，仓修良编注：《文史通义新编新注》，浙江古籍出版社2005年版。
（清）章学诚著，冯惠民点校：《乙卯札记　丙辰札记　知非日札》，中华书局1986年版。
（清）章学诚著，王重民通解，傅杰导读，田映曦补注：《校雠通义通解》，上海古籍出版社2009年版。
（清）章学诚著，叶瑛校注：《文史通义校注》，中华书局1985年版。
（清）章学诚撰：《章学诚遗书》，文物出版社1985年版。
（清）章贻贤重辑：《俍山章氏智九公分祠支谱》，山西省社会科学院家谱资料研究中心编：《名人家谱丛刊》，北京燕山出版社2013年版，第182—184册。
（清）赵翼著，王树民校证：《廿二史劄记校证》，中华书局2013年版。
戴琏璋、吴光主编，钟彩钧编审：《刘宗周全集》，台北"中央研究院"中国文哲研究所筹备处1997年版。
《景印文渊阁四库全书》，台湾商务印书馆1986年版。
（清）汪中著，李金松校笺：《述学校笺》，中华书局2014年版。

《清代诗文集汇编》编纂委员会编：《清代诗文集汇编》，上海古籍出版社2010年版。

《四库全书总目》，中华书局2003年版。

王水照编：《历代文话》，复旦大学出版社2007年版。

王钟翰点校：《清史列传》，中华书局1987年版。

张际亮著，王飚校点：《思伯子堂诗文集》，上海古籍出版社2007年版。

二 专著

鲍永军：《史学大师：章学诚传》，浙江人民出版社2007年版。

仓修良、叶建华：《章学诚评传》，南京大学出版社1996年版。

陈广宏：《中国文学史之成立》，上海古籍出版社2016年版。

陈仕华主编：《章学诚研究论丛：第四届中国文献学学术研讨会论文集》，台湾学生书局2005年版。

陈祖武、朱彤窗：《乾嘉学派研究》，河北人民出版社2005年版。

杜维运：《中国史学史》，商务印书馆2010年版。

傅璇琮、蒋寅主编，蒋寅分卷主编：《中国古代文学通论·清代卷》，辽宁人民出版社2005年版。

葛兆光：《中国思想史》，复旦大学出版社2001年版。

龚鹏程：《文化符号学：中国社会的肌理与文化法则》，上海人民出版社2009年版。

郭绍虞：《中国文学批评史》，商务印书馆2010年版。

郭英德：《中国古代文体学论稿》，北京大学出版社2005年版。

胡宝国：《汉唐间史学的发展》（修订本），北京大学出版社2014年版。

黄进兴：《十八世纪中国的哲学、考证和政治：李绂与清代陆王学派》，江苏教育出版社2010年版。

黄进兴：《优入圣域：权力、信仰与正当性》（修订版），中华书局2010年版。

黄侃：《文心雕龙札记》，华东师范大学出版社1996年版。

蒋寅：《清代文学论稿》，凤凰出版社2009年版。

瞿同祖：《清代地方政府》，范忠信等译，新星出版社2022年版。

李山：《中国散文通史·魏晋南北朝卷》，安徽教育出版社2013年版。

李贞慧：《历史叙事与宋代散文研究》，中国社会科学出版社2015年版。

梁启超：《李鸿章传》，百花文艺出版社2000年版。

梁启超著，夏晓虹、陆胤校：《中国近三百年学术史》（新校本），商务印书馆2011年版。

梁启超著，朱维铮校订：《清代学术概论》，中华书局2011年版。

梁启超撰，汤志钧导读：《中国历史研究法》，上海古籍出版社1998年版。

廖可斌：《明代文学复古运动研究》，商务印书馆2008年版。

刘开军：《中国古代史学批评的集大成（清时期）》，湖南人民出版社2020年版。

刘巍：《中国学术之近代命运》，北京师范大学出版社2013年版。

刘咸炘：《推十书》（增补全本）甲辑第3册，上海科学技术文献出版社2009年版。

刘奕：《乾嘉经学家文学思想研究》，上海古籍出版社2012年版。

逯耀东：《魏晋史学的思想与社会基础》，中华书局2006年版。

吕思勉：《史学四种》，上海人民出版社1981年版。

马积高：《清代学术思想的变迁与文学》，湖南出版社1996年版。

莫砺锋编，尹禄光校：《神女之探寻——英美学者论中国古典诗歌》，上海古籍出版社1994年版。

莫砺锋编：《程千帆选集》，辽宁古籍出版社1996年版。

欧阳哲生编：《胡适文集》，北京大学出版社2013年版。

潘捷军主编：《章学诚研究概览：章学诚诞辰280周年纪念文集》，杭州出版社2018年版。

漆永祥：《乾嘉考据学研究》（增订本），北京大学出版社2020年版。

漆永祥：《清学札记》，北京联合出版公司2017年版。

钱穆：《中国近三百年学术史》，九州出版社2011年版。

钱穆：《中国史学发微》，九州出版社2011年版。

钱穆：《中国史学名著》，九州出版社2011年版。

钱穆：《中国学术思想史论丛》，九州出版社2011年版。

钱锺书：《管锥编》，生活·读书·新知三联书店2007年版。

钱锺书：《谈艺录》，生活·读书·新知三联书店2007年版。

上海人民出版社编，章念驰编订：《章太炎全集·演讲集》，上海人民出版社2015年版。

石明庆：《史意文心：章学诚与史家文论研究》，上海古籍出版社2021年版。

唐爱明：《章学诚文论思想及文学批评研究》，上海古籍出版社2013年版。

王汎森：《权力的毛细管作用：清代的思想、学术与心态》，北京大学出版社2015年版。

王汎森：《思想是生活的一种方式：中国近代思想史的再思考》，北京大学出版社2018年版。

王汎森：《中国近代思想与学术的系谱》（增订版），上海三联书店2018年版。

王义良：《章实斋以史统文的文论研究》，高雄：复文图书出版社1995年版。

王运熙、顾易生主编，邬国平、王镇远著：《中国文学批评通史·六·清代卷》，上海古籍出版社1996年版。

吴承学：《中国古代文体形态研究》（第三版），北京大学出版社2013年版。

吴承学：《中国古典文学风格学》，北京大学出版社2011年版。

夏晓虹：《觉世与传世——梁启超的文学道路》，中华书局2006年版。

杨念群：《何处是"江南"：清朝正统观的确立与士林精神世界的变

异》，生活·读书·新知三联书店2010年版。

姚念慈：《康熙盛世与帝王心术：评"自古得天下之正莫如我朝"》，生活·读书·新知三联书店2015年版。

姚永朴著，许结讲评：《文学研究法》，凤凰出版社2009年版。

余嘉锡：《余嘉锡论学杂著》，中华书局1963年版。

虞云国、马勇整理：《章太炎全集·菿汉雅言札记》，上海人民出版社2015年版。

张伯伟：《中国古代文学批评方法研究》，中华书局2002年版。

张舜徽：《广校雠略　汉书艺文志通释》，华中师范大学出版社2004年版。

张舜徽：《清人文集别录》，华中师范大学出版社2004年版。

张舜徽：《清儒学记》，华中师范大学出版社2005年版。

张舜徽：《史学三书平议》，中华书局1983年版。

张仲礼：《中国绅士研究》，上海人民出版社2008年版。

章炳麟著，徐复注：《訄书详注》，上海古籍出版社2000年版。

章太炎撰，庞俊、郭诚永疏证：《国故论衡疏证》，中华书局2008年版。

章益国：《道公学私：章学诚思想研究》，北京大学出版社2020年版。

中国历史文献研究会编：《章学诚国际学术研讨会论文集》，北京图书馆出版社2004年版。

周锡山编校：《王国维集》，中国社会科学出版社2008年版。

朱东润：《朱东润文存》，上海古籍出版社2014年版。

朱东润著，陈尚君整理：《中国传叙文学之变迁》，复旦大学出版社2016年版。

朱东润撰，陈尚君整理：《中国文学批评史大纲》（校补本），上海古籍出版社2016年版。

[美]艾尔曼：《从理学到朴学：中华帝国晚期思想与社会变化面面观》，赵刚译，江苏人民出版社2012年版。

［美］艾尔曼：《经学、政治和宗族——中华帝国晚期常州今文学派研究》，赵刚译，江苏人民出版社1998年版。

［美］蔡涵墨：《历史的严妆：解读道学阴影下的南宋史学》，中华书局2016年版。

［美］何炳棣著，徐泓译注：《明清社会史论》，中华书局2019年版。

［美］沃尔夫总主编，［美］菲尔德、［美］哈代主编：《牛津历史著作史》第一卷（下），陈恒等译，上海三联书店2017年版。

［美］韩书瑞、［美］罗友枝：《十八世纪中国社会》，陈仲丹译，江苏人民出版社2009年版。

［美］贾志扬：《棘闱：宋代科举与社会》，江苏人民出版社2022年版。

［美］倪德卫：《章学诚的生平及其思想》，杨立华译，江苏人民出版社2007年版。

［美］欧立德：《乾隆帝》，青石译，社会科学文献出版社2014年版。

［美］汪荣祖：《史传通说——中西史学之比较》，中华书局1989年版。

［美］汪荣祖：《史学九章》，生活·读书·新知三联书店2006年版。

［美］韦勒克、［美］沃伦：《文学理论》，刘象愚等译，生活·读书·新知三联书店1984年版。

［美］宇文所安：《中国文论：英译与评论》，王柏华、陶庆梅译，上海社会科学院出版社2003年版。

［日］岛田虔次：《中国思想史研究》，邓红译，上海古籍出版社2009年版。

［日］沟口雄三：《中国前近代思想的屈折与展开》，龚颖译，生活·读书·新知三联书店2011年版。

［日］内藤湖南：《中国史学史》，马彪译，上海古籍出版社2008年版。

［日］青木正儿：《清代文学评论史》，杨铁婴译，中国社会科学出版社1988年版。

［日］山口久和：《章学诚的知识论：以考证学批判为中心》，王标译，上海古籍出版社2006年版。

［英］杜希德：《唐代官修史籍考》，黄宝华译，上海古籍出版社2010年版。

三　学位论文

陈志扬：《传统传记理论的终结：章学诚传记理论纲要》，硕士学位论文，中国社会科学院研究生院，2003年。

杜冉冉：《章学诚的文学思想》，硕士学位论文，山东大学，2006年。

梁继红：《章学诚学术研究》，博士学位论文，北京大学，2003年。

潘志勇：《章学诚写作思想研究》，硕士学位论文，湖南师范大学，2014年。

彭志琴：《章学诚文体批评研究》，硕士学位论文，江西师范大学，2009年。

薛璞喆：《章学诚学术思想研究——以〈文史通义〉为中心》，博士学位论文，上海师范大学，2016年。

杨征达：《章学诚师承与学术交往考论》，硕士学位论文，东北师范大学，2021年。

张富林：《章学诚文学研究》，博士学位论文，扬州大学，2014年。

周建刚：《章学诚的历史哲学与文本诠释思想》，博士学位论文，苏州大学，2008年。

四　期刊论文

陈立军：《〈章实斋遗书〉在晚清民初的流传及作用——以缪荃孙致柯逢时二封书札为中心》，《文献》2017年第3期。

陈文新：《论乾嘉年间的文章正宗之争》，《文艺研究》2004年第4期。

陈志扬：《章学诚重评韩愈古文史地位及其旨趣》，《文学评论》2020年第4期。

崔壮：《章学诚致邵晋涵书札系年考》，《中国典籍与文化》2018年第2期。

董平：《章学诚与南宋浙东学派》，《华东师范大学学报》（哲学社会科学版）2007年第4期。

伏煦：《刘师培"反集为子"说发覆》，《文学评论》2021年第6期。

伏煦：《章学诚"子史衰而文集之体盛"说发微》，《文艺理论研究》2017年第2期。

傅刚：《论赋的起源和赋文体的成立》，《北京大学学报》（哲学社会科学版）2018年第5期。

何诗海：《"六经皆史"与章学诚的文体观》，《中山大学学报》（社会科学版）2013年第3期。

何诗海：《"文体备于战国"说平议》，《文学评论》2010年第6期。

何诗海：《章学诚碑志文体刍议》，《文学遗产》2010年第2期。

何诗海：《章学诚的八股观》，《文学评论丛刊》2010年第2期。

何诗海、胡中丽：《从别集编纂看"文""学"关系的嬗变》，《华南师范大学学报》（社会科学版）2020年第3期。

黄兆强：《日本学者章学诚研究述评（1920—1985）》，《南开学报》（哲学社会科学版）2019年第2期。

蒋寅：《在中国发现批评史——清代诗学研究与中国文学理论、批评传统的再认识》，《文艺研究》2017年第10期。

林晓光：《不彻底的历史主义文学观——从古典文学研究视角看章学诚》，《斯文》2021年第二辑。

刘文龙：《论章学诚文论话语与桐城派的关联》，《古代文学理论研究》2021年第2期。

戚学民：《清廷国史〈章学诚传〉的编纂：章氏学说实际境遇之补证》，《社会科学研究》2016年第2期。

钱志熙：《论章学诚在文学史学上的贡献》，《文学遗产》2011年第1期。

钱志熙:《论浙东学派的谱系及其在学术思想史上的位置——从解读章学诚〈浙东学术〉入手》,《中国典籍与文化》2012年第1期。

张春田、孔健:《章学诚的古文师承与文化场域的交往实践》,《杭州师范大学学报》(社会科学版)2011年第4期。

张春田、孔健:《章学诚早期的古文世界与知识范式》,《云梦学刊》2011年第3期。

张蕴艳:《从章学诚〈文史通义〉的整全性与精神性看近现代中国文论的源流》,《学术月刊》2022年第4期。

索 引

B

班固　14,20,55,61—63,98,129,141,147—149,158,159,199,205,215,223

毕沅　6,7,45,174,211

C

陈熷　15,174—177,184,190,193

D

戴震　17,24,27,28,36,88,112,210,220

道墟章氏　1,2,80,124,226,230,231,233—236,238—240,243

段玉裁　36,86—89,220

F

方苞　16,17,37,113,149,168,173,185—186,188,194,219

G

古文辞　10—12,16,17,65,105,118,123,131,135—136,141,153,163,166,168,169,186,187

顾炎武　37,53,131,150,167,173,178,179,184—189,193,194,203,229

H

韩愈　16,37,38,58,78,92,104—106,128,132,133,144—149,167,170,181,197—201,204—206,209,212—215,217,218,220

《汉书》　55,128,129,139,142,148,158,159,177,189,192

汉学　5,16,24,37,38,47,53,87,89,91,92,112,113,161,197,202—217,219—223,225

《和州志》　5,14,21,43,48,52

洪亮吉　5,6,8,9,15,17,32,36,45,87,88,90,91,168,169,207,208,211

胡适　23—24,27,30,33,46,51,116,174,210,225

《湖北通志》 7,174
黄宗羲 2,3,83,123—125,130, 226—228,231,234,235,240—243

J

经史之学 123,128,130,225,226, 228,242

K

考据 6,7,33,38,87—91,117, 150—151,166,184,201,206,208, 209,214—219,222,224

L

李绂 17,125,149,167,168,230
李梦阳 149,170
梁启超 23,89,195
刘大櫆 37,154,184,186,187, 219,220
刘向 14,15,63,79,134,230
刘歆 14,15,20,48,61—63,98, 158,230
柳宗元 58,78,104—106,128,144
六经皆史 5,21—23,28—30,32, 33,35,39,40,42,43,45—48,51, 53,54,61,63,239

N

内藤湖南 21,22,30,126,151,225

O

欧阳修 85,92,105,128,129,144, 145,147,151,152

Q

钱大昕 5,16,33,45,113,129, 130,150—152,167,168,209
钱穆 20,23,24,27,29,46,91, 116,174,181,210,225
钱谦益 82,151,183,184
钱锺书 30,32,239
乾嘉 6,16—18,23,24,27,28,31, 33,35,37,52,88,112,116,152, 161,167,197,203,205,206,208, 210,219—222
全祖望 3,37,83,84,123—125, 189,190,193,226—228,240,241,243

S

邵晋涵 5,10,16,17,27,80,84, 123,211
邵廷采 2,57,80—84,90,123— 125,130,189,226,235—243
《史籍考》 6,7,17,45,47,48
《说文解字》 206,207,218,219
司马迁 129,141,147—149,159
《思复堂文集》 57,79,80,82,83, 86,87,90,123,238
《四库全书总目》 69,127,205
孙星衍 5,6,8,17,32,36,45,87, 88,90,91,152,211

T

唐宋八大家 58,79,132,144—

149,151

W

万斯同　2,123—125,228,235,240

汪中　2,8,16,32,36,57,87,89—91

王鸣盛　16,33,87,150—152,206—208,220

王守仁　125,203,226,228—231,239—242

《文史通义》　6,7,9,10,14,17—19,23—26,30,39,52,57,65,90,98,109,116,124,160,163,165,178

文史之学　117,122,131,137,138,190,210

《问字堂集》　16,87,88,90,91

《五代史记》　128,145,146,152

X

《校雠通义》　5,6,9,14,23,27,43

校雠学　5,21,25,28,30,48,60,67,76,94,134

心性之学　225,242

Y

阳明学派　124,225,226

姚鼐　16,17,35,37,173,186—188,194,219,220,222

袁枚　2,8,12,15,17,19,30—32,35,37,179

Z

章实斋　17,20—24,29,31,33,46,49,116,174,210,225

《章氏遗书》　9—10,12,23—26,40,57,60,65,80,92,102,118,130,132,140,141,144,156,174,229,243

章太炎　22,221

章学诚　1—37,39—87,89—126,128,130—150,152—179,182,189—194,197,202,203,210—219,222

浙东学派　28,36,122—125,225—227

甄松年　4,40—42

郑樵　14,15,28,139,230

朱筠　5,8,10,27,37,43,92,130,205—209,211—213,217,218,220,221

后　　记

　　我了解章学诚吗？

　　本书修订完成之际，我再次想到这个问题。有趣的是，章学诚恰曾在《知难》里给出过他的"了解一个人的必要条件"：一个人理解另一个人，不但需要性情相投、学识相近，更要在人生境界上旗鼓相当。若按这个标准，我和章学诚的距离非常遥远。我并不喜欢他性格中似乎过分的攻击性，既没有他对儒家理想的自信，更没有他对史学事业虔诚的信仰。在大多数时候，我只是努力由其所言，达其所思，并尝试在一个更大的背景下检讨其所以思。这个过程中的每一步都充满了不确定性。文本自身的歧义，以及文本与外部环境错综复杂的勾连，都使我很难宣称自己已然获得某个确定的"答案"。因此，我更愿意把本书当成一种有关章学诚文论的可能叙事。需要说明的是，由于章学诚生前身后境遇的巨大差距，我把讨论的重点更多放在章学诚看到了什么，而不是他做到了什么。

　　距离我投入何诗海老师门下，已过去十年时间。十年来，老师在生活、学习中所给予的指导、关怀、帮助，一直是我前行的莫大助力。若不是老师的影响，本书绝不会呈现出如今的样貌。我向来不善于与长辈交际，言谈举止间，有时失之拘谨，有时又太过放肆。但老师都以宽广的胸怀，包容着我的所有不得体。我会怀念在中文堂那间似乎永远不开空调的办公室里和老师聊天的光景。"夫子循循然善诱人"，这是我对老师最深刻的印象。想到"老师我觉得我适合做一个情感博主""老师我要去当偶像剧编剧"这些在我们谈话中曾经真实出现过的"发疯文学",还是觉得好笑又温暖。过去两年,老师和我经历了各自的返乡。聚而复散自难免于诸多不舍,老师以前的微信昵称是"忆江南",衷心祝愿他在故家的湖山之间,能够更多享受生活的快乐与自在。

本书的第二、第五、第七章以及附录的定稿是在跟随廖可斌老师进行博士后研究期间完成的。两年的北京时光于我是实实在在的"意外之旅"。感谢老师给予的自由,让我有充足的时间继续自己的探索。老师对文章的批评总是直接有力。而尤其触动我的,是老师对文史研究应该关怀现实、可以介入现实的坚定。这是我至今未感自信但期待拥有的信念。

感谢华南师范大学蒋寅老师,暨南大学程国赋老师,中山大学张海鸥老师、吴承学老师、孙立老师、许云和老师、彭玉平老师、刘湘兰老师在博士论文的不同阶段赐予的宝贵意见。彭老师、刘老师是我考研复试环节的组长和组员,他们当时的肯定,让我有机会在中山大学继续自己的学业。吴老师、蒋老师在我博士毕业之后,也依然关心我的学习情况。感谢博士论文外审环节、博士论文出版项目评审环节的专家们提出的修改建议。中国社会科学出版社王正英老师审校了书稿,是她的细心和负责,保障了本书的顺利出版。本书的部分章节经调整后,有幸发表于《文学评论》《文学遗产》《文艺理论研究》《中南大学学报》《中国典籍与文化》等期刊,在此感谢编辑老师和评审专家的鼓励和付出。

自2022年回到中山大学工作以后,博雅学院的友爱、开放的氛围,就是我继续科研的莫大助力。我特别要感谢前院长谢湜老师。几乎持续了整个2021年的求职过程曲折无限,而谢老师的鼓励始终伴随着我。至今记得10月在洛阳旅社匆匆联系谢老师,汇报自己最新的科研进展,谢老师当即表示将重新争取时的心情。那是生活中难忘的戏剧性时刻。母系中文系的师长们也仍在支持我的成长,我唯有继续努力,回报他们的信任。

感谢爸爸、妈妈、姐姐。过于漫长的求学生活并不符合爸妈最初的期待，但他们还是体现出了足够的包容和耐心。姐姐更像"弟控"一样爱护着我。感谢巢芬的到来，以及我们充斥着鸡同鸭讲与打打闹闹的日常。最后，还有我可爱的朋友们，是你们的存在，给我的生活增添了诸多温暖和趣味。

转眼间，我到了"走在大街上，汇入滚滚人流中……"的年纪。17岁初读王小波这段话的时候，感觉一切遥远，而更神往于"每天每夜每一小时每一分钟都在想入非非"的精神状态。进入文学或历史研究，恰好是彼时"想入非非"的一部分。今天的我对还能有机会在这一道路上继续努力心存感激。当然，这不免意味着，彼时许多其他的"想入非非"，已经成为真正的"想入非非"了。

林　锋

2024年8月